Bruno Frank

Trenck

Roman eines Günstlings

Bruno Frank: Trenck. Roman eines Günstlings

Vorabdruck: Anfang 1926 in der »Illustrirten Zeitung«, Leipzig. In Buchform: Deutsche Buch-Gemeinschaft, Berlin, 1926.

Neuausgabe
Herausgegeben von Karl-Maria Guth
Berlin 2017

Umschlaggestaltung von Thomas Schultz-Overhage unter Verwendung des Bildes: Antoine Pesne, Prinzessin Amalia von Preussen, 1757

Gesetzt aus der Minion Pro, 11 pt

Die Sammlung Hofenberg erscheint im
Verlag der Contumax GmbH & Co. KG, Berlin
Herstellung: BoD – Books on Demand, Norderstedt

ISBN 978-3-7437-2044-2

Bibliografische Information der Deutschen Nationalbibliothek

Die Deutsche Nationalbibliothek verzeichnet diese Publikation in der Deutschen Nationalbibliografie; detaillierte bibliografische Daten sind im Internet über www.dnb.de abrufbar.

Erstes Buch

1.

Der Kadett im Regiment Gardes-du-Corps, Friedrich Freiherr von der Trenck, stand inmitten seiner Quartierstube, die nichts weiter aufwies als zwei Betten und Tisch und Schrank und Stühle aus Tannenholz, und betrachtete seine neue Uniform. Deren Stücke lagen ausgebreitet auf einem der Betten, beleuchtet von zwei Kerzen, die der junge Herr rechts und links entzündet hatte, und ihre Pracht kontrastierte beinahe anstößig mit der kahlen Umgebung.

Es lagen dort ein Rock aus scharlachrotem Samt, mit reicher silberner Fransenarbeit verziert und sowohl vorne als auf dem Rücken mit einem großen, leuchtenden Silberstern bestickt, ferner ein Hut aus feinem, schmiegsamstem Filz mit breiten silbernen Tressen und hochragender schneeweißer Feder, silberne Sporen, eine silberne Feldbinde und, als Hauptstück, ein eleganter Küraß, ein Brustharnisch, der völlig mit massivem Silber überzogen war und ganze Strahlenbündel, ein wahres Feuerwerk von Silber, in die braune Freudlosigkeit der Kommißkammer hinaussandte.

Es war der Hochbegriff einer Galauniform, stoffgewordener Traum eines Knabenherzens, und der hier im Hemd, Kniehosen und Strümpfen vor seinem Bett stand und den Schatz enthusiastisch betrachtete, war denn auch beinahe ein Knabe, wenig über siebzehn.

Er war ungewöhnlich groß und vom vollkommensten Wuchs, in den Schultern breit, schmal in den Hüften, Hände und Füße stark und doch adelig gebildet, mit einem ebenmäßigen und feinen Gesicht, das vom Leben noch ungezeichnet war, aber von Natur aus geprägt mit dem Siegel des Geistes und der Leidenschaft. Dieses Knabenantlitz konnte bedeutend scheinen, und es mußte beunruhigen, denn im Blick der weitgeschnittenen Augen, in den Linien des reichen Mundes, sogar im Muskelspiel der Wangen war etwas Maßloses, das dem jugendlichen Frieden der breiten und glatten Stirn schicksalhaft widersprach.

Maßlos war auch in diesem Augenblick die Freude, der er sich hingab. Er stand da mit unersättlichen Augen und preßte, um sich zu bändigen, so fest seine Fäuste ineinander, daß ihm die Knöchel weiß wurden.

Ja, dies war nun die Uniform eines Offiziers bei den Gardes-du-Corps, die schönste und prächtigste in ganz Europa, und sie kostete weit über tausend Taler, der Silberharnisch allein schon über siebenhundert. Um diese Prunkmontur zu beschaffen, war er vor drei Wochen, gleich nachdem er eingestellt und als Kadett vorläufig eingekleidet worden, mit der täglichen Post nach Berlin hinübergefahren, ohne Urlaub, was dem Unkundigen schlecht hätte bekommen können. Um sieben am Morgen fuhr er ab und stand um zwölf in der ihm unbekannten, weitläufigen Stadt, der die noch lückenhaft bebauten Plätze und Avenuen ein Aussehen gaben ähnlich dem eines Menschen, der zu weite Kleider trägt. Aber er hatte sich zurechtgefunden. Er hatte seinen Purpursamt bei Prager in der Spandauer Straße gekauft, die Fransen dazu bei Pailly Unter den Linden, das Tressenwerk und die Feldbinde im Ephraimschen Hause am Mühlendamm. All dies trug ein Lohndiener hinter ihm her zum empfohlenen Schneider. Den Harnisch aber und die Sporen hatte er An der Stechbahn bei Frommery bestellt. Heute nun waren die fertigen Stücke alle zusammen hier angelangt. Da lagen sie und strahlten.

Auf der Silberwölbung des Panzers zuckte und flackerte plötzlich das Licht. Trenck wandte sich um, nicht ganz ohne Hast. Aber es war nur sein Stubengenosse, von Rochow, der eintrat. Die Herren schliefen paarweise beisammen in der Kaserne, so wenig komfortabel war das Leben in der Leibeskadron des vornehmsten Regiments in Preußen.

Der Leutnant kam heran. Er sah zart, vornehm und klug aus und mochte zwanzig sein. »Oh, ich störe in der Andacht«, sagte er mit einer sympathisch belegten Stimme, »du hältst Gottesdienst vor deiner Zukunft, wie ich sehe.«

Trenck, in Verlegenheit, gab keine Antwort.

»Ich möchte dich nur aufmerksam machen, lieber Trenck, daß du diese hübschen Sachen noch eine Weile in den Kasten schließen mußt, denn Panzer und Silberzeug sind noch nichts für kleine Kadetten.«

»Ich nehme an«, sagte Trenck wenig verbindlich, »daß die Sachen nicht sehr lange im Kasten liegen werden.«

»Da nimmst du vermutlich etwas Falsches an. Man hat dich hier bei den Offizieren einquartiert, das ist eine ungeheure Ehre, zweifellos. Aber vom Schlafen bei den Offizieren bis zum Offizierwerden ist immerhin ein Schritt. Also gib nur acht, daß deine Achillesrüstung nicht blind wird!«

Trenck antwortete wieder nicht, und als der andere nach ihm hinblickte, sah er ihn finster und rot vor Zorn. Er trat auf ihn zu.

»Trenck, ich bitte dich ernstlich, nimm dich zusammen! Du kannst doch nicht solch ein Gesicht ziehen, wenn sich ein Kamerad einen Scherz mit dir macht – ein Vorgesetzter, müßte ich eigentlich sagen«, fügte er verdrossen hinzu. »Ins Bett jetzt, es ist zehn vorbei.«

Sie beschäftigten sich schweigend mit ihrer Toilette. Im wesentlichen bestand sie darin, daß sie ihre ganze Unterkleidung, Hemd und Strümpfe, aber auch die Kniehose, mit einer genau gleichen Garnitur vertauschten. Als sich der Offizier eben seinem Lager zukehren wollte, fühlte er von rückwärts Trencks Hand auf seinem Arm.

Er wandte sich um, sah den jungen Menschen an und lächelte.

»Es ist ja alles gut«, sagte er höchst liebenswürdig. »Nur bezähme dich um Gottes willen! Schlaf wohl.«

Sie löschten das Licht und streckten sich auf die sehr kurzen und unbequemen Ruhestätten hin, Trenck auf der seinen mußte sich förmlich zusammenkrümmen. Sie lagen in fast vollkommener Stille, selten einmal scholl aus den Ställen unter ihnen ein Klirren oder ein Wiehern oder ein Hufschlag herauf. Von draußen kam kein Laut. Um diese Stunde bewegte sich in ganz Potsdam kein Mensch mehr auf den Straßen umher, es war so gut wie verboten. Auch keinerlei Helligkeit drang durch das vorhanglose Fenster herein, der Mond war noch nicht aufgegangen, und die Stadt war ohne Beleuchtung.

»Ist es nicht eigentlich unwürdig, daß wir hier so ohne Licht liegen müssen?« fragte Trenck nach einer Weile, da er an Rochows Atemzügen erkannte, auch jener liege noch wach.

»Es ist Befehl, also ist es nicht unwürdig.«

»Ist es nicht unwürdig, daß dort überm Kanal der Kommandeur uns beaufsichtigt und es meldet, wenn nach zehn Uhr noch ein Fenster hell gewesen ist?«

»Er hat den Befehl, also ist es nicht unwürdig.«

»Ach, Rochow, rede nicht so tugendhaft! Du bist ja doch von unsern sechs Herren der allerkritischste. Meinst du, ich weiß das nicht?«

»Solche Beobachtungen schicken sich nicht für einen Kadetten.«

Diesmal war Trenck nicht beleidigt. Rochow vernahm im Dunkeln, wie er sich emporstützte auf seinem Strohsack.

»Aber ich kann dich versichern«, rief er herüber, »daß ich als blutjunger Student, als ein halbes Kind, in Königsberg hundertmal mehr Freiheit genossen habe.«

»Woraus man vielleicht nur schließen muß, daß halbe Kinder noch nicht auf eine Universität gehören.«

»Oh, ich war auch der einzige. So jung wie ich war keiner, bei weitem nicht.«

»Liebster Trenck, das weiß ich ja alles, du hast ja die Güte gehabt, mir das mehrfach zu erzählen. Ich weiß, wer mein Stubengenosse ist! Ich weiß, daß sie dich mit dreizehn Jahren schon immatrikuliert haben und daß du der Benjamin warst unter dreitausend Studenten. Ich weiß auch, was du alles studiert hast: Jus und Mathematik und Philosophie und Naturwissenschaft, und daß du vier Sprachen sprichst und daß du mit vierzehn dein erstes Duell gehabt hast, weil dir die Nase eines Herrn von Wallenstein nicht gefiel ...«

»Wallenrodt!« korrigierte Trenck.

»O Vergebung: Wallenrodt. Und daß du voriges Jahr öffentlich zwei gelehrte Disputationen durchgefochten hast und daß du ein großes, großes Licht bist. Und nur eines weiß ich nicht: warum du, mit solchen Gaben ausgerüstet, nichts Besseres zu tun gewußt hast als dem ersten besten Wink zu folgen und hier in unser Strafregiment einzutreten.«

»Strafregiment!« rief Trenck und merkte gar nicht, daß er den Standpunkt wechselte. »Das erste Europas!«

»Herr Baron sind in superlativischer Laune. Gleich das erste Europas! Jedenfalls das geplagteste. Jedenfalls das einzige Garderegiment, in dem die Offiziere täglich drei Stunden lang beim Pferdeputzen dabei sein müssen, jedenfalls auch das einzige, bei dem sie in Hosen und Strümpfen schlafen, weil so ziemlich jede Nacht zwei- oder dreimal Alarm geblasen wird.«

»Ganz sicher das einzige, Rochow. Aber warum? Doch nur, weil diese eine kleine Truppe die Muster- und Pflanzschule der ganzen preußischen Reiterei sein soll – darum wird von uns das Riesige gefordert, darum wird einem nicht einmal der Schlaf gegönnt. Wer das Höchste nicht leistet, soll ausscheiden, beim geringsten Verstoß wird er davongejagt.«

»O ja«, sagte Rochow.

»Aber wer es leistet«, schloß Trenck kindlich verzückt, »wer seinen Mann steht, wer sich bewährt, der wird dereinst auch General und Feldmarschall.«

»Bravo, Trenck, so ist's recht. Hier wird jeder Feldmarschall!«

Aber Trenck ließ sich nicht beirren. Sein Innerstes kehrte sich hervor, sein Ehrgeiz, seine ungemessene Ruhmsucht.

»O Rochow«, sagte er laut und pathetisch in das Dunkel hinein, »das war schon ein Glückstag für mich, als der Baron Lottum nach Königsberg kam. Es gibt doch Fügungen. Bei meinem Großvater mußte er zu Mittag speisen, und ich war dabei!«

»Wie heißt dein Großvater eigentlich?«

»Es ist der Gerichtspräsident von Derschau.«

»Ah, Beamtenadel!«

Trenck schluckte hinunter und sprach in kaum gemäßigtem Tone fort: »Er war selber noch so jung, der Herr von Lottum, und doch schon General, Generaladjutant, so glänzend erhoben. Er sah mich, ich gefiel ihm, er machte mir Aussichten. Gleich war ich bereit. Eine Gloriole flammte vor mir.«

»Eine silberne Rüstung vermutlich.«

»Ich kann darüber nicht spotten hören, Rochow. Du lachst ja vielleicht, aber für mich ist der Ruhm noch etwas Großes, bei dessen Namen es mich schauert. Bedenke doch, wie wir beide es getroffen haben: beide so jung, im vordersten Regiment der Monarchie und, Rochow, daß wir's nur aussprechen – unter wessen Augen, unter wessen Fahnen!«

»Ja, ja.«

»Unter den Fahnen des ersten Monarchen der Welt.«

»Schon wieder des ersten.«

»Des jüngsten, des überraschendsten, des genialsten. Des Königs, dessen erste Tat es war, unter den staunenden Augen der Welt mit kühnem Griffe von dem uralt-übermächtigen Feind sich sein Recht zu holen.«

»Nun, sein Recht ...«

»Sein Erbe!«

»Nun, sein Erbe ...«

»Du machst Scherz, Rochow. Du kannst das nicht anzweifeln.«

Rochow antwortete nicht sogleich, aber Trenck hörte ihn in der Dunkelheit gutmütig ein wenig vor sich hin lachen. Er ließ sich Zeit. Endlich sagte er in ziemlich leichtem Ton:

»Ach weißt du, bester Trenck, das mit dem Recht und mit dem Erbe, das überlassen wir doch besser den Gelehrten, die werden das in zweihundert Jahren schon untereinander ausmachen. Er war kühn, und es ist ihm geglückt, mehr brauchen wir nicht zu wissen.«

»Eben«, sagte Trenck befriedigt.

»Aber meine Gedanken kann ich mir trotzdem machen, nicht wahr? Zum Beispiel ist es doch sonderbar, daß ich, der Herr von Rochow, jetzt nicht aufstehen darf, wenn es mir Spaß macht, und ein wenig in der Stadt Potsdam spazierengehen, die von Rechts wegen mir gehört.«

»Wie?«

»In der eigentlich ich König bin.«

»Rochow«, sagte Trenck etwas verdrießlich, »was redest du eigentlich?«

»Du bist gelehrt, Trenck, du hast öffentlich disputiert, aber du bist doch nicht gelehrt genug. Brandenburgische Geschichte scheinst du nicht gelernt zu haben. Sonst müßtest du wissen, wem der erste Hohenzoller, der hier ins Land kam, die Stadt Potsdam hat abnehmen müssen. Einem Rochow, lieber Trenck, einem Rochow!«

Trenck saß aufrecht im Bett. Ganz schwach waren seine Umrisse erkennbar. »Das ist ja wahr«, sagte er aufgeregt. »Das habe ich in meinen Gedanken nie zueinander gebracht. War das wirklich einer von den deinen?«

»Natürlich«, sagte Rochow behaglich. »Und jetzt liege ich hier als ein kleiner Leutnant unterm Befehl der gleichen Hohenzollern und darf nicht einmal Licht anzünden!«

Licht sollte ihnen werden. Denn im gleichen Augenblick wurde drunten auf der Straße, gerade unter ihrem Fenster, eine Fackel entzündet, und ein scharf schmetterndes Trompetensignal zerriß zugleich mit diesem Flammenschein die Nacht.

Der Alarm! Da war es, das Schrecknis, das beinahe allnächtlich und mehrmals oft die Anwohner am Kanal nicht nur, sondern die ganze Umgebung zu willkürlichen Stunden aus dem Schlafe riß, da war sie, die Plage der Offiziere, der Mannschaft, der Pferde. Wo immer man im Quartier lag, hier in Potsdam, in Charlottenburg oder sonstwo – denn die Leibeskadron war gewissermaßen ambulant, und wo der

König war, da war sie –, nirgends blieb man damit verschont. Der junge Fürst, den man bewachte, schien seiner Elite-Truppe nicht das Recht auf menschliche Schwachheit zuzugestehen.

Die beiden jungen Menschen, Trenck und sein Freund, der Herrscher von Potsdam, waren in ihrer nun brandhell erleuchteten Kammer auf die Füße gesprungen und machten sich fertig mit eiligen Griffen. Oh, gut noch, daß man nicht eingeschlafen war. Denn aufzucken etwa aus erstem Schlaf und mit taumelnden Sinnen nach den Monturstücken tappen, immer aufs neue war das Gewalt und Qual. Ohne ein Wort fuhren sie in ihre hohen Stiefel und in ihre Dienstuniform, die handbereit lag, ein Griff galt der Feldbinde, einer dem Hut, sie nahmen den Degen und stürzten davon.

Trenck, sonst immer der Raschere, blieb heute zurück. Zu Füßen seines Bettes auf dem Boden lagen sauber hingeschichtet die Galastücke, und auf der Silberwölbung des Panzers tanzte und flackerte blutig das Fackellicht. Er mußte hinschauen. Aber schon stolperte auch er durch den Korridor, schwang sich im Finstern die knarrende Treppe hinunter und lief durch die rückwärtige Pforte hinaus.

Jetzt war es wirklich kein Vorzug, daß er Offiziersquartier hatte. Die Offizierspferde nämlich standen drüben im königlichen Reitstall an der Mammonstraße, und so war es ein doppelter Weg bis zum Schloß, und wer nicht binnen acht Minuten vom Erklingen des Signals an gekleidet und gewaffnet und gesattelt dort vor der Rampe, der sogenannten Grünen Treppe hielt, der flog unweigerlich auf vierzehn Tage in Arrest, und wem das zweimal geschah, der durfte seinen Ehrgeiz begraben.

So kam es, daß allnächtlich, wenn der König in Potsdam war, die Einwohner gewisser Straßen, der Berliner Straße nämlich, des Altmarkts und der Schwertfegergasse, den Anblick genießen konnten, wie die Abkömmlinge stolzer Geschlechter Preußens in Abständen hintereinander herrannten, gehetzt, vom Schlafe gleichsam noch dampfend, sporenlärmend und stolpernd und stampfend in den noch schlecht sitzenden Stiefeln. Aber es öffnete sich kein Fenster mehr, das Schauspiel war lange banal.

Trenck kam zum Reitstall, da stand sein braunes Pferd schon rittbereit vor dem Tor. Er sah nach der Gurtung, denn keine Nachtstunde bot Gewähr, daß nicht ein anderer höchst kritisch nach ihr sah, er schwang sich auf und – o Zauber des Muß! – er hielt vor Ablauf der

Frist mit brausenden Schläfen an jener südwestlichen Ecke des Schlosses.

In drei Gliedern war die kleine Schar angeordnet, 150 Mann in rotem Rock und weißer Weste, gleichmäßig beritten auf braunen Pferden. Die sechs Offiziere hielten vor der Front. Der Kadett Trenck, eingereiht in das zweite Glied, tastete unsicher an sich herum, und endlich wußte er, was ihn beunruhigte: in der Hast hatte er den neuen Hut erwischt, der ihm nicht zukam, seinen Galahut mit den breiten Borten und der hochstehenden Feder. Nun, es war zu spät, mochte denn alles seinen Lauf gehen.

Tiefste, vollkommene Stille auf dem ungeheuren Paradeplatz. Die Spätherbstnacht war kalt, doch klar. Überm Schlosse seitlich stand der volle Mond. Im ersten Stockwerk waren eine Anzahl Fenster erleuchtet, dies war vermutlich das einzige Licht, das in Potsdam jetzt brannte.

Der Posten, ein Garde-du-Corps auch er, präsentierte mit klappendem Griff. Oben war die Mitteltür gegangen. Der König kam die Rampe herunter.

Er war im Gesellschaftsanzug aus Goldbrokat, an dem im Mondlicht große Brillantknöpfe blitzten. Vermutlich hatte er Gäste. Den modisch kleinen Hut trug er unterm rechten Arm, und die reiche Haarwelle, die ihm Stirn und Schläfen umgab, war elegant gerollt und sorgsam gepudert. Für einen Unwissenden hätte es aussehen können, als amüsiere sich hier ein beliebiger Elegant unter den Rokokofürsten damit, seine Leibwache auch des Nachts zu schikanieren, sich an ihrer Schlaftrunkenheit und an der eigenen Willkür zu weiden, während er auf wenige Minuten aus seinen strahlenden Salons zu ihnen niederstieg. Doch über solche Einschätzung hatte sich der junge Herr in Brokat ein für allemal hinausgeschwungen, durch seinen Eroberungskrieg vor zwei Jahren nämlich, auf den Europa noch immer mit offenem Munde zurückschaute.

Er nahm die vorschriftsmäßige Meldung des Kommandeurs entgegen, dankte und schritt zwischen den Gliedern hindurch. Aber sein Abschreiten war heute Formalität, das war sofort fühlbar, er hatte nichts auszusetzen, die Pünktlichkeit genügte ihm diesmal, er blickte freundlich umher. Dennoch schien er etwas zu suchen.

»Kadett von der Trenck«, sagte er und blieb vor ihm stehen, »absteigen, mitkommen!«

Trenck zitterten die Füße im Bügel. War es der Tressenhut? Er überließ sein Pferd dem Mann zur Linken und folgte, taumelnd beinahe, dem König. Unbeweglich hielt die Reiterfront. Friedrich grüßte leicht und ging zwischen der Sphinx aus Stein und dem präsentierenden Posten die Rampe hinauf; der Kadett, zweifelnden Schrittes, zog hinterher. Als sie durch den Mitteleingang oben das Schloß betraten, vernahm Trenck ein kurzes Kommando und gleich darauf das Trappeln der abreitenden Eskadron.

2.

Der ungeheure, leere und hallende Saal, in den man unmittelbar von der Rampe aus gelangte, lag in braunem, wolkigem Dunkel, nur an der rechten Schmalwand, dort, wo eine Tür zu ferneren Gemächern offenstand, brannte in einem Kandelaber ein einziges Licht und schickte schwache Strahlen in jener Ecke umher; rötlich glänzte an der Wand ein Stück Marmor auf, bleich schimmerte weißer Marmor am Boden, und als der König rasch vorüberschritt und die bewegliche Luft das Kerzenlicht aufflackern machte, ward für einen Augenblick auch ein riesiges Wandgemälde teilweise aus der Dunkelheit gerissen: ein zackiger Ausschnitt davon wurde sichtbar, und Trenck sah einen Fürsten, thronend auf seinem Triumphwagen, von vier weißen Hengsten gezogen, von Minerva geleitet und Herkules.

Durch die Wand, welche dieser Triumphzug schmückte, folgte Trenck dem Führer. Kein Diener war sichtbar. Ein ziemlich leeres großes Zimmer wurde durchschritten, wiederum nur sparsam erleuchtet; ein kolossaler Schatten lief mit dem eleganten König über die getäfelte und gemalte Wand.

Im nächsten Zimmer machten sie halt. Es war ein kleiner, wohnlicher Raum, fast gleichseitig, die Decke leicht gekuppelt, der Boden quadratisch parkettiert. Die Wände bestanden aus einem besonders schönen braunen Material, das gewiß Zedernholz war, aber wie Schildpatt wirkte, silbernes Palmen- und Lorbeergezweig zog sich darüber hin. Zwei große silberne Armleuchter brannten. Ein hoher Spiegel war eingelassen, sein Rahmen war Silber. Ein kleiner Sekretär mit einem Sesselchen davor, ein ovaler Tisch und einige Stühle machten die ganze Einrichtung aus. Alle Sitze waren mit silberfarbenem

Tuch überzogen. Eine lichtbraune Tür, vom gleichen silbernen Rankenwerk überspielt, führte in ein Nebenzimmer, aus dem sich Gespräch und leises Lachen und Kristallklirren vernehmen ließ. Selbst diese Laute wirkten silbern, und sie vermischten sich für den jungen Trenck, der salutierend auf der Schwelle stehengeblieben war, mit dem Schmuck, der hier schimmerte.

»Gut, gut«, sagte Friedrich. »Türe schließen, näher kommen! Sie sprechen Französisch?« fuhr er fort, bereits in dieser Sprache. »Sie waren mir empfohlen. Sie tun jetzt drei Wochen Dienst, haben Sie in dieser Zeit irgendwelche Verstöße gegen die Disziplin begangen?«

Trenck wollte verneinen.

Friedrich hob die Hand: »Ich meine natürlich: abgesehen von der Fahrt ohne Urlaub gleich zu Anfang.«

Trenck biß die Zähne zusammen.

»Sie waren damals nicht unterrichtet. Aber sonst ist nichts vorgekommen?«

»Nein, Sire.«

»Sie haben sich da elegante Sachen machen lassen, ein wenig vor der Zeit –« und er deutete leicht mit dem Kopf nach Trencks Galahut – »sind Sie so wohlhabend?«

»Sire, mein Vater hat mir unser Stammgut Großscharlach vererbt. Es bringt tausend Taler im Monat.«

»Das nenne ich reich. Ihre Mutter lebt noch? Wo ist sie?«

»Meine Mutter hat den Oberstleutnant Grafen Lostange geheiratet. Sie leben in Breslau.«

»Ah? Wann hat Ihre Mutter geheiratet?«

»Im Jahre, als mein Vater starb: 1740.«

»Das war«, sagte Friedrich, mit einer sehr merkwürdigen Höflichkeit, »im selben Jahr, in dem auch mein Vater starb.«

Trenck stand und horchte. Diese menschlichen, ja intimen Worte, so unerwartet, so unerklärlich, sie hoben den ungeheuren Abstand auf, der den absoluten Herrscher von seinem jüngsten Soldaten trennte. Die Nachtstunde kam hinzu. Es trat ihm gewaltig ins Bewußtsein, was hier mit ihm geschah, und der Atem blieb ihm aus.

Der König sprach wieder. Er sprach ziemlich schnell, in einem Französisch, das ihm als seine wahre Mutter- und Haussprache mühelos und elegant vom Munde ging, mit hoher, klingender Stimme; ein eigentümlicher Reiz lag darin, daß er das R nicht völlig rein, sondern weich gerollt, ein wenig nach Art der Engländer oder eines Kindes formte.

»Hören Sie, Trenck«, sagte er, »ich habe Sie mir ein wenig angesehen. Sie können schießen, fechten können Sie auch, Entfernungen schätzen auch, einen Körper haben Sie, als könnten Sie Ihr Pferd nach Hause tragen, wenn es sich den Fuß verstaucht, und den Fuß wird es sich bestimmt verstauchen, wenn Sie so tollkühn darauf losspringen wie vorgestern drüben bei Glienicke. Also das Zeug zu einem Soldaten haben Sie, zu einem Reiter ganz gewiß.«

Trenck flammte vor Glück.

»Aber«, sagte Friedrich, »das ist noch nicht viel. Ich höre da wunderbare Dinge über Ihren Verstand und Ihr Gedächtnis. Sie haben bereits studiert, gleich von der Ammenbrust weg vermutlich. Also, was wissen Sie?«

Er wartete keine Antwort ab auf diese recht allgemeine Frage. »Passen Sie auf«, fuhr er fort und nahm vom Schreibtisch ein Blatt Papier, »ich werde Sie fragen. Aber nicht so wie ein Professor im Examen, hübsch nach der Schnur, sondern holterdiepolter.« (Er sprach auch dies französisch aus, ganz weich: oldredipoldre.) »Ich habe hier eine Liste, es sind die Rekruten vom Regiment Prinz Heinrich, 39 Namen. Wie lange brauchen Sie, um die auswendig zu lernen?«

»Fünf Minuten, Sire.«

»Ah? Nun, hier ist die Liste. Mühlehof, Renzel, Badenhaupt, Scholz ... Es ist gut geschrieben.«

Er reichte dem Kadetten das Blatt hin, nahm Akten zur Hand, lehnte sich mit gekreuzten Beinen leicht gegen den Schreibtisch und war, seinem Gesichtsausdruck nach, im selben Augenblick auch schon völlig absorbiert.

Trenck übersah ohne Furcht die Liste. Auf sein Gedächtnis konnte er sich verlassen, dem König war kein Märchen erzählt worden.

Mit angehaltenem Atem und mit saugenden Sinnen las er die Namenreihe, jedes Lautbild schlug er sich gleichsam ins Gehirn und ging zum nächsten. Beim zweitenmal aber war es nicht mehr der einzelne Klang, den er ergriff, sondern der Zusammenhang mit den Nachbarn, die Lautkette, der Rhythmus. Dann ließ er sein Papier sinken und ging an die Reproduktion.

Er arbeitete methodisch. Plötzlich sah er im Spiegel den König, in ganzer Figur, wie er mit gekreuzten Füßen am Schreibtisch lehnte und las. Unter einem Zwang betrachtete er ihn, mit einer Art von zweitem Bewußtsein, Seelenkräften, die durch sein gewaltsames Memorieren nicht gebunden waren.

Was er zuerst wahrnahm im Spiegel, war eine Einzelheit an Friedrichs Anzug, eine auffallende und beinahe anstößige Inkorrektheit. Der König trug zu seinem schönen Gesellschaftskleid, zwischen dem Galarock aus Goldbrokat und den weißseidenen Strümpfen, ein Paar Reithosen, einfache, ziemlich abgenutzte Hosen aus ganz derbem, blauem Tuch. Sie wirkten wie ein gewagter und etwas finsterer Witz.

Trencks Blick glitt nach aufwärts, er umfaßte, während sein Hirn in krampfhafter Mühe an den Soldatennamen arbeitete, des Königs Brust, mächtig breit und gewölbt unter der Seide, ganz unverhältnismäßig heldenhaft, gemessen an der kleinen und zarten Gestalt, er umfaßte die Hände, die das Schriftstück hielten, weiße, schmale Hände, Frauenhände beinahe, und machte halt bei dem geneigten Antlitz.

Das Leben im Freien, Feldzug und Manöver, Ritte durch Sonne und Wetter hatten dies Antlitz gefärbt, es war braunrot, wie es dem Kriegsmanne ziemt. Dabei aber war es ein kleines und feines Gesicht. Die Augen, gesenkt auf das Dokument, konnte Trenck nicht sehen, aber die hochgeschwungenen dunklen Brauen, Erbteil aller Brandenburger, betrachtete er, den schönen Ansatz des Haares, die sonderbar gerade Linie, von Stirn und Nase gebildet, das runde entschiedene Kinn und, zwischen noch weichen Wangen, den weichen Mund, dessen Winkel jedoch abwärts gezogen und schon scharf markiert waren, wie von Leid oder von Enttäuschung oder einfach von körperlichem Ungemach, denn seine Gesundheit war ja nicht die stärkste.

Das Gesicht im Spiegel hob sich empor. Die gespiegelten Augen hafteten plötzlich in Trencks Augen. »Nun also?« sagte der König und streckte, im Spiegel, fordernd die Hand aus nach der Liste.

Trenck war zusammengefahren. Er war allein gewesen mit dem Spiegelbild und hatte die Gegenwart vergessen. Doch er bekam sich sogleich in die Gewalt und begann: »Mühlehof, Renzel, Badenhaupt, Scholz, Teller, Sadewasser, Köpek, Janiken, Lange, Sokowski, Butzer, Gradolf, Steinkeller, Zindler ...«

Bei diesem Namen Zindler, dem vierzehnten in der Reihe, stockte der Kadett. Auf einmal verband er mit dem Klang einen Begriff, und zwar den Begriff von etwas Furchtbarem.

Es war aber dies. Im Regiment Prinz Heinrich hatte zwei Tage vorher ein Offizier dem Rekruten Zindler ein Auge ausgeschlagen. Dann hatte er ihm ein Acht-Groschen-Stück hingeworfen und geschrien: »Da ist das Geld für die Fensterscheibe!«

»Zindler«, wiederholte Trenck, »Zindler« und schwieg. Er wußte nicht weiter.

Der König wandte ihm den Blick zu und sagte sofort: »Dieser Soldat bekommt eine Pension von mir. Der Offizier liegt in Eisen.«

›Bin ich denn Glas?‹ dachte Trenck.

»Genug hiermit, andere Proben! Die Namen der Planeten!« Und Friedrich begann mit leichten Tritten ein wenig vor ihm auf und ab zu wandeln. »Die römischen Kaiser von Titus an! Die Namen der Eumeniden! Die Musen! Die Bilder des Sternkreises! Die zwölf Arbeiten –« Trenck fiel ihm fast schon ins Wort, ehe der Name des Herkules ausgesprochen war.

»Was wissen Sie von Literatur? Kennen Sie Racine, kennen Sie Boileau, kennen Sie Pradon, kennen Sie Corneille? Beweisen Sie es! Rezitieren Sie Verse von Corneille! Wie, die über den Tod? Ah, das ist eine lustige Wahl.«

Und Trenck, ohne Deklamation, immer im eiligsten Tempo, begann:

Lebe Dein Leben mit Todesmut,
Tod ist die Kerkertür dieser Welt,
Und sie führt in ein Nachtgezelt,
Drin es sich tief und herrlich ruht ...

Er kam nicht weiter. Es öffnete sich jene Tür, hinter der es so silbern tönte, und eine junge Dame erschien auf der Schwelle. Trenck sah auch sie wiederum im Spiegel, im selben Spiegel, in dem er den König gesehen hatte. Er verstummte.

Inmitten ihrer ungeheuer gebauschten starrseidenen Röcke sank die junge Dame in eine tiefe, offenbar scherzhaft gemeinte Reverenz und sagte mit einem entzückend kindlichen Ausdruck von Bitte und Drolerie dies eine Wort:

»Sire!«

Sie war die Abgesandte der so lang harrenden Gäste. Hinter ihr tat sich in Silber und Zartgrün und Rosa, von Licht überrieselt, überflimmert, als ein wahrer Himmel von Heiterkeit und zierlich geschwungener Pracht das große Festzimmer auf.

»Ich komme, ich komme, Amélie«, sagte der König. »Ihr seid ja zu fünft, liebe Schwester! Ich habe nur wenige Minuten.«

Sie sank lächelnd abermals in ihre Beugung zurück, wundervoll und kostbar anzusehen mit ihrer schmalen türkisfarbenen Taille, die aus der schweren Pracht der Röcke aufwuchs, der leuchtenden Brust und dem blühenden Halse, mit ihrem hellen, frischen, lebensvollen Gesicht unter der schneeig gepuderten Haarwoge, diesem schönen Gesicht, das den gezeichneten Zügen des Bruders ähnlich war. Ein Hauch von verwöhnter, gepflegter Jugend wehte von ihr durchs Zimmer.

»Das Jus haben Sie ja auch studiert«, sagte der König sofort, als die Tür sich geschlossen hatte, und tat vielleicht nicht zufällig diesen Schritt hinüber auf das dürrste Wissensfeld. »Das Erbrecht nach Justinian gefälligst! Es gibt da vier Grade von Erben. Wie heißt der Merkspruch?«

Und der Siebzehnjährige, sich aus einer Bezauberung reißend, sekundierte sofort:

»Descendens omnis succedit in ordine primo,
Ascendens propior, germanus, filius eius,
Tunc latere ex uno ...«

»Ich höre an Ihrer Betonung, daß Sie Latein besser verstehen als ich. Das ist gut. Ein Krieger sollte den Caesar lesen können, so bequem wie das Exerzierreglement. Man hat zuviel Ablenkung. Als ich König wurde, wollte ich ernstlich damit beginnen. Aber dann wurde ich sogleich abgelenkt.«

›Als ich König wurde?‹ dachte Trenck. ›Wie spricht er zu mir? Ich bin siebzehn Jahre. Er wurde abgelenkt. Ja, statt römische Geschichte zu lesen, hat er preußische Geschichte gemacht.‹

»Preußische Geschichte«, sagte Friedrich, so als denke er einfach die Gedanken des anderen weiter, »muß ein preußischer Offizier natürlich noch besser kennen als die Geschichte Roms. Wie kam diese Stadt Potsdam an mein Haus?«

Trenck starrte auf diesen König. Den engte kein Vorurteil ein. Der schrieb sein Besitzrecht nicht Gottes Gnade zu. Der sprach vom Anfang der Herrschaft wie ein anderer Mensch von dem Tage spricht, an dem sein Vater sich einen Pelzrock gekauft hat. Der Abend war zu viel für Trencks Knabenkopf, zu viel Denkstoff wurde ihm zugemutet. Er blieb stumm. Er gefährdete sein Examen. Er stammelte: »Sire ...«

»Wissen Sie es nicht? Sie brauchen nur Ihren Schlafkameraden zu fragen.«

»Sire, ehe die Stadt Potsdam dem Hause Hohenzollern anheimfiel, stand sie unter der Botmäßigkeit der Herren von Rochow.« Trenck leierte, er sagte seine Schullektion her. »Als der Burggraf Friedrich Verweser von Brandenburg wurde, mußte er Potsdam ... mußte er Potsdam ...«

»... mußte er Potsdam dem Herrn von Rochow mit Gewalt aus den Händen reißen«, ergänzte Friedrich. »Ich sehe, Sie wissen es. Jetzt setzen Sie sich dorthin und zeichnen Sie eine kleine Skizze dieser Stadt Potsdam auf, möglichst genau.«

Dies war die schwierigste Aufgabe. Trenck entledigte sich ihrer, indem er alle Geländekenntnis zusammennahm, die ihm von seinen Ritten und Übungen geblieben war. Aber er brachte die komplizierte Halbinselgestalt der Siedlung mit ihren Verzweigungen und Wassereinschnitten doch nur leidlich zuwege.

»Ja, ja, ja«, sagte der König, wie er das Papier in Händen hielt. »Sie hätten allerdings kenntlich machen müssen, daß die Stadt überall mit Wall und Graben befestigt ist, nur hier im Süden an der Havel einfach mit Palisaden.«

Dies war mehr als milde. Offenbar war der König mit seinen Gedanken nicht bei dem Blatt. Er ließ es auch einfach zu Boden fallen, ging zwei Schritte auf den jungen Menschen zu und sagte:

»Trenck, ich habe Sie prüfen wollen, um die Wundergerüchte über Sie ein wenig zu kontrollieren. Ein König soll nichts glauben. Es ist angenehm, zu sehen, daß Sie ein Gedächtnis haben wie der römische Redner Hortensius und daß Sie von Corneille etwas wissen und von Justinian und vom alten Herrn von Rochow. An und für sich ist das noch nichts. Sie sind aber aus dem Stoff, aus dem man Männer macht. Ich will einen aus Ihnen machen.«

Trenck atmete nicht.

»Sie beginnen erst zu leben. An Jahren sind Sie noch ein Kind. Sie haben eine lange Bahn vor sich. Ich will Ihr Leben für mich haben. Sie fahren gut dabei. Aber bewachen Sie sich. Hüten Sie sich. Halten Sie sich. Ich kenne Ihre Wutanfälle, Ihre Zweikämpfe. Meine Erkundigungen waren kaum nötig, es steht alles in Ihrem Gesicht zu lesen. Ihre Zukunft ist höchst gefährdet. Wäre sie es nicht, so wäre sie auch nicht so voller Taten – die möglich sind. Seien Sie hart mit sich, Trenck, härter noch, als es der Dienst verlangt. Seien Sie auch aufrichtig mit mir! Sie können es sein. Seit ich König bin, habe ich noch kein Gesicht gesehen, das mir so gefällt wie Ihres.«

Trenck war auf ein Knie gesunken, mit niedergebeugtem Haupt. Es war keine bedachte Geste. Zu mächtig senkte sich diese Stunde auf seinen Knabennacken. Friedrich sah auch, daß die Bewegung echt war. Er ließ ihn ruhig liegen.

In verändertem Ton fuhr er fort, leicht und angenehm geschäftsmäßig. »Ich mache Sie zum Offizier, Herr von der Trenck. Ihre Ausrüstung ist meine Sorge, senden Sie die Rechnungen an die Hofstaatskasse in Berlin. Sie können sich morgen zwei meiner Pferde aussuchen. Greifen Sie dreist zu, es dürfen schöne Pferde sein. Wir werden viel zusammen reiten. Sie tun Adjutantendienst bei mir. Guten Abend.«

Trenck war aufgesprungen, außer sich. Er wollte reden, danken, beteuern. Aber Friedrich winkte nur einmal gnädig mit der Hand und ging. Der Lichtabgrund aus Silber, Meergrün und Rosa öffnete sich für einen Augenblick, aufschwirrendes Rufen und Grüßen empfing den König, die türkisfarbene Taille der Schönen schien vorzuleuchten, und sogleich war alles verschwunden.

Trenck ging hinweg, auf nicht ganz sicheren Füßen.

Ungeheure Stille im Schloß. Im Marmorsaal war die eine Kerze erloschen, aber in breiten Bahnen flutete Mondlicht ein durch die Riesenfenster und erhellte bleich den gewaltigen Prunk. Trenck, im Gehen, wandte sich um nach dem Bilde des Siegreichen. Es war nun sichtbar in seinem ganzen Ausmaß. Aber blaß und als ein Gespenst thronte der Kurfürst auf seinem Wagen, und totenhaft, geisterähnlich anzusehen, schienen Minerva und Herkules ihn anderswohin zu geleiten als zum Triumph.

Trenck stieg die Rampe nieder. Der wachthabende Soldat, der Sphinx aus Stein gegenüber, sehr groß anzuschauen im Mondlicht, machte sich fertig zum Salut, unterließ ihn aber, da er den Kadetten erkannte. Der Mann blickte ihm nach, wie er dahinging auf dem breit gedehnten, leeren Paradeplatz, der weiß beschienen war. Er taumelte, er überquerte den Platz in einem großen Haken, er schlug auch gar nicht die Richtung ein nach dem Garde-du-Corps-Quartier, es sah aus, als habe er sich spät in der Nacht in des Königs Hause bezecht.

Es war bitter kalt, und er hatte kein Überkleid, aber er fühlte das nicht. Er gelangte durch die Mammonstraße, er hörte im Vorbeiwandern drinnen im Reitstall des Königs Pferde, die er morgen reiten würde, mit den Hufen gegen die Mauer schlagen, er überschritt, immer einsam im Mondlicht, den Kanal auf der Breiten Brücke, bog ab und stand bald an der Stadtmauer. Wie aufwachend beschaute er das verschlossene Jägertor, auf dem oben eine Tiergruppe gegen den magisch erhellten Nachthimmel sich abzeichnete, der Hirsch, der von Hunden gestellt wird. Nun erst schlug er den Heimweg ein, vorbei am großen Bassin. Er ging, den innern Sinn in starrer Entzückung auf ein helles Phantom gerichtet.

Er sah nicht den König, er blickte auch nicht, Glorienträumer, der er doch war, in seine Zukunft, die das Gefallen des Herrschers so phantastisch, so über alles Hoffen weit vor ihm auftat. Die Ergriffenheit, die ihn aufs Knie genötigt hatte, war dahin, von der Entscheidungsstunde im Schlosse war nichts übrig in ihm als *ein* Augenblick, als *ein* Anblick. Er sah sie – in der türkisfarbenen Taille, aus der mit allem betörenden Zauber der Jugend Brust und makelloser Hals sich aufhoben zum blühend schönen Antlitz unter schneeiger Krone. Es war fast das Antlitz des Bruders, das ihm da erschimmerte im gleichen Spiegel, es waren, weitgeschnitten und von dunklem Stahlblau, seine Augen – aber ihr Strahl war ganz ohne Härte; es war, seltsam gerade, ungebrochen, die gleiche Linie von der freien Stirn zur Nase – aber ganz ohne Strenge bei ihr, von einer erregenden Pikanterie; es war derselbe wohlgebildete, feine und verwöhnte Mund, dem man die Beredsamkeit ansah – aber nicht umzeichnet von Kerben der Enttäuschung oder der Trauer oder der Krankheit. Sie erschien ihm, die Schwester dieses Königs, die Tochter von Königen, als das Weib selber, als die vollkommene Lockung des Geschlechts.

Er war, früh herangereift, bis zum heutigen Tage nichts anderes gewesen als ruhmbegierig. Sein Vater, in Ostpreußen Landeshauptmann, alter Soldat mit achtzehn Narben, der sich zu früh verabschiedet glaubte, seine Mutter, aus dem Blute hoher Beamter, hatten diese Leidenschaft in ihm genährt. Der schöne, hochbeanlagte Knabe war in ihrem provinziellen Zirkel nicht viel weniger gewesen als ein Wunder, alle Kräfte seiner Seele wurden auf ehrgeizige Ziele gesammelt.

Nun trug ihn die eine Nachtstunde höher hinauf als jemals sein Traum. Aber vermessen von Schicksals wegen, geschlagen mit dem Durst nach Schicksal von allem Anfang an, streckte er in dieser selben Nachtstunde zum erstenmal die Arme nach dem Weibe aus, nach diesem Weibe, der Schwester dieses Königs, der Tochter von Königen.

Von der Kanalseite her hatte er das Quartier erreicht, ward eingelassen und stieg blinden Auges die knarrende Treppe hinauf; dann stand er in seiner Stube, in die durch vorhanglose Scheiben das Mondlicht stark einflutete. In seiner Bezauberung vergaß er die Tür zu schließen und schritt traummäßig vorwärts, den Blick in die geisterhelle Nacht gerichtet, aus der ihm, mit dem Strahl des Gestirns, der Umriß der plötzlich Geliebten entgegenfloß.

Da krachte es, dröhnte und tönte unter ihm, unheilvoll laut in der Nachtstille. Mit seinem schwer gestiefelten Fuß war er auf die Silberwölbung des Panzers getreten und hatte sie zerstampft.

Rochow saß aufrecht im Bett, vom Monde weiß, und rief ihn an, mit schlafschwerer Zunge.

3.

Der Garten stieß an die Spree. Sein Uferstück wurde rechts und links von zwei Lusthäuschen begrenzt. Vor dem einen saß auf einem Schemel Trenck der Adjutant und wartete auf den König.

Überm Flusse hatte er den Mühlendamm vor sich mit Spazierwegen und Gärten und einzelnen, verstreuten Häuschen. Es war ländlich still, nur das Klappen einer Baumschere war vernehmbar und von jenseits des Wassers das Lachen zweier Spaziergängerinnen, dem man anhörte, daß sie rein nur aus Jugend und Albernheit lachten.

Man befand sich in Monbijou, dem Sitz der verwitweten Königin, den sie mit ihren beiden noch unvermählten Töchtern Ulrike und Amalie teilte. Es war ein hübsches, einstöckiges Fürstenhaus, ein wenig außerhalb der Stadt gelegen, von Friedrichs sohnlicher Zuvorkommenheit elegant erweitert und vom etwas verspielten Kunstgefühl der Königin mit vielen reizvollen Kleinigkeiten ausgeschmückt. Friedrich, im vierten Jahre König, ohne Lieblingswohnung noch, ja ohne rechte Stätte, kam mitunter von Potsdam oder Charlottenburg herüber, um der Mutter seine Achtung zu bezeugen. Heute aber war er bei der jüngeren Prinzessin angesagt worden, ausdrücklich bei ihr, denn das schwedische Eheprojekt sollte bereinigt werden. Die Unterredung hatte soeben begonnen.

Trenck, zu seinem Kummer, hatte das Schloß nicht mit dem König betreten.

Seit jener Prüfungsnacht, die länger als ein Jahr schon zurücklag, war er der Prinzessin nicht öfter ansichtig geworden als zwei- oder dreimal und auch da aus großer Entfernung. Er begleitete den König zumeist nur auf den militärischen Ritten, zudem war er vom allgemeinen Dienst nicht dispensiert, und dieser Dienst war anspruchsvoll. Morgens um vier Uhr begann das Exerzieren, in acht Tagen hatte man mitunter keine acht Stunden Ruhe. Physisch und an Mut wurde das nahezu Unmögliche verlangt. In dem einen Jahr hatte er beim tollen Springen drei Pferde verloren, einmal hatte er sich den Arm und einmal den Oberschenkel gebrochen. Sonst aber ging es ihm vortrefflich. Schon im vergangenen August war er, ein Achtzehnjähriger, bei den schlesischen Kavalleriemanövern als Instruktionsoffizier verwendet worden.

Die Zuneigung des Monarchen blieb ihm gewahrt, ja Friedrichs frühe, augenblickliche Sympathie für den jungen Menschen, aus dem Herzen und den Nerven stammend wie jede wahre Vorliebe und keiner Erklärung weiter unterworfen noch bedürftig, hatte sich im Umgange verstärkt. Er sah einen Jüngling, von der Natur zum militärischen Helden so vorgebildet wie zum Mann von Geist und Welt, es war ihm lieb, einen Adjutanten neben sich zu haben, dem für den Ernstfall gewiß das Äußerste zuzumuten war, und mit dem er sich im Sattel, in einer Exerzierpause, unterhalten konnte wie mit einem Gelehrten in seiner Bibliothek – aber nicht mit einem Gelehrten von der pedantischen deutschen Art: dieser junge Krieger verstand jede Andeutung, er langweilte ihn nicht. Auch einigen Mitgliedern seiner Akademie hatte er ihn empfohlen, Leuten, die er hochschätzte, Jordan, selbst Maupertuis, und er hörte mit Vergnügen, daß sein Schützling sich in diesem anspruchsvollen Zirkel taktvoll und, auf bescheidene Art, ebenbürtig bewege. Friedrich, sonst in Belohnungen mäßig, ja karg, freute sich auf die erste Gelegenheit, diesen jungen Menschen auszuzeichnen, der doch eigentlich noch nichts getan hatte.

Die Unterredung mit der Prinzessin fand statt in einem der links vom großen Speisesaal gelegenen Wohnzimmer, einem mit karmesinrotem und russischgrünem Damast heiter tapezierten Raum. Mit einem kleinen, höflichen Bedauern blickte der König durch das hohe Fenster nach seinem Adjutanten hinüber, der dort am Fluß in seiner roten Uniform wartete und las. Er würde längere Zeit zu warten haben, denn die Unterredung mit der Prinzessin Amalie verlief nicht so einfach und ohne Hindernis, wie der König gedacht hatte. Die Prinzessin wollte nicht recht, die Krone von Schweden verlockte sie wenig.

Er wunderte sich. Er kannte seine Schwester als sanft, liebenswürdig und enthusiastisch; die Einwände, die sie vorbrachte, schienen eher aus dem Kopf einer banalen Hofpuppe zu kommen. Er hörte ihr zu, mit leicht zusammengezogenen Brauen, und blickte dabei unverwandt auf ein niedriges Glasschränkchen hin, zwischen dessen goldenen Kanten seine Mutter reizende Kleinigkeiten aufgehäuft hatte. Mechanisch musterte er die Sammlung und sonderte, kunstgewohnt, das Nichtige vom zierlich Kostbaren, das aus Meisterfingern stammte.

Die Prinzessin sagte: »Ich muß Ihnen sogar gestehen, lieber Bruder, daß ich diesen Heiratsplan nicht völlig begreife. Finden Sie die Partie so glänzend, finden Sie sie auch nur anständig? Wer ist denn dieser Adolf Friedrich? Ein kleiner Prinz, dem Tausend nach zu finden in Deutschland, Bischof noch dazu, protestantischer Bischof von Lübeck – ich kann doch nicht annehmen, daß ihn gerade dieser Titel meinem skeptischen Bruder empfohlen hat?«

»Was ihn mir empfiehlt, Amélie, ist, daß er in ein paar Jahren König von Schweden sein wird. Du heiratest keinen Bischof, sondern einen künftigen Souverän.«

»O Frédéric, verzeihen Sie. Ein Souverän! Ich habe mich da ein wenig informiert. In Schweden gibt es keinen Souverän, in Schweden gibt es eine Art Anarchie, der hohe Adel treibt, was er will, und der König ist eine Puppe.«

»Der König ist, was seine Frau aus ihm macht. Eine Dame von deiner weiblichen Klugheit, deiner Fähigkeit, dich anzupassen, deinem persönlichen Zauber –« er verneigte sich scherzhaft leicht gegen sie – »wird auf die Häupter dieses stolzen Adels mehr Einfluß gewinnen als ein neuer Gustav Adolf.«

»Sie sind liebenswürdig, Frédéric, aber sind Sie auch ganz aufrichtig? Sie haben noch eine unverheiratete Schwester. Ulrike besitzt mehr Energie wie ich, sie hat einen männlicheren Verstand, sie ist zehnmal so ehrgeizig ...«

»Eben dieser Charakter eignet sich durchaus nicht für den schwierigen Platz. Die Mission ist ein wenig delikat. Und außerdem ...«

Aber er schwieg. Es erschien ihm sonderbar, beinahe lächerlich, daß er hier dem jungen Mädchen politische Aufklärungen erteilen sollte, um sie gefügig zu stimmen. Wenig entsprach das seiner Art. Er schaute überlegend auf die Sammlung im Glasschränkchen hin. Seine Augen glitten von einem zierlichen Objekt zum andern.

Viel Entzückendes hatte seine Mutter nach dem Tode des sparsamen Gemahls da zusammengebracht: kleine goldene Etuis waren da, getrieben und gehämmert, Bildnismedaillons, Kästchen, Scherenfutterale, Flakons, Schreibtäfelchen, Kalenderchen aus Seide und Brokat, Pudermesserchen, goldene Pulverdöschen, Lichtscheren so klein, als sollten sie in einer Puppenstube die Lichtchen putzen, daumenlange Figuren und Büsten aus Elfenbein, Koralle, Perlmutter, winzige Uhren in Gehäusen von Lapis, Kristall oder Onyx, und fünfzig andere bezaubernde Nichtigkeiten aus Bernstein, Achat, Schildpatt und Gold, deren Gebrauch sich schwer angeben ließ, und die auch eigentlich gar keinen hatten.

Er blickte davon auf. »Außerdem«, sagte er anknüpfend, »habe ich Ulrike schon dem Thronfolger von Rußland verweigert.«

»Und darum muß nun ich ...«

»Darum kann ich sie jetzt nicht dem von Schweden geben.«

»Und weshalb haben Sie Ulrike nicht nach Rußland gehen lassen?«

»Weil ich nicht will, daß meine Schwester bei der nächsten Palastrevolution erwürgt wird.«

»Aber haben Sie nicht die russische Kaiserin schon durch diese Weigerung tödlich gekränkt?«

»Du weißt, daß ich Ersatz gefunden habe.«

»Wen? Dieses kleine Mädchen von Anhalt-Zerbst?«

»Sie war willkommen. Ihr Vater ist mein General. Sie wird mein Werkzeug sein.«

»Frédéric«, sagte sie schmeichelnd und ergriff seine Hand, was er sich ein wenig erschrocken gefallen ließ – »Frédéric, Sie haben so viele Generale, können Sie für den Thron von Schweden nicht eine andere Tochter finden?«

»Es ist unmöglich, Amélie, daß wir hier Scherz miteinander treiben.« Er entzog sich ihr und stand auf. Höfisch erhob sie sich, zugleich mit dem Monarchen. »Rudenskjöld erwartet mich drüben im Großen

Schloß im Appartement meiner Frau. Ewig kann ich ihn auch nicht warten lassen. Es ist nicht so amüsant bei ihren Tees. Und er will meine Antwort morgen nach Stockholm schicken.«

»Ich möchte gar nicht gerne von hier fort«, sagte sie leise, »ich ängstige mich.«

»Wie denn? Du willst doch nicht ewig ohne Gatten und ohne Stellung hier in dieser Villa sitzen?«

»Ich ängstige mich«, wiederholte sie. »Es ist mir zumute, als sollte ich in die Barbarei ziehen.«

»Nun, was die Barbarei betrifft«, sagte er leichthin, »so sollte eine preußische Prinzessin da nicht in Ängste geraten. Auf diesem Felde sind wir nicht so bald zu schlagen. Vielleicht erinnerst du dich, daß unser seliger Papa die Leute eigenhändig in den Straßen durchzuprügeln pflegte – es ist mir unbekannt, ob das auch in Stockholm so gehalten wird. In meiner Kinderzeit gingen die Leute abends auf Stelzen zu Hofe, so schmutzig war es – in Stockholm ist es sicher nicht halb so schmutzig. Also was die Barbarei anbetrifft ...«

»Frédéric«, sagte sie ganz leise, »hören Sie auf, mit mir zu spielen. Sie haben mich lange verstanden. Ich mag diesen Adolf nicht.«

»Du kennst ihn ja gar nicht!«

»Ich habe mir sein Bild beschafft.«

»Ah?«

»Ja, und zwar nicht irgendeine geschmeichelte Miniatur, sondern einen Stich nach einem Gemälde, das ihn in ganzer Figur zeigt. Ich kann Ihnen sagen, Frédéric, das ist eine Figur. Seine Beine sind so kurz – er kann meinen Fächer als Spazierstock benützen. Außerdem hat er ein pflaumenweiches Mündchen und kreisrunde Schafsaugen. Ich finde, mein Bruder, mit einem Wort, daß Sie schlecht für mein Glück sorgen.«

Das war in einem schmeichelnden und rolligen Tone gesprochen und offenbar bestimmt, Friedrich zu erheitern und zugleich zu rühren; Amalie kannte ihre kleinen Wirkungen. Aber diesmal versagten sie.

»Für dein Glück«, sagte er ziemlich finster und unverbindlich und blickte von ihr weg, seitlich dorthin, wo der Gobelin des Kaminschirms ihm eine Darstellung aus dem Leben Alexanders zuwandte. Er sah den König, wie er der Frau und der Tochter des Darius Gnade gewährt. Es war auffallend, mußte Friedrich denken, wie stark nach links geneigt der Mazedone sein Haupt trug. Alle Darstellungen aus allen Jahrhunderten zeigten ihn so.

»Für dein Glück!« sagte er noch einmal und schwieg sodann.

»Ja, mein Bruder.« Und leiser setzte sie hinzu: »Gerade Sie sollten doch eine solche Mahnung verstehen.«

Auf diesen Hinweis antwortete er mit keiner Silbe, keinem Blick. »Mach einen Gang mit mir durch den Garten!« sagte er, so als wäre ihm für das, was er zu äußern hatte, dieses kleine und kosige Kabinett nicht der rechte Raum. »Nimm eine Contouche um! Wir haben März.«

Amalie, gehorsam, schellte der Kammerfrau, ließ sich von ihr das mantelartige Kleidungsstück umlegen und band es über der Brust zu. Sie traten nach rückwärts hinaus in den Garten, der hier, vom Flusse abgekehrt, sich in noch größerer Ausdehnung erstreckte.

Es war noch nicht spät am Tage, vielleicht vier Uhr. Vogelzwitschern war in der Luft, von irgendwoher hörte man das Klappen der Schere, die die Hecken beschnitt. Sonst war alles ganz still. Die Geschwister schritten auf den breiten Wegen dahin, die mit Meersand bestreut waren, Amalie trippelnden Ganges, der nicht ihr eigentlicher war, aber die Mode schrieb außerordentlich hohe, fast stelzenartige Absätze vor, und auch der vorne flach anliegende Reifrock hinderte das Ausschreiten, der König sehr festen, aber wenig eleganten Schrittes: er ging wie ein Reiter. Übrigens war er nicht im Besuchsanzug, sondern in Uniform, im Rock seines ersten Garderegiments zu Fuß, blau mit prachtvoller Stickerei.

Er begann: »Die Gründe also, weshalb ich diese Heirat wünschen muß, sind diese ...«

»Geben Sie mir noch einen Augenblick, Frédéric! Müssen Sie es wirklich von mir verlangen?«

Er blieb stehen, blickte streng vor sich nieder und sagte, hart gestikulierend, mit fester und lauter Stimme:

»Höre nun gefälligst zu! Ich bin schrecklich allein in Europa. Du stellst dir wunders vor, was ein König von Preußen ist. Nun also, was ist er denn? Vor dreiundvierzig Jahren fiel es unserem Großvater, der ein einfältiger, eitler Mann war, ein, er müsse König werden. Warum? Weil sein Nachbar, der Kurfürst von Sachsen, König von Polen geworden war. Gut, er wurde nun auch König, und zwar über ein bitterarmes Land mit sehr wenig Menschen. Zu diesem Titel, zu dieser hohlen

Form müssen wir Späteren erst die Machtstellung, den Inhalt erkämpfen. Und darum ...«

»Darum«, sagte sie leise, »soll ich nach Stockholm?«

»Darum habe ich, gleich nachdem ich zur Regierung kam, mit einem Handstreich die neue Provinz genommen. Das war leicht, das war ein Spiel. Aber ich habe mir keinen Augenblick eingebildet, daß es dabei bleiben würde. Die Theresia will ihr Schlesien wieder haben. Ein großes Bündnis ist gegen mich geschlossen, meine Spione haben mir die Abschrift gebracht. Ich bin ganz allein. Wo soll ich Stärkung finden?«

Er schwieg einen Augenblick, fast als erwarte er eine Antwort. Aber da die Prinzessin nichts sagte, fuhr er fort:

»In Deutschland vielleicht? Wo ist dieses Deutschland? Es sind dreihundert kleine Narrenstaaten mit Geldsorgen, es können auch vierhundert sein, wenn du alle die Speckfeld, Holzapfel und Ratzeburg dazurechnest. Deutschland? Jawohl! Der König von Polen ist auch Herr in Sachsen, der König von Dänemark ist auch Herr in Oldenburg, der König von England ist auch Herr in Hannover. Der Bayer Karl ist deutscher Kaiser – daß er es ist, verdankt er mir und Frankreich. Er weiß aber nicht, wo er des Nachts ruhig schlafen soll, so mächtig ist er. In seinem Stammland haust Habsburg. Die Panduren unter Trenck –« er verstummte kurz, so als kreuzte sein Hirn ein Gedanke – »der Bandenführer Trenck hat ihm die Städte verbrannt. Jetzt marschieren sie an den Rhein. Ist man dort fertig, dann kehrt man sich gegen mich und nimmt mir Schlesien. Hat man Schlesien wieder, dann ist es aus, und Habsburg tut mit mir, was es mag.«

Er sah auf und nahm wahr, daß der Blick seiner schönen Schwester mit vollkommener Unbefangenheit seitlich auf ein Rasenstück gerichtet war, in dem die ersten Krokusse durchbrachen. Er sagte, scharf akzentuierend:

»Das ist dir gleichgültig. Es scheint dir eine Läpperei, was aus meinem Königreich wird. Amélie, ich gebe dir nicht Unrecht. Es gibt einen Standpunkt, von dem aus das eine Läpperei ist. Der Laufkäfer dort ist so wichtig wie die Königin von Ungarn, und eine schöne Melodie ist wichtiger. Aber Fürst sein heißt: vor solchen Gedanken wissend und freiwillig die Augen verschließen. Fürst sein heißt: so tun, als ob es solche Gedanken gar nicht geben könnte. Es gibt sie nicht! Hörst du? Für dich jedenfalls nicht. Ich verbiete sie dir! Ich hoffe«, sagte er leise und ziemlich bösartig, »durch diese Bemerkungen deine Aufmerksamkeit wieder erlangt zu haben. Mir bleibt«, fuhr er sachlich fort, »als einziger Bundesgenosse der König von Frankreich. Aber liefere ich mich ihm ohne Rückendeckung aus, dann bin ich nicht sein Bundesgenosse, sondern sein Vasall. Der König von Frankreich hat zwanzig Millionen Untertanen und ich zwei. Was ich zunächst einmal haben muß, ist ein Dreibund mit Rußland und Schweden.«

»Und darum?« fragte sie leise, genau wie zuvor.

Er zuckte die Achseln und lächelte. Da er die Schwierigkeit überwunden glaubte, fing er unwillkürlich wieder an, zu gehen. Er wandte sich seiner Schwester zu, freundlich, und sagte in leichterem Ton:

»Mein Gott, Amélie, du tust wahrhaftig, als verhängte ich über dich ein abscheuliches Los. Aber was verlange ich eigentlich? Sollst du an ein süddeutsches Jammerhöfchen wie die arme Wilhelmine? Als erster preußischer Prinzessin bestimme ich dir ein würdiges, ein historisches Schicksal. Erlaube, daß ich dir etwas erzähle. Vor ein paar Tagen war in meinem Einlauf der römische Staatskalender. Ich blättere ein bißchen und finde mich da ganz einfach als Marchese aufgeführt. Der Papst anerkennt uns nicht! Ja, da lachst du. Aber der Papst ist eben gewohnt, mit Jahrtausenden zu rechnen, und wir schneiden schlecht ab bei ihm mit unseren dreiundvierzig Jahren. Nicht das Haus Brandenburg ist es, ganz unter uns, das im Begriff ist, eine Mißheirat zu schließen. Ich glaube auch nicht, daß deine Schwester Ulrike außer sich geraten wird vor Freude ... Aber es geht nicht mit ihr. Sie ist hochmütig und eigensinnig. Nichts überlegt sie recht, nichts läßt sie reifen, vor Affekt verliert sie immer gleich den Schlaf. Während du, meine Schöne ...«

Er sprach lächelnd weiter auf sie ein, Herr seiner nervösen Ungeduld, seine Mittel mit Bedacht wählend, liebenswürdig, mäßig und klug. Sie waren die große Allee bereits drei- oder viermal auf und nieder gegangen und bogen nun um das langhingestreckte, schmale Gebäude in den vorderen Teil des Gartens ein. In einiger Ferne leuchtete, unten am Wasser, der scharlachrote Rock des Adjutanten.

Er saß dort und las in einem ledergebundenen kleinen Buch, das er aus der Schoßtasche genommen hatte. Es war ein französischer Plutarch, das Leben Alexanders. Vor fünf Jahren, als Kind, hatte er das zuletzt gelesen. Nun gefiel es ihm nicht mehr. Er hatte die ganze Schwärmerei eines jungen Offiziers für seinen Kriegsherrn, der ihn bevorzugt, und maß an Friedrich die Figuren aller antiken und neuen Helden. Er fand diesen Alexander ein wenig uninteressant; tapfer gewiß

– aber Tapfersein verstand sich von selbst, so gut wie Reitenkönnen und Durstaushalten –, dabei prahlerisch, treulos und abergläubisch, was Trenck, dem Sohne seines Jahrhunderts und Friedrichs Begleiter, als eine besondere Schande erschien. Ohne Grausamkeit war er auch nicht: Philotas, Parmenion, die Edelknaben in Baktra wurden hingeopfert, Kleitos, der ihm einst das Leben gerettet hatte, im Weinrausch getötet. Trenck stellte sich Friedrich vor bei solcher Untat. Aber vielleicht war Friedrich der erste wahrhaft gerechte Monarch in aller Geschichte! Begeisterung schwellte sein Herz. Hätte es Friedrich vielleicht an der Feldherrnkraft gefehlt, stürmend nach Asien vorzudringen, oder vielleicht an der genialen Phantasie, um eine Verschmelzung europäischer und asiatischer Menschengesittung zu planen? Aber wenn er diesen Plan gefaßt hätte – Friedrich wäre nicht das Mißgeschick begegnet, auf der Schwelle der Verwirklichung plötzlich zu sterben und solch ein Reich ratlos verwirrt zurückzulassen. Der Leutnant Trenck war nahe daran, dies dem großen Alexander als Schuld oder Torheit zuzurechnen. Und sah er genau zu, so hatte ihn an Plutarchs gesamter Schilderung nur eines gepackt: die Angabe, daß der große Alexander sein Haupt auffällig nach links geneigt trug. Gerade so trug es sein König.

Er mußte über sich selber lächeln und wurde wieder ernst. Er legte einen Brief als Merkzeichen zwischen die Seiten, schloß das Buch und schaute vor sich hin. Eine lautlose Weile verstrich.

Er hatte den Band in der Hand behalten, nun wollte er ihn wieder in seiner Tasche unterbringen. Dabei streifte das hervorstehende Lesezeichen gegen das Uniformtuch und raschelte. Trenck wurde rot vor sich selbst. Er hatte diesen Brief noch gar nicht gelesen; dabei kam er von seiner Mutter. Aber Trenck fühlte sich dieser kühlen Dame recht fremd, während seines Manöveraufenthalts in Breslau hatte er ihr eine ziemlich zeremonielle Visite gemacht. Wieso schrieb sie ihm eigentlich? Er löste das Siegel. Das Schreiben war kurz, ohne Bedeutung war es nicht.

Frau von Lostange teilte ihm mit, daß sein Vetter, der österreichische Pandurenoberst Franz von der Trenck, ihn, Friedrich, zum Universalerben eingesetzt habe. Es war geschehen, als der Pandur schwerverwundet in Bayern darniederlag. Der Brief riet, diese Mitteilung achtsam im Auge zu behalten, denn die Erbschaft des Österreichers sei ungemein beträchtlich, man rede von riesigen Ländereien, die ihm Habsburg verliehen habe, und von gewaltiger Kriegsbeute.

Trenck, sehr entgegen dem mütterlichen Rat, vergaß fast augenblicklich, was er gelesen hatte. Dieser Cousin, ein wilder Mordbrenner übrigens und als Verwandter wenig präsentabel, war so fern, dieses Erbe lag an der Drau und an der Save und also fast im Monde. Zudem war der Pandur jung und schon wieder gesund. Und noch viel jünger war er, Friedrich von der Trenck, neunzehnjährig nämlich, in der Gunst seines Monarchen, großen Dingen zweifellos zubestimmt. Auch was mit Geld zu bezahlen war, hatte er reichlich. Sein Stall war berühmt, sieben Bediente liefen für ihn. Ihm blieb nichts zu wünschen, oder doch nur eines, was kein Pandur ihm geben konnte.

Er sprang auf, er zerknitterte den Brief in der Linken, er hielt den Hut von sich ab in vorschriftsmäßigem Winkel: der König und die Prinzessin waren um eine Hecke gekommen und gingen nahe an ihm vorbei.

Sie waren in lebhaftem, freundlichem Gespräch. Der König, seiner Sache nun völlig sicher, sprach mit Einzelheiten von Amaliens Zukunft und schwedischer Aufgabe.

Amalie widerstrebte nicht ernstlich mehr. Sie war zwanzig Jahre alt und früh reif gewesen. Auf ein Glück zu hoffen war töricht, war beinahe klein und kindisch. Und an äußerer Erfüllung, was sollte da kommen? Der Lilienreif Frankreichs? Die Krone von England?

Trenck stand salutierend neben dem Gartenhaus. Es war, vom Schloß aus gerechnet, das linke. Unmittelbar daneben führte der Weg vorbei.

An dieser Stelle entschied sich das Schicksal der Prinzessin Amalie von Preußen und sein eigenes. Es war der zwölfte März des Jahres 1744, halb fünf Uhr am Nachmittag.

Sie sah ihn, sie erzitterte, sie grüßte ein wenig mit dem Haupt und schritt mit dem König weiter.

In geringer Entfernung nahmen sie Platz auf einer Bank. Anständig, höfisch wäre es von Trenck gewesen, sich aus dem Sehkreis der Geschwister zu verlieren. Aber das vermochte er nicht.

Mit einem Entschluß wandte sich Amalie ihrem Bruder zu. Sie war um einen Schein blasser über dem feinen Gewirk ihrer Contouche.

»Wir reden und reden, Frédéric«, sagte sie, »und wir vergessen das Wichtigste.«

»Das Wichtigste?«

»Mein Gewissen. Damit ich auf den Thron von Schweden gelange, wäre ein Glaubenswechsel nötig.«

Er schaute sie an, mit einem Flimmern der Ungeduld in den Augen.

»Willst du mir einreden, daß dir der Übertritt von der kalvinischen zur lutherischen Kirche Skrupel verursacht?«

»So große, daß ich ihn nicht vollziehen kann.«

»Ich fühle mich in der heitersten Weise in die Tage unseres Vaters versetzt. Damals saß immer der Prediger Franke mit uns bei Tische, der ödeste und traurigste Griesgram von der Welt. War er eigentlich Lutheraner oder war er Kalvinist? Jedenfalls war außer Bibelsprüchen bei ihm eigentlich alles verboten. Ich glaube mich an verwegene Grimassen zu erinnern, die meine Schwester Amélie hinter seinem Rücken schnitt.«

»Damals war ich ein Kind.«

»Und heute als erwachsene Dame machst du dir ernstlich Sorge darüber, ob es heißen muß: Brot und Wein ›sind‹ Leib und Blut Christi, oder nur ›bedeuten‹?«

Amalie sandte einen raschen Blick nach Trencks scharlachrotem Kleide hinüber.

»Der Hauptpunkt«, sagte sie unbeirrt, »ist die Lehre von der Prädestination.«

»Ah?«

»Nach unserer kalvinischen Anschauung gibt es keinerlei menschliche Freiheit, nur der Ratschluß des Höchsten gilt. Alles ist vorbestimmt.«

»Also auch dir der Thron von Schweden. Wozu reden wir noch?«

Aber dann stand er auf, ging mit kleinen Schritten vor ihrer Bank hin und her und sagte, ohne seine Schwester anzublicken, das Folgende:

»Ich sehe zu meinem Kummer, daß dich diese Kindereien wirklich bewegen. Ach, Amélie, ich wundere mich. Das, wahrhaftig, hätte ich nicht vermutet. Seit zwei Jahrhunderten streiten sich über solche Dinge die Gelehrten – und leider nicht nur die Gelehrten, ein Ozean von Blut ist für diese Haarspaltereien geflossen. Es gab eine Zeit, da hatten die Städte Lindau und Memmingen über die Verwandlung von Brot und Wein ihr besonderes Bekenntnis. Jawohl, in Memmingen entschied man damals ganz anders über die göttlichen Dinge als etwa in Ulm. Und dabei –« ein Lächeln trat in seine Züge, der Ärger verging, er wurde warm beim Reden – »dabei ist der Standpunkt von Memmingen doch vielleicht ein wenig klein in diesen Fragen, was meinst du? Ihr Frommen tut immer, als stündet ihr auf du und du mit eurem Gott. Nehmen wir doch getrost einmal an, er existiere, meint ihr denn wirklich, euer Auge reiche bis zu ihm? Was sind wir denn alle mit unseren Kronen und Thronen und Heeren und Plänen? In Ägypten hat es zehntausend Jahre lang Könige gegeben. Nun, wenn euer Gott lebt, will ich dir sagen, so hat er das gar nicht wahrgenommen. Das ist vorübergezuckt vor seinem Auge. Ach, vielleicht hat er diese ganze Erde noch gar nicht wahrgenommen. Was würdet ihr sagen, ihr Guten, wenn nun diese ganze Welt mit allen ihren Planeten und Sternen nichts anderes wäre als ein einziges riesiges Tier: die Sonne sein Auge und der Mars eine Kralle und der Saturn sein Nabel und unsere glorreiche Erde samt Lindau, Ägypten, Kalvin und Zoroaster nur eine Warze oder ein Muttermal – und das ganze ungeheure Tier wieder nur eines unter vielen, ein Sternentier unter Sternentieren, in *einer* großen, strahlenden Herde ...«

Er hatte zuletzt mit schallender Stimme gesprochen, in einer sehr sonderbaren Art von Begeisterung. Über Garten und Fluß und jenseitige Fluren hatte er weit fortgeschaut. Nun, bei einer Wendung, sah er die Schwester an.

Sie saß und starrte nach Trenck, versunken, verzückt, völlig hingegeben. Sie hatte ihm gar nicht zugehört.

Er begriff augenblicklich und ganz. Ohne auch nur seinen Satz zu beenden, ohne ein einziges vermittelndes Wort, drehte er ihr den Rücken zu und ging. Trenck mußte folgen.

Die Prinzessin Amalie hatte sich erhoben. Mitten in der Allee stand sie da, schlank aufwachsend aus ihren gewaltig gebauschten Röcken, und sah ihnen nach.

4.

Am rückwärtigen Parkeingang wartete mit den Pferden der Reitknecht. Der Weg von Monbijou zum Großen Schloß war ganz kurz. Es dämmerte bereits. Die wenigen Begegnenden rissen den Hut vom Kopfe, zwei alte Leute sanken ins Knie.

Es ging an der Spree entlang, dann auf der hölzernen Kavaliersbrücke über den Fluß. Vom Lustgarten her gelangten sie in den eigentlichen Schloßhof, stiegen zum zweiten Stockwerk hinauf und betraten durch einen Vorsaal das Appartement der regierenden Königin.

Es bestand aus fünf Räumen und war bescheiden. Auf den Saal folgte eine Galerie, auf diese zwei ziemlich große, quadratische Salons, dann noch ein enges Zimmer, darin die Souveränin schlief. Alles war etwas eilig und billig möbliert worden, auch rauchten die Kamine.

Dennoch war hier der Hof. Hier fanden sich an regelmäßigen Empfangstagen die Minister, die Gesandten und Hofleute ein, hier wurden die Fremden von Rang vorgestellt. Für Friedrich, den alles Zeremoniell in hohem Grade langweilte, war das bequem. Er benutzte diese Berliner Wohnung als Treffpunkt, wenn er irgendein Staatsgeschäft persönlich zu bereden hatte. Mit seiner Gemahlin eine Nacht unter demselben Dach zu bleiben, vermied er durchaus; sie war so gut wie verstoßen. Bezog sie im Sommer das Landhaus, das er ihr angewiesen hatte, in Schönhausen, nahe beim Dorfe Pankow, so bekam sie ihn überhaupt nicht zu Gesicht. Er war noch niemals dort gewesen.

Der Heiduck in der Galerie war aufgesprungen, wollte voraneilen, wollte melden. Aber der König winkte ungeduldig, er hatte bereits geöffnet und stand im ersten Salon. Trenck, unfreundlich bedeutet, blieb zurück.

Er fing an, stürmisch hin und wider zu schreiten im aufgepeitschten Rhythmus seines Blutes und seiner Gedanken. Seit dem Aufbruch von Monbijou hatte er nichts recht wahrgenommen, nicht das kalte Schweigen des Königs auf dem Herritt, nicht die Behandlung eben jetzt. Er fühlte nur immer wieder die Blicke der Schönen und Nichterreichbaren, er spürte wieder jene schwere und wollüstige Gelähmtheit, die es ihm unmöglich machte, sich in schicklicher Weise aus ihrem Sehkreis zu entfernen. So klirrte er auf und nieder über das Parkett der kahlen Galerie, und die Blicke des Heiducken folgten ihm, ratlos.

Drinnen bei der Königin war in der Tat Empfang. Achtzehn oder zwanzig Personen waren in den beiden Wohnräumen versammelt. Man saß im Schein von grünen Wachskerzen beim Spiel. Übrigens waren diese L'hombre-Partien berüchtigt wegen ihrer Bürgerlichkeit. Es wurde um Groschen gespielt.

Alles stand hastig auf, die Königin trat ihrem Gatten entgegen und sank in die vorschriftsmäßige Reverenz. Er verbeugte sich.

Elisabeth Christine war eine Dame von dreißig Jahren, ziemlich groß, von einiger Fülle und durchaus nicht sehr häßlich. Ihr Teint leuchtete vor Gesundheit und war zart dabei, das aschblonde Haar hatte Perlenglanz unter der leichten Puderung. Doch über den matten blaßblauen Augen lagen allzuflach die Brauen, und ihr kleiner Mund zeigte im hilflosen Lächeln schiefstehende und gelbe Zähne. Schlecht angezogen war sie auch. Die Farben von Reifrock und Übergewand waren zu laut und schlugen sich. Auch gab es heute eine störende Einzelheit: die hölzerne Längsschiene nämlich, die Planchette, vorne ins Schnürmieder eingeschoben, um die Mittelpartie des Körpers in gerader Linie zurückzupressen, sie saß nicht korrekt und stach unter dem grellblauen Damast der Taille scharf und grotesk hervor.

Der König bemerkte dergleichen nicht. Er hatte es sich abgewöhnt, diese Fürstin, die er als Zwanzigjähriger hatte heiraten müssen und die immer aussah wie eine Landpfarrersfrau in der Stadt, auch nur kritisch noch zu beschauen. Sie war eine von Herzen gütige und keineswegs törichte Frau. Aber er sprach niemals mit ihr … In der Hofgesellschaft hielt man den Atem an. Es waren Wetten abgeschlossen. Seit mehr als zwei Jahren hatte der König nicht mehr das Wort an seine Frau gerichtet. Würde das ewig währen? Handelte es sich um einen förmlichen Entschluß? Es war Übereinkunft, daß schon das einfachste Grußwort, die banalste Formel als Gespräch gelten sollte. Aber der König war heute so stumm wie stets. Er hatte sich verbeugt, dabei blieb es.

Elisabeth Christine, bleich geworden, trat zwischen ihre beiden Ehrendamen zurück. Die Wahl dieser Ehrendamen zeugte für die schlichte Reinheit ihres Herzens. Sie waren beide, Fräulein von Hertefeld wie Fräulein von Tettau, ganz außergewöhnlich schön: herrisch schön, dunkel, hochgewachsen und gefährlich die Tettau, die helle weiche Hertefeld von einer Pikanterie und Anmut, die an jedem anderen Hofe etwas bedeutet hätten. Aber Friedrich sah sie gar nicht an, er wußte wahrscheinlich kaum, wie sie hießen. Es wehte um diesen jungen, berühmten König eine unsinnliche und kalte Luft, es stimmte zu diesem Eindruck, daß er seit kurzem sein Galakleid nicht mehr trug, sondern sich beinahe stets in der Infanterie-Uniform bewegte. Er sah gut aus darin, dennoch wirkte es frostig.

»Herr von Rudenskjöld, ich bitte«, sagte er in die Stille hinein. Der Gesandte Schwedens trat hervor. Im gleichen Augenblick begann die Gesellschaft sich in den zweiten Salon zurückzuziehen, man gruppierte sich dort; lautlos, wie von ungefähr, wurden die Flügeltüren geschlossen. Der König und Rudenskjöld standen allein zwischen den verlassenen Spieltischen, wo die Karten unordentlich lagen.

»Wann haben Sie in der Heiratsangelegenheit zuletzt an Ihr Kabinett geschrieben?«

»Donnerstag, Sire.«

»Ohne Zweifel haben Sie dabei von meiner jüngsten Schwester gesprochen? Ich erinnere mich, Ihnen gesagt zu haben, daß eine so liebenswürdige und anpassungsfähige Dame in Schweden, wo die Königsmacht wenig gefestigt sei, gut am Platze sein werde.«

»Euer Majestät haben mir das gesagt. Aber alles befand sich ja noch im Stadium erster Erwägung. Ich war schon glücklich, das grundsätzliche Einverständnis Eurer Majestät nach Stockholm mitteilen zu können.«

»Sie haben also noch keinen Namen genannt?«

»Den Namen einer Prinzessin? Nein, Sire.«

Friedrichs Miene erheiterte sich. Dieser schwedische Baron, ein noch jugendlicher Herr von sehr wachem und verläßlichem Aussehen, hatte ihm seit jeher gefallen. Mit Wohlwollen blickte er ihn an und sagte pointiert, im Ton eines Mannes, der weiß, daß seine Pointe verstanden werden wird:

»Sie werden also schreiben, daß in Schweden, wo die Königsmacht wenig gefestigt sei, eine energische und zielbewußte Dame ihren rechten Platz finde, zumal an der Seite des Prinzen Adolf Friedrich, eines so liebenswürdigen und anpassungsfähigen Fürsten. Darum, so schreiben Sie, Rudenskjöld, sei anzunehmen, daß die Erhebung meiner Schwester Ulrike zur Kronprinzessin in Stockholm willkommen sein werde.«

Rudenskjöld verneigte sich mit der klugen Andeutung eines Lächelns – genau soweit angedeutet, als es von ihm erwartet wurde. Dann, so als wäre dies alles noch offiziell, noch vor Zeugen gesprochen worden, fragte er ernst, leise und schnell:

»Und Rußland? Und die Kaiserin?«

Friedrich antwortete: »Das läßt sich einrichten. Die Kaiserin ist sehr zufrieden mit der Prinzessin von Anhalt. Toben wird unser Freund Bestuschew, aber ihn kann man umgehen. Es gibt Wege. Ich werde noch heute nacht aus Charlottenburg nach Moskau schreiben. Auf Wiedersehen!«

An der Tür drehte er sich um. »Eines noch, Rudenskjöld: der Termin. Nicht später als Juli, keinesfalls! Der August, so fürchte ich, wird mich schon auf Reisen sehen. Begreifen Sie mich? Als mein künftiger Bundesgenosse dürfen Sie mich begreifen.«

Er ging, ohne sich von seiner Frau im mindesten zu verabschieden. In der Galerie schloß Trenck sich an und klirrte hinter ihm die Steintreppen hinunter. Der König selbst ging lautlos, er trug niemals Sporen.

Der Reitknecht wartete im Hof mit den Pferden. Ein paar Kutschen standen da. Zwei Öllaternen brannten.

Draußen vorm Schlosse war alles ganz öde und still. Außer wachestehenden Soldaten bemerkte man keine Seele. Unfertig und traurig erstreckte sich die Repräsentationsstraße ins Ungewisse. Rechts und links standen in ungeheuren Abständen die prunkvollen Bauten der Dynastie: das drohend gewaltige Zeughaus, die schöne Oper, im vorigen Jahr erst vollendet, der Palast des Markgrafen von Schwedt, der Marstall, nach einem Brand erst halb wieder erstellt. Dazwischen nichts. Weite, unbebaute Flächen, über die der abendliche Märzwind daherblies.

Ein mächtiger Entwurf das Ganze, nicht mehr noch. Sie fühlten es beide, während sie zwischen den Reihen kümmerlicher Linden dahinritten. Trenck erinnerte sich an den Tag, da er zum Einkauf der neuen Uniform heimlich zuerst nach Berlin herübergekommen war – wie ein Mensch, der zu weite Kleider trägt, war ihm die Stadt damals vorgekommen. Friedrich aber, mit tiefem Unbehagen, gedachte seines eigenen Wortes vom Nachmittag: daß er verurteilt sei, dem Königsnamen, den ein Prahler sich zugelegt, nachträglich einen Inhalt zu erkämpfen. Es war so. Auch der Purpurmantel schlotterte, wie diese zu weit geschnittene Stadt.

Sie hielten am Carré, vor dem Brandenburger Tor, einem höchst einfachen, niedrigen und plumpen Bauwerk. Der Unteroffizier leuchtete ihnen ins Gesicht, schrie schreckerfüllt sein Kommando, die fünf oder sechs Soldaten, Leute vom Regiment Kalckstein, traten ins Gewehr, einer schlug verspätet einen unsicheren, nicht taktfesten Wirbel; sie waren hindurch und ritten im Wald.

Denn der sogenannte Tiergarten, der sich hier vor den Mauern meilenweit ausdehnte, war ein Wald, ein wild und regellos bewachsenes Gelände, in dem die Hirsche und Füchse frei herumsprangen. Sehr sicher war es keineswegs hier, und unbewaffnet wagte sich kein Mensch nach Einbruch des Dunkels heraus. Aber kaum ein Bürger war ja dazu genötigt. Charlottenburg, das dürftige Ackerstädtchen, vom ersten König künstlich gegründet und dann schnell wieder verkommen, war für niemand ein Ziel.

Dorthin ritten sie jetzt. Die Straße war schnurgerade quer durch den Wald gehauen, anderthalb Gehstunden weit. Sie war in äußerst schlechter Verfassung, im tiefen Sand sanken die Pferde ein bis über die Fessel. Rechts und links standen in mäßigem Abstand Pfähle für Lampen; einst, zu jenes Friedrich Zeit, war bei den Auffahrten des Hofes diese Waldstraße des Nachts erleuchtet worden. Aber die Lampen waren verrostet und zerschlagen, seit dreißig Jahren hatte keine gebrannt. Es gab keine glänzenden Auffahrten mehr. Der Reitknecht hatte eine Fackel entzündet, er ritt schräg vor dem König und dem Offizier und erhellte ihnen den Weg.

Die halbe Strecke lag hinter ihnen. Ein Wind hatte sich erhoben, und die Bäume rauschten um sie. Endlich, der ›Stern‹ war passiert, jene Stelle, von wo nach verschiedenen Richtungen Pfade durch den Forst geschlagen waren, endlich richtete Friedrich das Wort an seinen Begleiter:

»Die Ordre für morgen! Wiederholen Sie sie!«

Trenck antwortete sofort:

»Ein Regiment Kürassiere und zwölf Kompanien Infanterie marschieren von Berlin nach Potsdam, in Schöneberg macht die Infanterie halt, Gräben werden an den Dorfausgängen gezogen, Feldwachen werden aufgestellt, fünf Eskadrons feindlicher Husaren versuchen einen Überfall, sie dringen ein, das Feuer der Infanterie schlägt sie zurück, indessen kommt das Kürassierregiment heran, die Husaren eilen ihm entgegen, beunruhigen es, zerstören die Brücke, über die es kommen muß, überfallen mit blankem Säbel die Nachhut, erfolgreiches Karabinerfeuer der Kürassiere, bewegtes Reitergefecht bis an die Tore von Berlin.«

»Mit dieser Ordre reiten Sie um drei nach Berlin zurück.«

Schweigen wiederum. Windstöße nur durch die Äste, Keuchen der Pferde, dumpfes Geräusch der Hufe im Sand. Der König hatte sein Tier in Galopp gesetzt. Minuten vergingen.

»Wie sind Sie denn verwandt mit ihm?«

Trenck blickte im Jagen nach Friedrichs Gesicht. Es war geradeaus gerichtet und rot beleuchtet. Er hatte nicht verstanden und suchte nach einer schicklichen Form, um zu fragen.

»Mit dem Panduren!« sagte der König höchst ungeduldig.

»Er ist mein Vetter, Sire.«

»Ihr leiblicher Vetter?«

»Jawohl, Sire.«

»Da haben Sie einen sauberen Vetter. Einen Mordbrenner!«

Trenck schwieg.

»Wann haben Sie ihn zuletzt gesehen?«

»Noch niemals, Sire.«

»So«, sagte Friedrich. »Und stehen mit ihm durchaus in keiner Verbindung?«

»Er hat mich zu seinem Erben eingesetzt.«

Friedrich brachte sein Pferd zum Stehen. Der Reitknecht, nicht angerufen, galoppierte weiter, und sie hielten im Dunkeln.

»Zu seinem Erben! Ein Straßenräuber! Mein Feind! Wann haben Sie das erfahren?«

»Heute.«

»Ah, heute! Und wo?«

»In Monbijou.«

»Ah, in Monbijou. Und was gedenken Sie zu tun?«

»Gar nicht zu antworten, Sire.«

Sie waren wieder dicht hinter dem Reitknecht. Sie trabten. Offenbar hatte der Wind sich gedreht, von der Fackel wehte eine schwarze Rauchfahne auf sie zu. Trenck sah, daß Friedrichs Wange vom Ruß fleckig wurde. In der Ferne erschienen ein paar öde kleine Lichter.

Plötzlich beugte sich der König nach links, gegen Trenck hin, und deutlich, in einem scharfen, kalten Flüsterton, zischte er ihm zu, auf deutsch:

»Nehm' Er sich gut in acht! Der Donner und das Wetter wird Ihm aufs Herz schlagen!«

Der Wald war zu Ende. Sie langten an.

5.

Franz Freiherr von der Trenck, Schöpfer und Anführer des Corps der Panduren, war ferne irgendwo in Kalabrien zur Welt gekommen. In südlichen und östlichen Ländern wurde er groß, schon in seiner Knabenzeit abenteuerlich umhergeführt von den Kriegswirren, die damals den ganzen unseligen Erdteil fast ununterbrochen erzittern machten.

Es erwuchs, unter so wilden Umständen, vom Vater her aus dem reichen Trenckischen Blute, von der Seite der Mutter aus schwerem russischem, ein Mensch von gewaltigen Fähigkeiten, ein tollkühner Soldat und bedeutender Führer, ein Ruhmsüchtiger, Habgieriger und Wollüstling von mythischem Ausmaß, ein Mars und ein Scheusal. Er war der Mann, an der Spitze von ein paar Tausend barbarischer Reiter den Krieg um die österreichische Erbfolge von seinem Gange abzubiegen; aber in seinen Greueltaten, aus Gewinnsucht und Grausamkeit begangen, tobten unmenschliche Höllentriebe ein letztes Mal zur Oberfläche empor, dieser stiftsfähige preußische Edelmann hauste in deutschen Ländern wie kein Attila und kein Mélac vor ihm, und die Flüche von Völkerstämmen heulten ihm nach auf seinen Zügen.

Über ihn hatte die Natur alle ihre Gaben gehäuft. Ein riesengroßer, herrlich gewachsener Mann – dieser Vorzug war ein Erbteil aller Trencks –, schön von Gesicht und von einer, bei so gewaltiger Männlichkeit, betörenden Gewandtheit, ja Grazie, stand er da als ein Fürst des Lebens. Seine Stärke war die der Helden aus den primitiven Geschichten der Menschheit. Er war abgehärtet bis zum Äußersten, er widerstand der Cholera wie den Nachtwachen in Eis und Sumpf. Einmal, als er dem Russen gegen den Sultan diente, rannte ihm ein Tatar den Speer durch den Leib – Trenck ergriff den hervorstehenden Schaft, brach ihn ab vor den Händen des Tataren, gab seinem Gaul die Sporen und kam glücklich davon.

In jeder militärischen Kunst galt er schon in den Jünglingsjahren als der erste Meister. Sein unbetrügbares Auge kannte sogleich jedes Terrain, jede Höhe und jede Entfernung. Er war ein großer Taktiker und wäre ein Stratege gewesen.

Das Freicorps der Panduren, so gefürchtet, so bedeutsam unter Habsburgs Truppen, war ganz allein sein Werk. Er schuf es auf besondere Weise und aus besonderem Material.

Um nämlich eine Mußezeit zwischen zwei Kriegszügen auszufüllen, hatte er sich's zur Aufgabe gesetzt, die Räuberbanden in Slawonien auszutilgen; mit dem Rade, mit Spießruten wütete er gegen sie ohne Unterschied.

Eines Tages auf der Jagd hört er Festmusik aus einem abgelegenen, einsamen Haus. Er ist durstig, er geht hinein und findet eine Hochzeit bei Tisch. Mit dem Rechte des Herrn nimmt er Platz und hält mit, er weiß nicht, daß dieses Haus ein Zusammenkunftsort der Bandenführer ist. Der Tür gegenüber sitzt er am langen, schmalen Tisch, da treten zwei schwer Bewaffnete ein, riesenhaft von Gestalt.

Er kennt sie als Häupter. Er ist ihnen der Todfeind. Sein Gewehr lehnt entfernt an der Wand. Einer der Räuber sagt:

»Trenck! Wir haben dir nichts getan, und du verfolgst uns grausam. Aber wir denken anders als du. Friß dich satt mit uns. Nach dem Essen wollen wir zwei dort hinausgehen, jeder mit dem Säbel in der Faust, da werden wir sehen, wessen Sache gerecht ist.«

Sie setzen sich Trenck gegenüber und essen und trinken fröhlich mit. Er aber zieht heimlich seine beiden Pistolen hervor, richtet sie unterm Tisch auf den Bauch seiner Gegner, drückt ab, packt den Tisch, stürzt ihn auf sie und entspringt, sein Gewehr ergreifend. Von draußen blickt er zurück. Einer der Männer wälzt sich im Blut, der andere, schwächer verwundet, arbeitet sich wütend unter Holz und Geschirr und Speisen hervor und rennt ihm nach. Trenck läßt ihn ruhig herankommen, schießt ihn nieder, haut ihm den Kopf ab und bringt die Trophäe zu seinen Leuten nach Hause.

Durch diesen Handstreich gegen ihre besten Führer hat er die gefährlichen Banden entmutigt, und wie er bald darauf zum Kriegsdienst gegen Franzosen und Bayern wirbt und einen Generalpardon auswirkt, werden diese selben Räuber der Kern seines Corps. Über Menschen also ist er gesetzt, die von Gewalttat zu leben gewohnt sind, die den Galgen nicht scheuen, Unterordnung kaum kennen, über Menschen, die nur durch Hoffnung auf freie Sättigung aller Lüste und durch tollkühnes Beispiel sich anfeuern und halten lassen.

Trenck war der Mann für sie. Beim ersten Zusammenstoß mit dem Feind, bei Linz, erraufte er sich an ihrer Spitze blutigen Lorbeer. Schon der Anblick seiner Panduren schreckte. Halbnackt unter ihren brandroten Mänteln, mit Bärten und Zopfflechten, hockten diese neuen Hunnen auf ihren zottigen Gäulen, in der Faust den Säbel, das Gnadenstoßmesser quer im viehischen Maul.

Klug, wachsam, mutig bis zum Absurden, heimtückisch dann wieder wie keiner, wußte der Oberst jeden Vorteil zu nutzen; alsbald war er in der ganzen Armee Habsburgs bekannt und berühmt. Prinz Karl, der Feldmarschall Khevenhüller, vertrauten ihm blind, Maria Theresia begann ihn mit großartigen Dotationen zu bedenken. Schließlich besaß er mehr als 50 000 Hektar in Slawonien, ein Königreich. Sein krummer Säbel fegte vor der Armee her und schuf ihr Raum. Von Österreich stürmte er vor nach Bayern.

Ein Wüten begann, ohnegleichen in neuer Geschichte. Bayern und Franzosen liefen schon, wo sie einen roten Mantel erblickten. Es wurde gemordet, zerstört und geplündert, das Beste von allen Schätzen erraffte sich Trenck. Tat einer seiner Offiziere einen ergiebigen Fang, so ward er wieder und wieder mitten ins feindliche Feuer geschickt, so lange, bis sein Oberst ihn beerbte.

Die Methoden des Dreißigjährigen Krieges wurden erneuert, dem Reichen pumpte man Jauche in den Schlund oder röstete ihm am Ofen die Füße, bis er das Versteck vermuteter Gelder bekannte. Die Bauern wurden mit abgeschnittenen Ohren und Nasen nach Hause geschickt, Frauen auf dem Rücken ihrer gefesselten Männer geschändet und dann ins Feuer geschleudert, kleine Kinder aufgespießt und den Hunden zum Fraß vorgeworfen. Die Stadt Cham ging völlig in Flammen auf, Deggendorf, Vilshofen erfuhren die rote Wut dieser Teufel, Bayern bezahlte es etwas teuer, daß sein Kurfürst gegen den Willen der Theresia als Karl VII. die römische Krone trug.

Trenck vergrößerte seine Reitermacht – sie wird unüberwindlich. Im Rheinkrieg erobert er am diesseitigen Ufer bei Philippsburg die Schanzen, schwimmt mit einer Handvoll Panduren über den Strom, überfällt auch drüben die Festung, haut selbst den Kommandanten nieder, faßt als erster Posto im Elsaß und ermöglicht so, er ganz allein, der Armee Habsburgs den Rheinübergang. Er war, der scheußlich-gewaltige Mensch, eine Figur der europäischen Geschichte geworden, Maria Theresias schlimmster Trumpf, unter so viel erhobenen Schwertern der vorzückende Krummsäbel, auch gegen Friedrich.

Im persönlichen Umgang war er liebenswürdig, ein Gesellschafter von besonderem Reiz. Italienisch und Französisch sprach er so elegant wie Ungarisch oder Englisch, er liebte Scherz, zeigte sich schlagfertig mit Takt, seine Stimme und sein musikalisches Gefühl waren so geschult, daß sich ihm jede Opernbühne gerne geöffnet hätte, seine literarischen Fähigkeiten gingen über das bloß Herkömmliche bestechend hinaus: die Formen dieses vor Bosheit, Gier und Tücke halb irren Schlächters zeigten die feinste Urbanität.

Sein Äußeres freilich hatte sich mit einem Tag zum Abbild seines wahren Wesens verwandelt. In Bayern nämlich, zur Zeit seiner gräßlichsten Taten, kam er beim Plündern mit dem Licht einem Pulverlager zu nahe, das Faß flog auf, versengt, halb gebraten, ward er zu Boden geschleudert. Seit damals war sein Gesicht, von der Natur so schön, so regelmäßig angelegt, völlig verzerrt und verzogen, durch Narben und tief eingebrannte schwarze Pulverlöcher entstellt, eine Teufelsfratze über dem roten Mantel.

Dies war Friedrich von der Trencks finster berühmter, leiblicher Vetter, Trenck der Pandur.

6.

Der Weiße Saal, prunkvoll und hoch, umstellt mit den Marmorbildern der brandenburgischen Kurfürsten, war von tausend Wachslichtern hell, die eine außerordentliche Hitze erzeugten. Man hatte Hochsommer. Die Trauung der Prinzessin Ulrike mit Adolf Friedrich von Schweden sollte gefeiert werden. Er war nicht selbst gekommen, ein Spezialgesandter hatte den Bruder Ulrikens, August Wilhelm, gebeten, die Vermählung durch Prokuration vorzunehmen.

Man war versammelt. Dem Throne gegenüber, unter einem rotsamtenen Himmel, stand der Altar. Der Hofmarschall gab das Zeichen mit seinem Stabe, die Vorhänge nach der Galerie gingen auseinander, und das Paar betrat den Saal. In vollkommener Stille, acht Pagen in den schwedischen Farben hinter sich, taten sie einen Rundgang, verbeugten sich vor dem König und wurden dann von dem Seelsorger der verwitweten Königin, der ein Lutheraner war, mit kurzen Worten eingesegnet. Bruder und Schwester tauschten die Ringe, genau in diesem Augenblick ertönte von den Wällen her ein dreifacher dumpfer Salut der Geschütze.

Sie waren beide ganz in Weiß, aber präsentierten sich ungleich. Der Prinz, unbrandenburgisch hochgewachsen, braun von Haar, blau von Augen, mit träumendem, schwärmerischem Gesichtsausdruck, schien behindert zu gehen und wirkte überhaupt verlegen und scheu; die kleine Ulrike, ziemlich voll für ihren Wuchs, zeigte eine strenge und sichere Miene, ihre weiße kleine Nase trug sie sehr hoch, es war dieser Nase anzusehen, daß die Prinzessin etwas mühsam Atem schöpfte.

Auf einer Estrade, die ganz aus massivem Silber bestand, war ein Orchester versammelt. Plötzlich, mit Paukenkrach und Trompetengeschmetter, brach hier Musik los, und in so barbarischer Klangfülle begann die traditionelle Feierlichkeit bei Vermählungen im brandenburgischen Hause, der Fackeltanz.

Zwölf hohe Würdenträger, sechs Minister und sechs Generalleutnants, brennende Wachskerzen in den Händen, standen zur Zeremonie bereit. Paarweise vollführten sie den Umgang. Ihnen folgte als siebentes Paar das neuvermählte. Nach Vollendung der ersten Tour näherte sich die Braut dem König und forderte ihn zur zweiten auf. Nach dieser zweiten verneigte sich der Bräutigam vor der regierenden Königin und erbat ihre Begleitung. Wieder von der Seite der Prinzessin folgte der Rundgang mit dem ersten der rechts vom Thron gereihten männlichen Brandenburger, wieder von der Seite des Prinzen der Rundgang mit der ersten der links vom Thron gereihten fürstlichen Damen. So aber ging es fort in lähmender Hitze, beim Lärm der Trompeten und Kesselpauken, der maßlos war in dieser Akustik, so ging es sehr lange fort, denn mehr als zwei Dutzend Mitglieder des königlichen Hauses standen im Halbkreis angeordnet, und die Minister und Generale, recht unlustig in ihrer Rolle, schoben langsam die Füße, und niemand sonst war im geringsten beschäftigt bei dieser leeren Vorführung, und jedermann kannte sie zudem von früherer Gelegenheit her, mit Ausnahme der schwedischen Sondergesandtschaft, deren Anteil aber auch ziemlich bald sich zu mindern schien.

Nicht weit vom Altar stand der Botschafter Graf Tessin, ein prachtvoller Herr in mittleren Jahren, neben ihm seine erstaunlich häßliche, aber sehr vornehme Gattin, an deren Seite sich mit freundlich verschlossener Miene Rudenskjöld hielt, ferner die Schönheit der Schönheiten, Tessins Nichte, Fräulein Sparre, und bei ihr, um sie, hinter ihr, die sechsunddreißig jungen schwedischen Barone und Grafen, die mit zur Brauteinholung gekommen waren, eine überaus glänzende Suite für die Fahrt über die Ostsee: alle die jungen Horn und Taube und Wrangel und Bielke und Posse und Fersen und Brahe und Lieven.

Schon während der zweiten Runde, der mit dem König, fand sich Graf Tessin veranlaßt, seiner wundervollen Nichte vorsichtig zuzuflüstern, soviel er erkenne, sei dieser Fackeltanz kein Tanz, sondern im besten Fall eine Prozession, und er habe zwar im Laufe seines Lebens manches Öde gesehen, aber so etwas Langweiliges gebe es gewiß im höfischen Ritual der ganzen Erde nicht, nicht einmal in China oder in Spanien – da erlitt die hoffnungslose Zeremonie auch schon eine Unterbrechung.

Prinzessin Ulrike hatte den König, wie es Brauch war, bei der Hand gefaßt, aber er hatte sofort wieder losgelassen und wandelte nun so mit seinem Reitergang hinter den lichtertragenden Granden einher. Er war im Hofkleid aus blauem Samt, aber dieses Hofkleid konnte nicht recht für voll gelten, es war mit beinahe kränkender Genauigkeit der Uniform nachgeschnitten; eigentlich war es eine Uniform aus Samt. Ulrike schritt mit unaussprechlich stolzer Miene, denn dieser Augenblick, genau dieser, der überlieferte Rundgang mit dem königlichen Bruder, war ihr größter und schönster, war der Gipfelpunkt ihres Daseins, ihre eigentliche Hoch- und Glanzzeit, und sie wußte das klar und erfüllte sich ganz mit dem Gedanken und kehrte stark nach außen, was triumphierend in ihr lebendig war.

König Friedrich machte gerade kein unfreundliches Gesicht, er sah nur völlig isoliert aus, äußerst neutral, mit anderen Dingen beschäftigt, in diesem Saal nicht eigentlich anwesend. Plötzlich, als gäbe es nichts Natürlicheres, blieb er stehen, berührte den als Übernächster vor ihm gehenden General von Wreech an der Schulter und trat seitlich mit ihm aus dem Zuge heraus.

Alles geriet in Unordnung. Die Prinzessin, Tränen der Empörung in ihren kalten Augen, war stehengeblieben, aber die vier vordersten Paare schritten weiter, die Musik schmetterte fort, und es bedurfte der Bemühung des diensttuenden Hofmarschalls, um notdürftig das Arrangement zu retten. Die Musikanten schwiegen endlich, wobei ein Paukenmann in lässiger und komischer Weise nachdröhnte. Dann herrschte eine vollkommene Stille von hoher Peinlichkeit. Der König sprach mit dem General von Wreech, er gestikulierte, aber er sprach leise; es gab nichts zu hören. Endlich, nach langen Minuten, kehrte er mit unbefangener Miene an die Seite seiner Schwester zurück, worauf das Getöse der Musikbande gehorsam sogleich wieder einsetzte und der morose Akt, fortan nicht mehr gestört, sich mit gigantischem Stumpfsinn seinem Ende zuwälzte.

Nach dem Fackeltanz fand große Hoftafel in den sogenannten Paradekammern statt. Die königliche Familie speiste allein für sich im mittleren dieser Prunkräume, dem Rittersaal, an einer runden Tafel. Nach rechts und nach links hin hatte man durch weit geöffnete Flügeltüren den Blick frei in die übrigen Gemächer; dort war für die Hochzeitsgesellschaft gedeckt, im Schimmer von Kerzen und Silber. Denn von Silber strotzte diese Repräsentationsflucht, dick und schwer war es allenthalben angebracht. Dies war so der Geschmack des verstorbenen Königs gewesen, und vielleicht weniger noch sein Geschmack als seine Art, Kapital anzuhäufen. Ungeheure Schenktische erhoben sich an der Wand, etagenweise beladen mit massivem Gerät, in der Mitte jeder Eßtafel ruhte auf breitem silbernem Lager das Schaugericht, ein ganzer gebratener Eber oder ein Pfau oder ein Hirsch mit starkem Geweih. Keine Vorhangstange, kein Feuerbock im Kamin, die aus anderem bestanden hätten als aus dem puren Metall.

Im Rittersaal aber, an der Tafel des Königs, war alles aus Gold. Man speiste von Tellern, die ein Entzücken waren, nicht durch Kostbarkeit allein, sondern mehr noch durch die sanft geschwungene und gebrochene Wellenlinie ihres Umrisses. Bestecke und Armleuchter waren ebenso schön und ebenso golden. Auf goldenen Riesenschüsseln wurde angerichtet, und zwar auf vielen Schüsseln zumal, denn man servierte nach Gruppen. Immer kamen eine Anzahl Gerichte zugleich auf den Tisch, erst nur lauter Gesottenes, dann nur lauter Gebackenes, dann nur lauter Gebratenes. Es sollte, so schien es, einfach alles Eßbare geben, was zu erdenken war. Übrigens wechselte man die Teller nicht. Erst vor dem Dessert gab es neue. Auch standen keine Gläser auf dem Tisch, vielmehr verlangte jeder vom Diener seine Sorte Wein und bekam sie im Glase.

Man war nicht heiter im Kreis des Königs. Gezwungenheit herrschte. Friedrich war alles eher als ein Familienvater, man war nicht gewohnt, um ihn vereinigt zu sein. Am wohlsten schien sich noch die verwitwete Königin zu befinden. Sehr stark und imposant, mit ihrem fetten, gescheiten Gesicht, saß sie da in einer schwarzen Samtrobe, die mit Hermelin ausgeschlagen war, schwitzte und ließ es sich schmecken. Noch immer genoß sie sehr bewußt das Glück, nicht mehr den polternden und bigotten Ehemann an ihrer Seite zu fühlen, sie erfreute sich am Respekt des schon berühmten Sohnes und empfand es angenehm, nun heute aufs neue Königsmutter und bald wohl Ahnin von Königen zu sein.

Sonst aber war eigentlich keiner vergnügt an der für riesenmäßigen Appetit besetzten Tafel. Die männlichen Verwandten nicht, weil Friedrichs Gegenwart einer stillen, bösen Kritik für sie allezeit gleichkam. Der Prinz August Wilhelm im besonderen nicht, weil seinen Sinn die Komödie einer Heirat durch Prokuration bedrückte und lästig beschäftigte. Die Kronprinzessin Ulrike nicht, weil vermeintlich ihrem Glück und ihrem Rang zu wenig Ehre erwiesen wurde, weil nicht sie, sondern auch heute Friedrich der allgemeine Blickpunkt war, und vor allem, weil ihre jüngere Schwester nicht, wie sie gehofft, geschlagen und zerschmettert erschien, sondern sehr gelassen bei Tafel saß und zudem so schön, daß es geradezu ein Skandal war. ›So schön‹, dachte Ulrike ganz wörtlich, ›sieht eine Prinzessin nicht aus, das ist lasterhaft und unfürstlich.‹

Sie war in der Tat noch schöner geworden, sie befand sich auf jenem Höhepunkt einer weiblichen Existenz, auf den der Betrachter mit einem tragischen Schauer blickt: er schauert vor Abstieg und Ende. Ihr feines Gesicht war um einen Schein voller geworden, voller, kaum merklich zwar, auch ihre ganze Gestalt; selbst ihre Hände, auffallend edel in ihrer Form, hatten sich ein wenig gefüllt und zeigten nun eine sinnliche, zärtliche Glätte und Blüte. So saß sie da, in einem wunderbar einfachen Kleide aus Meergrün und Silber, zwischen zwei wahrlich unangemessenen Kavalieren, einem ihrer Seitenverwandten von Schwendt nämlich, einem Herrn mit kühner Adlernase, der sich aber vornehmlich mit Essen abgab, und ihrem Brüderchen Prinz Ferdinand, einem schwächlichen und ängstlichen Kinde, so saß sie und handhabte schweigsam ihr goldenes Besteck.

Höchst unbehaglich fühlte sich auch heute die regierende Königin. Daß Friedrich nicht das Wort an sie richtete, verstand sich von selbst, keine Wetten wurden hierüber mehr abgeschlossen. Aber das Schlimme war, daß seit neuem der übrige Hof, mit dem sie doch häufiger in Berührung kam, dieses Beispiel nachahmte und die gutherzige ländliche

Dame mit schweigender Mißachtung behandelte. Auf eine Aufmerksamkeit der Königin-Mutter oder Ulrikens hätte sie lange warten können. Am freundlichsten zeigte sich sonst noch Amalie, denn Schönheit und Grazie stimmten sie zum Mitgefühl mit der armen Benachteiligten; aber heute schien sie still mit ihren eigenen Angelegenheiten beschäftigt und sprach auch nicht mit ihr.

Sie hatte sich große Mühe gegeben, um beim heutigen Feste würdig zu erscheinen, und in der Tat war ihr blaues Samtkleid im ganzen auch ohne Tadel. Aber was ihre Coiffure betraf, so mußte wohl der Teufel selbst sie beraten haben. Denn nach einer Mode, die heute schon fast verschollen und jedenfalls abgeschmackt war, trug sie ihr hübsches Haar ganz hoch frisiert, so hoch, daß es von innen durch eine Art Drahtgestell in der Form gehalten werden mußte. Dieses Gebäude war überreichlich mit lang hervorstehenden Brillantnadeln geschmückt; was aber leider ebenfalls hervorstand, das war eine Ecke jenes Gestells aus Draht, und wenn es auch Golddraht war, die Wirkung wurde dadurch nicht verbessert. Sogar der schüchterne kleine Ferdinand mußte lachen, wenn er seine Schwägerin ansah.

Man war beim Dessert angelangt. Zehn, zwölf Platten und Schüsseln zugleich wurden auf den Tisch gesetzt, das Hauptstück aber war ein ungeheurer Aufbau aus Gefrorenem, ein Staatswerk des Hofkonditors, welches, nach Farbe und Form wirklich getreu, das schwedische und das preußische Wappentier darstellte, den Löwen und den Adler. Die Schöpfung wurde maßvoll bewundert, und der Markgraf mit der Hakennase tat sogar zum erstenmal den Mund auf und schickte sich an, einen Vortrag über die Kunst der Eisbereitung zu halten, die neu war und die man, wie er zu sagen wußte, dem französischen Barometermacher Réaumur verdankte – als ihm der König, der bisher nicht weniger stumm, aber anders stumm als er gewesen war, mit einer Handbewegung das Wort verbot. Eine zweite Handbewegung veranlaßte die aufwartenden Diener, die Flügeltüren zu schließen und zu verschwinden. Der Gesprächslärm aus den anstoßenden Räumen drang nur noch als ein gedämpftes Brausen herein, die königliche Familie saß ganz allein in einem erwartungsvollen und ziemlich ängstlichen Schweigen.

Friedrich blickte sich unzufrieden um und sagte:

»Ich werde vermutlich keine Gelegenheit mehr haben, die Familie versammelt zu sehen, ehe ich abreise. Verzeihen Sie darum gütig, meine liebe Mutter, wenn ich jetzt unsere Angelegenheiten regle. Vor allem wünsche ich, daß in meiner Abwesenheit sparsam gelebt wird. Es kommen höchst schwierige Zeiten, und ob wir diese hübschen Dummheiten wiedersehen« – er schlug mit dem goldenen Löffel gegen einen goldenen Tafelaufsatz, daß es klang – »ist recht unsicher, wir werden vom Kapital leben. Also Einschränkung gefälligst und genaue Rechnungslegung? Dir, Ulrike« – er sah sie an, wenig brautbrüderlich – »wünsche ich Glück, vor allem aber wünsche ich dir Mäßigung. Du kannst mir viel nützen auf deinem neuen Posten – und Schweden auch«, fügte er mit schwer deutbarem Gesichtsausdruck hinzu. »Du hast Ehrgeiz und bist vergnügt, daß du Königin wirst, aber Königin sein ist gar nichts, von fünfhundert Königinnen meldet die Geschichte nicht ein Wort. Der Verstand, um dich in ihr Buch einzuzeichnen, ist dir von Geburt zuteil geworden, nun zügle dich auch noch, überlege dreimal, ehe du sprichst, und vor wichtigen Worten schließe dich in dein Zimmer ein. Sonst lernen die Schulbuben einmal nichts von dir als dies: sie war eine Schwester des Königs von Preußen und machte Skandal.«

Ulrike wollte antworten, mühsam holte sie Atem durch ihre kleine weiße Nase, bedachte aber dann, daß sie heute zum letztenmal gezwungen sei, dergleichen hinzunehmen, und schwieg, mit Anstrengung. Der König sprach bereits weiter, hatte sich jetzt dem Prinzen August Wilhelm zugewandt.

»Du, mein Bruder, wirst mich auf meiner Reise vor dem Feind begleiten. Du weißt, was deine Pflicht ist, wenn ich falle. Ich habe jetzt durch Rundschreiben an meine Behörden bekanntgemacht, daß du als mein Nachfolger zu betrachten bist. Um dies auch äußerlich zu bezeichnen, heißt du fortan ›Der Prinz von Preußen‹. Ich verleihe dir einen grammatikalischen Artikel« – er lachte ein wenig – »diese Art von Geschenken entspricht am besten unserem ökonomischen Zustand. Auf Schwierigkeiten wirst du nicht stoßen im Fall meines Todes, denn meine Frau erwartet kein Kind, ich werde nie eines haben.«

Dies war furchtbar grausam. Die arme Königin brach unvermittelt in Tränen aus. Kinderhaft unaufhaltsam flossen sie ihr aus den matten blauen Augen, und sie schneuzte sich mit lautem Ton. Friedrich runzelte die Brauen. Alles betrachtete ihn mit Scheu und Staunen. Da war es wieder, das Unheimliche, Unerklärbare in seinem Wesen, das immer dann hervortrat, wenn es sich um Dinge der Ehe, des Geschlechtes, der Liebe handelte. Eine bewußte Abkehr, ein hohnvolles Verneinen, ein wahrer Ekel war dann an ihm zu spüren, etwas namenlos Erkältendes, wovor man erschrak.

»Du, Amélie«, sprach er weiter, »hast erklärt, daß du dich nicht zu verheiraten wünschest. Das ist mir recht, ich habe nichts dagegen. Aber versorgt mußt du sein, und da dir kein irdischer Bräutigam paßt, habe ich den himmlischen für dich bemüht. Das wird dir, denke ich, willkommen sein, bei den religiösen Neigungen, die dich so durchaus erfüllen.«

Die ganze Familie blickte verwundert auf die schöne Amalie, denn hiervon hatte noch niemand etwas gewußt. Amalie öffnete groß die Augen. »Ich verstehe nicht recht«, sagte sie leise.

Er hob die Hand. »Sogleich. Erst ich, dann du! Als Äbtissin eines Klosters wärest du an deinem Platze, wie mir scheint. Aber wir sind ja evangelisch in Preußen, und manche von uns sind sogar kalvinisch und legen Wert darauf, und Klöster haben wir keine. Aber geistliche Stifte haben wir doch, zum Beispiel das Stift Quedlinburg, und dort, liebe Schwester, wirst du Äbtissin werden. Zunächst Koadjutorin, ich habe mich erkundigt, aber mit der Zeit wirst du schon avancieren. In ein paar Monaten wird man dich einkleiden.«

»Einkleiden?«

»Oh, du kannst dich gleich wieder ausziehen und brauchst auch nicht in Quedlinburg zu wohnen. Komm du nur wieder nach Monbijou. Die Einnahmen aus dem Stift sind ganz beträchtlich, und als Gegenleistung brauchst du nur ewige Reinheit zu geloben, was einer Dame mit deinen Grundsätzen nur Vergnügen machen kann.

Meine liebe Mutter«, schloß er und war schon aufgestanden, was alle ihm hastig nachtaten, »geben Sie mir die Erlaubnis, mich zurückzuziehen. Ich danke Ihnen für die Ehre und Freude Ihrer Anwesenheit.«

Er begab sich durch den Seitenausgang hinunter in sein Appartement, wo ihn die Sekretäre mit der Arbeit erwarteten. Beinahe zum erstenmal übernachtete er in diesem Haus. Übrigens war für die ganze Familie heute hier im Großen Schloß Logis besorgt worden.

Nach Friedrichs Aufbruch stand man erst eine Weile ziemlich benommen und stumm beieinander, dann besann sich die alte Königin auf die Forderung des Moments, sie klatschte in die Hände, die Flügeltüren gingen auf, der Dienst erschien, und zeremoniös geleitet zog man durch die Gemächerflucht zurück in den Festraum.

Bildergalerie, Kleine Galerie und Weißer Saal waren von den Dienern wieder in Ordnung gesetzt worden, an den Wänden reihten sich die geladenen Gäste, die Musikkapelle nahm von neuem ihre Aufstellung, der Ball begann.

Er war ein langsames Flimmern von Seide, Brokat, Puderfrisuren und Diamanten, ganz ohne einen Mißton männlicher Strenge, denn die Herren trugen ja genau die schimmernden Stoffe, die frohen Farben, den unbedenklichen Schmuck der weiblichen Toilette. Tänze der Gelassenheit, der ruhigen Anmut wurden getanzt, Gavotte, Branle und Chaconne. Der Graf Tessin, von Versailles her ein Meister in der Kunst, wurde ausersehen, mit der Prinzessin-Braut ein Menuett vorzuführen, ganz allein unter dem riesigen Kronleuchter der Mitte tanzten sie. Mit viel Würde, Anstand und Grazie wurde der schwierigen Aufgabe genügt, wobei der schwedische Herr höchst liebenswürdig und mit einer unfaßbaren Andeutung von Ironie das seine tat, während die kleine Ulrike unter ihrem neugeschenkten Diadem um eine Spur zuviel bewußte Hoheit zeigte.

Sonst tanzte niemand vom Hofe. Weit voneinander entfernt waren die Damen placiert, zwischen zwei Stühle war immer ein leeres Taburett eingeschoben, um den richtigen Abstand für die gewaltigen Röcke zu bezeichnen. Schön und still in ihrer Flut aus Meergrün und Silber saß die zukünftige Äbtissin und bot sich den Blicken dar. Ihr gerade gegenüber, auf der Schwelle zwischen Saal und Galerie, für sich allein, hoch aufragend in seinem Galarot, stand Trenck. Es war Sitte, daß ein Offizier der Leibgarde bei Hoffestlichkeiten im Saal die Wache hielt, ihn hatte das heute getroffen. Übrigens gab es nichts zu bewachen, er war Dekoration. Zwischen Amalie und ihm dehnte sich ungeheuer das Parkett, und von wenigen Personen wurden zur langsam schmetternden Musik die würdevollen Übungen absolviert.

Dann, nach einer mäßigen Weile, ging der Hof, unter Vortritt von Zeremonienmeistern, Kammerherren und Pagen; und nun wurde der Ball zum Ball. Neue Gäste noch waren heraufgeströmt über die Treppe vom Lustgarten her, denn sehr viele hatte man erst nach der Tafel geladen, es war plötzlich drückend voll, ein Summen, Plaudern und Werben erhob sich, es wurde mit Lust getanzt.

In der Stadt, in der Gesellschaft, kannte man die Allemande längst, in diesen Saal hier drang sie heute zum erstenmal. Nach dem zelebrierenden Schreiten der Gavotte und Chaconne wirkte sie beinahe revolutionär, mit ihrem Wiegen und Drehen nach leichter, melodiöser Musik. Fräulein Sparre in ihrer souveränen und etwas frechen Art schickte einen der schwedischen Kavaliere zu Trenck hinüber und ließ ihn fragen, was er denn so wichtig und allein da mitten im Balle zu schaffen habe und ob es ihm etwa zuwider sei, ihr die Ehre zu schenken. Er begab sich zu ihr, lehnte ab mit Worten feiner Schmeichelei und kehrte auf seinen Dienstposten zurück.

Das Gewühl wurde immer größer, die Hitze auch, es war unsicher, ob nur Geladene erschienen waren, man kontrollierte heute, am dynastischen Freudentag, an den Eingängen nicht allzu streng. Die Stimmung war fröhlich.

Eine Stunde nach Abgang des Hofes geschah dem Herrn von der Trenck dies. Er fühlte sich berührt an seiner linken, bekleideten Hand, die er auf den Rücken gelegt hielt. Es war, als ob ihm ein Schmetterling durch die Hand geflogen wäre, nicht mehr. Aber dann sah er, daß man ihm ein Papier zugesteckt hatte. Er entfaltete den winzigen Zettel. Er sah einen scharf gezeichneten Plan.

»Salle Blanche« stand deutlich zu lesen, eine Ausgangstür war markiert, der Korridor durch eine lange Linie bezeichnet, »Escalier« hieß dann das zweite Kennwort, ein Pfeil wies die Richtung nach oben, wieder folgte ein Gang, eine Biegung, noch eine, und der Weg brach ab mit einem scharfen senkrechten Strich. Für den willigen Blick formierte dieser Strich, zusammen mit der Linie des Korridors, ein klar erkennbares A.

Trencks ganze Seelenkraft war in seinen Augen versammelt, er wußte diesen Plan auswendig, kaum daß er ihn angesehen hatte. Das Pauken- und Trompetengeschmetter der Ballmusik aber, die eben einen Tusch blies, vernahm er nur noch als einen einzigen, gleichförmigen, hoch summenden Ton.

Er zweifelte gar nicht. Irgendein Hoffräulein konnte ihn necken, irgendein Kamerad konnte seinen Scherz mit ihm treiben – ihm fiel das nicht ein. Er stand Posten, er war im Dienst – das war vergessen. Er verließ den Saal durch jenen Ausgang, der ihm gewiesen war.

Einige Diener standen vor den Festräumen, dann kam niemand mehr. Ein langer Gang streckte sich vor ihm aus, in dem es ganz kühl war. Die schmale Steintreppe führte nach oben, in ihrer Höhe brannte ein kleines Licht in einem Wandblaker. Im oberen Stockwerk herrschte Dunkelheit, tiefer und tiefer, je mehr er sich von dem kleinen

Licht entfernte. Die erste Biegung. Er war totalallein. Ihm drang ins Bewußtsein, wie laut er daherkam mit seinen Sporen, und er bemühte sich, den Lärm zu dämpfen. ›Man sollte gar niemals Sporen tragen‹, dachte er, ›der König trägt nie welche, weil er sein Pferd nicht plagen will. Aber jetzt fängt er Krieg an, und viele Tausende sterben.‹ Es waren nicht die Gedanken eines Offiziers bei der Garde, es waren irre Gedanken. Die zweite Biegung. Ein Band von Licht fiel über den Korridor, die Tür ging lautlos auf.

Amalie war in einem weißen, weiten, weichen Kleid. Sie war völlig bleich und zitterte stark. Sie sah ihm ins Gesicht, mit einem saugenden, starren Blick. Ihre Augen waren ganz weit offen dabei, plötzlich füllten sie sich mit Tränen. Sie breitete die Arme aus und stürzte ihm an die Brust, so gewaltsam, daß sein Silberharnisch unter ihrem weichen Leib erdröhnte.

7.

Man stand in Böhmen.

Immer Berg und Tal, Pässe auf Pässe, unendlicher Wald, wenig Ortschaften nur, mit tschechischer Bevölkerung, die arm war, bigott katholisch, voller Haß gegen die Preußen. Öfters fand man Dörfer von allen Bewohnern verlassen, die Ställe und Scheunen ausgeleert, die Brunnen verschüttet. Die Märsche waren schwierig, auf den elenden Wegen hügelauf, hügelab kamen Geschütze und Wagen nicht vorwärts, die Zufuhr litt.

Der Soldat bekam nichts zu essen, Seuchen brachen aus, der Typhus, die Ruhr. Jeder spürte die Hoffnungslosigkeit der Unternehmung, die Desertion nahm überhand. Auch aus dem Hinterland kamen betrübende Nachrichten, doch kamen sie spärlich, denn die Korrespondenz mit Friedrichs Hauptquartier stockte.

Im August hatte er Potsdam verlassen. Der Beginn dieses zweiten Kampfes um Schlesien war rasch und günstig gewesen. Prag wurde erobert, Tabor, Budweis, Frauenberg fielen. Ganz Böhmen wäre sein gewesen, hätten nicht die Bundesgenossen versagt.

Er hatte auf Frankreich gerechnet, aber Frankreich, im Elsaß befreit, verließ ihn. Er hatte auf Schweden gerechnet, aber so schnell wirkte die neue Intimität sich nicht aus. Er hatte auf Rußland gerechnet, aber im entscheidenden Moment erhielt sein Feind Bestuschew dort von neuem die Macht. Er hatte auf Sachsen gerechnet, auf Sachsens Furcht vielmehr; aber die Furcht ward überwunden, und Sachsen fiel ihm in den Rücken. Er sah sich allein der gesamten Macht seiner Feinde gegenüber.

Der junge Friedrich von der Trenck hatte anstrengende, doch glückliche Wochen. Er war viel um den König, er besaß seine vollkommene Gnade. Von der Verstimmung schien, seit dem Augenblick des Aufbruchs, nichts zurückgeblieben.

Aber auf kompliziertem Wege empfing er Briefe, Briefe in jener Schrift, die einst die Worte »Escalier« und »Salle Blanche« gebildet hatte, und das erste verkleidete A, Briefe, deren Stil taumelte und sang vor Verlangen und Entbehren.

Das Gewissen schlug ihm nicht. Hatte ihm nicht der strenge und anspruchsvolle Monarch bekannt, daß auch seine Neigung für ihn dem ersten Augenblick, dem ersten Anblick entstammte. Im selben Spiegel waren sie ihm beide erschienen in jener selben Nacht. Sie waren einander ähnlich, so ähnlich einander das Genie und die Schönheit nur sein können. Er liebte die Schöne, und dem Genialen diente er, mit allen unverbrauchten Riesenkräften seiner Jugend.

Er tat den härtesten Dienst. Selten schlief er in seinem Zelt. Er ritt mit dem König. Er rekognoszierte. Er machte Fourage für das Hauptquartier. Immer schwärmte er mit einer Handvoll Reiter im Lande umher.

Die Furcht vor Franz Trenck und seinen Panduren war allgemein; er aber hatte nur den Wunsch, seinem Vetter und Erblasser selbst zu begegnen. Er besaß ein Bild des Gehaßten und war sicher, ihn zu erkennen. Aber er fand ihn nicht. Auf seine Leute stieß er oft. Ihn schreckte kein Rotmantel.

Einmal, in der Gegend von Groß-Beneschau, ritt er mit zwanzig Husaren aus. Ihm begegnete ein Trupp Panduren, doppelt so stark, die einen Fouragezug eskortierten: fünfzehn Wagen zumindest, voll mit Lebensmitteln, mit Stroh und Heu. Trenck überfiel sie, sechs Panduren entkamen, die übrigen alle und sämtliche Wagen wurden als Beute ins Lager gebracht.

Der König saß mit den Herren des Hauptquartiers in seinem Zelt bei Tisch. Trenck meldete sich.

»Lange waren Sie aus«, sagte Friedrich. »Kommen Sie allein?«

»Mit dreißig Panduren, Sire, und fünfzehn beladenen Karren.«

Der König stand auf und ging hinaus, um die Beute anzusehen. Nach einigen Minuten kam er wieder, befahl Trenck mit einer Handbewegung zu sich heran und hängte ihm den Orden Pour le mérite um den Hals, das achtspitzige Emaillekreuz mit den vier Adlern.

»Sie werden weit kommen«, sagte er, »Sie können weit kommen. Haben Sie Verluste gehabt?«

»Nur mein Pferd, Sire. Als ich absaß, schwang sich einer von den Gefangenen darauf und kam davon.«

»Nehmen Sie eines von den meinen. Nehmen Sie den Cerberus!«

Im gleichen Augenblick öffnete sich das Zelt, und ein Trompeter des Obersten Trenck wurde gemeldet. Er brachte das Pferd zurück und einen Brief. Der König las ihn zuerst. Er lautete:

»Der österreichische Trenck hat keinen Krieg mit dem preußischen Trenck, seinem Vetter. Er freut sich, daß der auch ein guter Soldat ist, und macht sich das Vergnügen, ihm sein Eigentum zurückzugeben.«

Friedrich sagte: »Da Ihnen der Vetter Ihr Pferd zurückschickt, brauchen Sie meins nicht.« Und er wandte ihm mit verfinsterter Miene den Rücken zu.

Der Zwischenfall wurde vergessen oder schien vergessen – schließlich hatte Trenck nicht gesündigt –, die Auszeichnung blieb. Sie war außerordentlich; sein Ehrgeiz, geschwellt von seiner Liebesleidenschaft, flog über alle Schranken. Schon fand er es in der Ordnung, daß ihn die Schwester des Königs liebte. Er sah sich an der Spitze einer Armee, zum Marschall ernannt, gefürstet. Der Jüngling blickte sich um in seiner Zeit, er sah Lebenskurven sich erheben, verwegener als die, der er nachstrebte.

Wenigstens war er ein Edelmann. Aber da gab es einen Mann namens Alberoni, uralt mußte er irgendwo noch leben, Sohn eines Weingärtners und selbst Kirchendiener zuerst, dann aber spanischer Staatsminister, Kardinal, beinahe Papst. Da existierte ein Mann namens Bonneval, Soldat unter Eugenius gegen den Sultan, der geht zu den Türken über, wird Mohammedaner, wird Pascha mit drei Roßschweifen und beinahe Großwesir. Da war ein Mann namens Bühren, eigentlich ein Bauer aus Westfalen, der wird Reichsgraf, wird Herzog von Kurland, wird Regent von ganz Rußland … Unendlichen Glanz sah er vor sich.

Inzwischen stand König Friedrich geschlagen da ohne Schlacht. Durch Krankheit und Fahnenflucht hatte er nur noch die Hälfte seiner Armee. Die Panduren taten ihm furchtbaren Abbruch, sie vernichteten seine Magazine.

An einem Novembermorgen erwartete ihn Trenck vor seinem Zelt. Er kam, übernächtigt und verarbeitet. Etwas an seiner Erscheinung fiel dem Adjutanten auf. Schließlich sah er, daß der König sich die Silberstickerei von der Uniform getrennt hatte, abgerissen vielmehr hatte er sie, die Fäden hingen herunter. Auch das Orangeband seines Ordens trug er nicht mehr. Er stieg zu Pferd und ritt mit Trenck fort, selbst auf Erkundung.

Man stand im Lager vor Kuttenberg. Zwei Tage vorher hatten die Panduren die Stadt Budweis zur Übergabe gezwungen und die preußische Garnison entwaffnet. Nun umschwärmten sie enger und enger das Hauptquartier und störten alle Verbindungen. Der König wollte genau wissen, woran er war.

Sie hatten nicht lange zu reiten. Von einer Anhöhe erblickten sie im kühlen Morgenlicht ein besonderes Schauspiel.

Im Tal hielt der Trenck phantastische Parade. Er selbst, sogar von hier oben an seiner berühmten Riesengröße erkennbar, stand mit ein paar Offizieren beiseit, und an ihm vorbei defilierten hinter dem Roßschweif und der tobenden Janitscharenmusik alle seine Panduren, Raizen, Warasdiner und Talpatschen, angetan mit ihren roten Mänteln, aber närrisch und unglaubhaft geschmückt mit den hohen, spitzen Füsiliermützen der preußischen Garnison von Budweis.

Der König sagte: »Wenn Sie einmal diese Mützen erben von Ihrem Vetter, dann bitte ich sie mir aus.«

Er saß auf, und sie ritten zurück.

Im Lager wiederum böse Nachrichten. Der Rückzug wurde befohlen, Böhmen geräumt, Mitte Dezember war Friedrich wieder in Berlin.

Man fand ihn gealtert, schweigsamer, noch ernster. Aber sofort ergingen die Einladungen zu den Winterfestlichkeiten. Es war nicht Friede, nicht einmal Waffenstillstand, in Schlesien und Sachsen wurde sehr hart gekämpft; um so mehr mußte Zuversicht gezeigt werden. Große Empfangscour war bei der Königin-Mutter angesetzt, Redouten, zwei neue Opern, Galasoupers sollten folgen. Auf Gold freilich würde niemand mehr speisen bei diesen Soupers, das schöne Geschirr war bei Nacht und Heimlichkeit in die Münze gewandert, samt Feuerböcken, Leuchtern und Vorhangstangen aus Silber. Die Geldlage war verzweifelt, bei den Bankiers in London, Basel und Amsterdam war kein Kredit zu bekommen; niemand glaubte mehr an dies Preußen.

An seine Aufteilung glaubte man. Zwischen Österreich, Polen und den Seemächten war sie vereinbart. Der Kaiser starb, Friedrich war sein Vorwand für den Kampf gegen die Theresia genommen, er stand als Aufrührer da. Seine Korrespondenz mit Versailles wurde aufgefangen und kompromittierte ihn schwer. Europa begann über ihn zu lachen. Es war sein härtester Winter.

Es war Trencks herrlichster.

Er hatte sich hervorgetan, man bemühte sich um ihn, man dachte glänzende Partien für ihn aus. Er bemerkte das kaum. Ungeduld brannte in ihm von einem Dunkel zum anderen.

Lag die Eskadron in Berlin oder in Charlottenburg, so war alles leicht. Aber meist war man in Potsdam. Da ritt er denn am Abend heimlich fort, den Reitknecht hinter sich. Die Wache mußte belogen werden oder bestochen. Die Kontrolle war streng, es konnte auf die Länge kaum glücken.

Gestreckten Galopps ging es über die gefrorene schlechte Straße. Die Pferde litten. Hielt man vor der Mauer von Berlin, so begann erst der Umritt dorthin, wo im Osten die Stadt nur mit Pfählen abgeschrankt war. Nicht weit vom Frankfurter Tor befand sich eine Nebenpforte, ebenfalls verschlossen bei Nacht, aber ohne Wache, die Kleine Frankfurter Landwehre. Sie war leicht zu öffnen.

Hier stieg er ab, der Reitknecht mußte draußen im öden Vorland die Pferde bewegen, und er selber machte sich zu Fuß auf den Weg nach Monbijou. Er passierte das Stralauer-, dann das Königs- und das Spandauer-Viertel. Kam der Tritt der Nachtrunde um eine Ecke, so verbarg er sich und schloß den Mund, um durch seinen dampfenden Atem sich nicht zu verraten. Beim Schlosse kroch er durch ein Loch im Zaun, dann lief er gebückt, damit sein Schatten nicht zu weit übern Schnee falle; so näherte er sich, von der Seite, dem Haus.

In einem Zimmerchen, das neben dem Orangeriesaal lag, weitab vom Mittelbau, wo ihre Mutter schlief, erwartete ihn Amalie. Oft hatte sie lange zu warten. Sie saß in dem winzigen, warmen Gemach beim Schein einer einzigen Kerze, blickte auf eine Stelle der Papageientapete und horchte, wenn draußen Schneelasten von den Hecken rutschten. Sie fragte ihn nichts, wenn er kam, sie schaute ihn an mit weit offen, saugenden Augen und stürzte ihm dann an die Brust, ganz so wie in jener ersten Nacht. Oft verging eine Stunde, ehe sie die ersten Worte sprachen. Und manchmal, war sie vorbei, mußte er auch schon davon, denn Tage gab es, da hatte der Dienst um elf Uhr geschlossen und begann um vier.

Ihr Glück war es, daß die Alarme selten waren in diesem kalten Winter – aus Rücksicht mehr auf die Pferde denn auf die Mannschaft. Auch diese Gefahr freilich hätte ihn nicht gehindert. Er dachte nicht mehr, er war nicht mehr ehrgeizig, alle die einstigen Triebe waren ausgelöscht vom Verlangen. Vielleicht hatte es ihn einmal gestachelt, die Schwester des Königs zu lieben, nun wußte er kaum noch, daß sie es war. Er wußte nur, daß er in den Armen keiner anderen Frau je so glücklich sein würde. Wenn er ihren Hauch einsog, wenn er nur ihre Stimme hörte, eine ziemlich tiefe Stimme, weich, mit einem aufreizenden Bruch in der Mitte, wurden ihm die Hände schwach vor Wollust.

An einem Morgen, nach erschöpfendem Reiten auf Glatteis, kam er in Potsdam zu spät zum Dienst. Der König ließ ihn absitzen und schickte ihn in Arrest zum Ersten Garderegiment zu Fuß. Trenck war guten Mutes, im Glauben, man werde ihn zwei oder drei Tage dahalten. Aber niemand kümmerte sich um ihn. Er spielte Karten mit den Offizieren der Wache und verlor, weil er die Stiche nicht zählte. Schlimm war nur, daß keine Nachricht an Amalie gehen konnte, er wagte das nicht. Aber spät eines Nachts ging die Tür auf, und sie war bei ihm. Er fragte nicht, wie sie das Verwegene möglich gemacht hatte, er öffnete die Arme, und sie fielen miteinander auf das Feldbett hin.

Inzwischen schien man ihn vergessen zu haben. Er hörte, der König sei nach Berlin gegangen. Er hörte, der König sei wieder da. Er hörte, der Aufbruch ins Feld stehe bevor. Man rief ihn nicht, man befreite ihn nicht.

Noch zweimal besuchte ihn die Prinzessin. Beim letztenmal weinte sie. Nicht über den Abschied, sie wußten gar nicht, daß es der Abschied war, es waren Tränen einer tieferen Angst, unaufhörliche. Um drei Uhr verließ sie ihn.

Ein halbe Stunde später wurde er zum König gerufen. Friedrich empfing ihn gnädig, der Haft wurde durchaus nicht gedacht. »Sie fahren mit mir«, sagte der König mit frischer, morgendlicher Stimme.

Die Reisewagen standen vor der Grünen Treppe bereit. Erstes Licht überzog den weiten Platz. Ein frischer Wind ging. Trenck stieg mit dem König ein. Gestreckten Laufes ging es nach Osten. Friedrich plauderte und scherzte. Es war ein Märzmorgen.

8.

Es war, als sei Friedrichs Feldherrnbegabung in dieser Winterpause still auf ihren Gipfel gerückt. Was er geleistet hatte, wurde nun offenbar; die Armee war hergestellt, die Vorräte aufgefüllt, die Finanzen geordnet. Bei Hohenfriedeberg gewann er seinen Rang und seine Zukunft wieder.

Ein rasches Morden. Zwei Stunden nach Sonnenaufgang lagen schon achtzehntausend Tote hingestreckt.

Trenck war die Hand durchschossen worden. Er ging nach Schweidnitz, um sie zu heilen. Acht Tage saß er und lernte mit der Linken Buchstaben malen.

»Mein Freund«, schrieb ihm Amalie, »ich verbrenne, ich verdorre. Du wirst eine häßliche Amalie wiederfinden, wie kann ich sein ohne Deine Umarmungen!« Es waren nicht Briefe im blumigen Zärtlichkeitston der Zeit, sondern wilde Rufe, Hilfeschreie beinahe.

»Meine holde Äbtissin«, schrieb Trenck zurück, »das Genie Deines Bruders wird diesen Krieg rasch beenden, von neuem werden wir glücklich sein, und Deine Schönheit wird nicht leiden.«

Übrigens lernte er in diesen Wochen schärfer nachdenken über Krieg und Kriegsruhm, als bei Soldaten Brauch ist. Unendliches Elend sah er um sich. Die Festung Schweidnitz war das Lazarett der Armee, sie war die große Folterbank der Chirurgen, auf der aber tausend Unselige von barbarischen Pfuschern gräßlich mißhandelt und verstümmelt wurden. Die krummen Gassen widerhallten vom Knirschen der Knochensäge und vom Stöhnen der Verzweiflung. Mit unausgeheilter Hand ging Trenck zur Eskadron zurück.

Seine Stelle um den Monarchen hatte Rochow innegehabt. Lautlos, edelmännisch, trat der Ältere wieder vor ihm zurück.

In der Morgendämmerung von Soor stand ein sehr kleines preußisches Heer gegen einen dreimal stärkeren Feind. Großer Triumph. Letzter entscheidender Schlag. Aber als man ins Lager zurückkam, sah man, daß inzwischen Trenck mit den Seinen hier gewesen war. Sie hatten nach besten Kräften gehaust, die Kranken niedergemacht, auf Straßenräubermanier geplündert. Das Königszelt war leer, die Lagerkasse fort, das Eßgeschirr, sogar des Königs zweiter Rock. Nichts war unangerührt geblieben als Friedrich von der Trencks Pferde und Besitz. Sein Packknecht ganz allein stand lebend da und konnte erzählen.

»Wenn dieser Rock hier abgetragen ist«, sagte der König zu Trenck, »dann leihen Sie mir gewiß den Ihrigen!«

Trenck kannte schon den Ton, in dem das gesagt war. Er senkte den Kopf. Eine ungeheure Wut gegen diesen Banditen, der ihn bloßstellte, brannte in ihm. Er würde ihn finden.

Die Gelegenheit war günstig. Der Trenck stand nahe, und man kannte den Ort.

Der stille, kluge Rochow war gewonnen. Es war ein Sonntag, drei Tage nach der Schlacht. Ein Tedeum war angesetzt für den Sieg. Sie würden die Armee allein singen lassen, würden niemand aufs Spiel setzen und zu zweit ausreiten. Der Augenblick, das Glück mußten ihnen helfen.

Trenck machte sich eben fertig in seinem Zelt, da trat der Feldbriefträger ein und brachte ihm einen Brief aus Monbijou, wenige glühende Zeilen. Er küßte den Brief, steckte ihn zu sich und dachte nicht weiter nach über das Sonderbare, daß ihm ein solches Schreiben heute durch die gewöhnliche Feldpost zukam, statt wie sonst auf sicherem und geheimem Wege.

Sie führten, Rochow und er, ihre Pferde fast ungesehen zum Lager hinaus. Stille. Sonniges Herbstwetter. Man glaubte den Sonntag in der Luft zu riechen. Von einem Gegner auch nicht die Spur.

Sie näherten sich Wernsdorf im Jahnsdorfer Tale, immer noch ohne Plan, nur grimmig und ungeheuer entschlossen. Quer über eine Wiese ritten sie im Schritt auf ein kleines Gehölz zu, da fiel ein Schuß. Es klatschte nur, es war ein Pistolenschuß. Aber Rochow war vom Pferd gestürzt, mit offenem Mund lag er da, aus dem Blut quoll. Trenck wollte abspringen, wollte helfen. Da ritt aus dem Gehölz langsam der Feind auf ihn zu.

Es war ein riesengroßer Mann auf einem starken Pferd, den Pandurentschako auf, aber in einem dunklen Rock. Er war schon ganz nahe. Trenck sah das schwarzzerfressene Gesicht. Er hob seine Pistole.

Er zauderte loszudrücken. Es war König Friedrichs Uniform, die der andere trug, der blaue gestohlene Rock. Trenck zielte auf den eingestickten Stern vom Schwarzen Adler an der linken Brust.

Der Pandur hielt. Er tat, als sähe er die angelegte Waffe nicht, grüßte höflich und sagte französisch in einem Ton, als begegnete man sich auf einem Salonparkett:

»Sie werden mich doch nicht totschießen, lieber Vetter, nur um früher mein Geld zu bekommen. Das wäre sehr unschicklich.«

Trenck rief: »Ich bin nicht Ihr Vetter, ich bin nicht Ihr Erbe. Ziehen Sie!« Seine Pistole hatte er fallen lassen.

Der Pandur lächelte, was seinem gezeichneten Antlitz schauerlich stand. »Ich kenne Sie längst durch mein Glas«, sagte er. »Reiten Sie mit mir! Ich hätte Sie brieflich eingeladen, aber das hätte Ihnen Unannehmlichkeiten gemacht. Kommen Sie, kommen Sie«, versetzte er dringender, »es ist mir Ernst. Verlassen Sie diesen König, unter seinem Adler erblüht Ihnen kein Glück. Seien Sie mein Freund, mein Waffenbruder, und bald auch mein Erbe, ich werde jung sterben, ich verspreche es Ihnen.«

»Das wird sehr gut sein für die Welt«, schrie Trenck, »ziehen Sie!«

Er riß seinen Degen heraus und sprengte los auf den Panduren. Der faßte mit großer Gelassenheit seine kurze, massige Waffe, und gar nicht anders, als schlüge er einem unfolgsamen Kind über die Finger, hieb er dem jungen Vetter auf den Degenkorb, ohne sichtbare Anstrengung, aber so gewaltig, daß dem die halbgeheilte Hand wie lahm heruntersank und der Degen entfiel.

»Sie sind ein Tor«, sagte der Pandur, deutlich bedauernd. Dann grüßte er mit nachdenklicher Miene, wandte Trenck den Rücken und ritt hinweg, auf jenes Gehölz zu. Trenck, der ihm nachstarrte, sah, daß in die blaue Uniform hinten ein keilförmiges Stück aus hellerem Tuch eingesetzt war; der Rock des Königs war zu eng gewesen. Trenck vermochte das genau zu erkennen, denn der Pandur ritt langsam, ganz, als könnte ihm nichts geschehen.

Es geschah ihm auch nichts. Trenck, wie betäubt vor Scham, Betrübnis und noch einer anderen, weniger einfachen Empfindung, nahm den armen Rochow vor sich in den Sattel, ergriff die Zügel von dessen Pferd und zog im Schritt ins Lager zurück.

Alles war still zwischen den Zelten. Die Soldaten schliefen nach dem Tedeum. Das Lager war wie eine Kleinstadt am Feiertag.

Mit dem toten Rochow vor sich ritt er zum Standplatz des Königs, um seine Meldung zu tun. Er kam nicht so weit. Ihm trat der Auditeur, Herr von Paulowski, entgegen, und vor ihm stehend, zu ihm hinaufsprechend, verlangte er seinen Degen.

Trenck mußte absteigen. Man bettete den Leichnam beiseite. Ein Trupp Husaren hielt plötzlich um Trenck, er wurde zu einer Kutsche geführt, die mit vier Pferden bespannt hinter den Zelten bereitstand.

Heftig verlangte er den König zu sprechen, man antwortete gar nicht, die ledernen Vorhänge wurden heruntergezogen, es ging fort. Um sich, hinter sich, hörte er vieltoniges Getrappel der Eskorte.

Die Fahrt war lang. Schließlich fuhr man steil aufwärts. Als ihm geöffnet wurde, war es Nacht.

Ein Offizier ohne Hut stand da. Er hatte ein Licht in der Hand und las ein Papier. Trenck erkannte den Torgang, den Hof. Zweimal war er mit eingebrachten Panduren hier heraufgeritten. Er befand sich in der Festung Glatz, ein Staatsgefangener.

Zweites Buch

1.

»Und immer noch keine Antwort?«

»Immer noch keine.«

»Wie oft denn hast du geschrieben?«

»Viermal. Sechsmal. Ich weiß es kaum mehr.«

»Er ist immer umhergezogen und hat Krieg geführt. Aber jetzt ist er daheim in Berlin. Jetzt wird er antworten.«

»Nein, Bruder, er wird nicht antworten. Er will nicht gerecht sein. Ohne Verhör, ohne Urteil hat er mich eingesperrt, nun mag er's nicht zugeben, nun mag er an sein Unrecht nicht rühren. O Bruder, Bruder, was für ein elendes Geschöpf ist der Untertan!«

»Das weiß ich so gut wie du, Trenck«, sagte der andere. Er seufzte auf und trank von dem Rheinwein.

Er war ein paar Jahre älter als Trenck, ein kleiner, behender Mensch mit gutmütigen, schwachen Gesichtszügen, der Schwäbisch sprach. Gefangen war er offenbar nicht, er trug seine Waffen. Er war der Leutnant Alexander von Schell, von der Glatzer Besatzung.

»Ist denn mir vielleicht recht geschehen, sag selber! Ein schöner Esel war ich, daß ich aus Württemberg fort bin. Daheim beim Herzog war ich etwas, und jetzt sitze ich da heroben bei lauter Lumpenpack und halben Invaliden. Warum – weil ich ein bißchen gespielt habe und zwei Kinder gemacht. Das ist ein Land!« Er trank. Er trank so stark, daß seine Melancholie in Minutenfrist spürbar zunahm. Zwei Flaschen standen schon leer beiseite.

»Freilich, allerdings, wer bin denn ich? Ein Lump wie die andern, es ist ja wahr. Aber du!« Er blickte Trenck mit Schwärmeraugen an. »Du bist ein Held, ein Held bist du wie Epaminondas, wie Hannibal, den Pour le mérite hat er dir geben müssen, und jetzt auf einmal: her zu uns auf den Berg und nicht einmal eine Antwort – Bruder!« Er schluchzte beinahe und kehrte die dritte Flasche um, damit der letzte Tropfen ins Glas laufe.

»Hast du noch eine?«

Trenck nickte und griff hinter sich. Der Schwabe öffnete die neue Flasche mit einer Gewandtheit, die bei seinem vorgeschrittenen Zustand wundernehmen durfte.

»Mir nicht mehr!« Trenck hielt die Hand über sein Glas und ließ jenen allein weitertrinken. Er stand auf, trat ans Fenster und blickte über die Aussicht hin, die schön war, aber ihm nun schon bis zum Widerwillen vertraut. Hoch von der Zitadelle ging der Blick über Stadt und Fluß und Fluren zum nicht sehr entfernten Gebirge. Dort war Böhmen, dort war die Grenze.

Er wandte sich ab und begann im Zimmer auf und ab zu wandeln. Es war ein wohnlicher Raum, einem Gefängnis unähnlich, ein Bett, für Soldatenbegriffe beinahe weichlich, stand hinter Vorhängen halb verborgen, zwei kleine Teppiche waren da, Bilder sogar, welche antike Landschaften zeigten, und in dem geräumigen weißen Rundofen brannte ohne Sparsamkeit ein starkes Feuer, denn man schrieb November. Trenck warf Buchenklötze hinzu. Minuten vergingen.

Endlich besann sich Schell, daß es unhöflich sei, so wortlos allein den guten Wein zu schlucken. Er hob sein Glas.

»Auf unsere Damen«, sagte er, nicht ohne geistige Anspannung. Trenck brummte etwas. »An meine denke ich dabei weniger«, fuhr der Schwabe tiefsinnig fort. »Meine letzte war eine Fleischerstochter drunten vom Roßmarkt und etwas pockig, und die anderen vorher hab' ich vergessen. Auf eine Dame also ganz allein, auf deine, Trenck!« Er verbeugte sich.

»Schönen Dank«, antwortete Trenck, recht unverbindlich.

»Aufs hohe Wohl deiner Dame! Du bist historisch, Bruder, ja das bist du. Du gehörst der Geschichte des preußischen Königshauses an. Werde nicht rot. So jung bist du und schon historisch. Dein Wohl, Trenck, dein ewiges Wohl!«

»Ich meine«, sagte Trenck, »du gehst jetzt schlafen.«

»Bald geh' ich schlafen, jawohl. Nur noch ein Schlückchen, ein sehr kleines Schlückchen, dann geh' ich ins Bett. Eine andere Flasche hast du wahrscheinlich nicht mehr?«

»Nein.«

Er hatte schon völlig genug von Schells Gesellschaft. Er hatte genug von der Gesellschaft all der abgetakelten Offiziere, die ihm in den langen Wochen seiner Haft tagaus, tagein auf der Stube lagen und denen er freien Tisch hielt.

Menschenkenntnis war keine Eigenschaft seiner Jahre, und Mißtrauen lag nicht in seiner Art. Die Sorge jedoch, die als Besetzungsstab sich hier der Beobachtung darbot, war allzu leicht durchschaubar, es war kaum ein ordentlicher Mensch darunter. Garnisonsregiment hieß nicht viel anderes als Strafregiment. Wegen Unfähigkeit oder wegen schlechter Streiche wurde man aus den Feldformationen hierher versetzt. Die moralische Atmosphäre war zum Ersticken. Und was Trenck, der mit seinen reichlichen Mitteln für jeden ein willkommener Gegenstand der Ausnützung war, am peinvollsten drückte: allen diesen Menschen galt er wirklich als ein Verräter, für fast alle war das Geld, das er so freigebig spendete, Pandurengeld. Anstoß nahm keiner daran, sie fanden es ganz in der Ordnung. Die meisten von ihnen waren Ausländer, Italiener, Dänen, Iren und was noch alles, der Staat Preußen galt ihnen nichts, und am wenigsten galt ihnen dieser König, der sie zum Abhub geworfen hatte.

Trenck war zwanzig Jahre alt, hergeschleudert auf diesen Gefängnisberg, verdammt ohne Urteil, ganz im dunkeln über sein Schicksal. Er hatte keinen Freund von Vernunft. Der hier, Schell, der mit stieren Augen dasaß und von einer neuen Flasche träumte, war noch der beste, er war gutmütig.

Trenck schaute noch einmal nach den böhmischen Bergen, um die schon beginnendes Dunkel war.

»Eines Tages gehe ich einfach davon«, sagte er verbissen.

»Einfach«, sagte Schell mit leichtem Lallen, »einfach ist das aber gar nicht. Schildwachen sind da.«

»Natürlich sind Schildwachen da vor einem Gefängnis. Mit denen wird man fertig.«

»So, meinst du?« Schell schluckte ein paarmal und sammelte sich. Seine Instruktion als Festungsoffizier bahnte sich durch den Weinnebel in seinem Kopf den Weg.

»Du weißt gar nicht, Trenck, wie du hier bewacht bist. Ringsherum stehen die Posten so dicht, daß jeder immer die Nachbarn sehen kann, und die zwei, zwischen denen ein Ausreißer durchkommt, müssen Spießruten laufen. Die passen auf, Freundchen! Unsere Alarmkanone hast du vielleicht auch gesehen?«

»Sie ist ja groß genug.«

»Aber gehört hast du sie noch nicht.«

»Ich habe schon allerlei Kanonen gehört.«

»Aber die unsere noch nicht. Weißt du, wie die macht: wuuu!« Er brüllte aus Leibeskräften. Er war schwer betrunken.

»Ich kann mir's ja denken«, sagte Trenck, ärgerlich lachend, »die Leute müssen glauben, hier wird einer umgebracht.« Er wandte Schell den Rücken und sah in die verschwimmende Landschaft.

Aber Schell war im Feuer. Wankend stand er auf, trat hin zu Trenck und redete fort.

Er hatte noch einen Zuhörer bekommen. Durch das Kanonengebrüll herbeigezogen, hatte ein Offizier die Tür geöffnet, stand auf der Schwelle und blickte lautlos auf die beiden am Fenster.

»Die Alarmkanone, Bruder, das ist's, da liegt der Hund begraben. Im vorigen Sommer, da wollte auch einer desertieren, ein Füsilier, ein Polacke, ach, der kam nicht weit! In allen Dörfern rundum liegen Reiterkommandos zur Verfolgung, und alle Bauern müssen beim ersten Schuß auch gleich Waffen nehmen und aufpassen. Kriegen sie einen, dann bekommen sie Geld, und kriegen sie einen nicht, dann müssen sie zahlen. Aber ein Bauer, der einem Ausreißer hilft, mit Kleidern oder mit einem Pferd oder auch bloß mit einer Auskunft über den Weg, der wird selber zu den Soldaten gesteckt. Nein, Bruder, nein«, rief er pathetisch, »Böhmen ist nah, und Böhmen ist weit!«

Mit einem Knall wurde die Tür zugeschlagen. Die beiden fuhren herum und starrten ins Dunkel der Stube.

»Wer ist da?« fragte Trenck scharf.

»Major Doo.«

Auf diesen Namen, knapp hervorgestoßen, erwiderte keiner etwas, aber Schell tappte im Finstern nach seinem Hut, vollführte eine Art Honneur vor dem Eingetretenen und verließ augenblicklich das Zimmer.

»Ich werde sofort Licht anzünden, Herr Major«, sagte Trenck. Er ertastete das Feuerzeug und setzte zwei Kerzen in Brand, die in Leuchtern aus Kupferblech staken.

Der Platzmajor Doo trat heran. Er war ein schöner Mensch von südlichem Typus, fünfunddreißig vielleicht, eitel und schlau nach seinem Gesichtsausdruck.

»Sie sollten in Ihrem Umgang wählerischer sein, Trenck«, sagte er und setzte sich. »Ich habe nur wenig mitangehört. Aber was ich gehört habe, gefiel mir nicht.«

Trenck schwieg.

»Sie hören, was ich sage?«
»Jawohl, Herr Major.«

Nächst dem Kommandanten, dem menschenscheuen, stets unsichtbaren Fouqué, war Doo der höchste Vorgesetzte hier oben. Das hinderte nicht, daß er sich von Trenck ziemlich regelmäßig die Dukaten für sein Hasardspiel entlieh. Das hinderte auch nicht, daß jedermann auf der Festung sein Verhältnis zu Fouqués hübscher Tochter kannte. Ein kleiner Sohn, die Frucht dieser Beziehung, wurde angeblich drüben im Böhmischen im Dorfe Slawonow aufgezogen, ein Umstand, den der freche Schell sogar in Reime gebracht hatte. »Im Dorfe Slawonow«, so begann dieses Lied,

Im Dorfe Slawonow,
Da schnullt ein kleiner Doo,
Und der Herr Kommandant
Ist auch mit ihm verwandt.

Durch acht Strophen ging das so weiter und wurde nach einer eigenen Melodie mit Vergnügen gesungen, sowohl hier auf der Zitadelle wie auch drunten in Glatz. Fouqué und Doo kannten den Urheber wohl, ohne doch recht etwas unternehmen zu können. Aber der General kam nun beinahe gar nicht mehr aus seiner Wohnung hervor, die Tochter war immer länger und immer häufiger abwesend, in Breslau bald und bald in Berlin, und zwischen Doo und Schell war giftige Feindschaft.

Dem Schwaben allein hatte auch vorhin Doos barscher Auftritt gegolten. Denn für den Gefangenen Trenck hatte er immer ein deutliches Wohlwollen, ja er neigte ihm gegenüber zu einer gewissen niedrigen Vertraulichkeit.

Dies hatte Ursachen. Seine Beziehung zu der Prinzessin Amalie war nicht geheim geblieben. Wie der betrunkene Schell sich nicht enthielt, unter Deklamationen auf ein gewisses hohes Wohl zu trinken, so war von den Glatzer Offizieren jeder einzelne unterrichtet, offenbar war die hochpikante Tatsache armeebekannt. Man phantasierte, Trenck sei willens gewesen, die Prinzessin zu entführen, beim Feinde Dienst zu nehmen und dort in Österreich das Leben eines sehr großen Herrn zu beginnen. Die Kaiserin habe ihm, gleich seinem berüchtigten Vetter, an der unteren Donau Ländereien von der Fläche eines Herzogtums angetragen, über die er frei, als ein Souverän hätte schalten sollen. Ein Gegenstand unendlicher Neugier das Ganze, unendlichen Klatsches.

Der Major, immer mit dem Zwinkern eines, der selber auch solch ein Bruder ist, hatte geduldig immer aufs neue versucht, Trenck über den interessanten Gegenstand zum Reden zu bringen. Eigentlich fand der Italiener diesen kleinen Trenck höchst langweilig und steif. Er war innig überzeugt, daß er selbst noch weit rascher und leidenschaftlicher geliebt worden wäre, hätte nur ihn statt des trockenen Preußen das Schicksal der Prinzessin über den Weg geführt. Auch der Umstand, daß diese Liebe den Gefangenen ja offensichtlich nicht sehr gefördert hatte, hinderte Doo nicht, ihn sehr zu beneiden. Unablässig, täglich fast, suchte er seine Nähe, und da er durchaus nichts zu hören bekam, traktierte er den Leutnant wenigstens seinerseits mit der Ausmalung seiner meist billigen und unsauberen Siege.

Er deutete auf die geleerten Flaschen und sagte mit heruntergezogenen Mundwinkeln in seinem fremden, harten Deutsch:

»Natürlich hat er wieder gesoffen, der Schell! Solche Leute sind wie das Vieh.«

Der Piemontese war sehr streng gegen dieses eine Laster, das er nicht hatte.

»Solche Leute sind keine Gesellschaft für Sie«, wiederholte er. »Sie sollten sich zerstreuen. Warum beteiligen Sie sich niemals an unserem Spiel? Sie wären willkommen.«

»Das schickt sich kaum für einen Staatsgefangenen, Herr Major.«

»Ach, gefangen, gefangen. Sie sind doch ein Gefangener von besonderer Art.«

»Ja, nämlich einer ohne Verhör und Spruch. Und außerdem einer, den man vergessen hat.«

»Vergessen, wieso? Ach, Sie meinen den König. Mein Gott, er zieht im Lande herum, wie soll er da antworten.«

»Der König ist in Berlin.«

»Er war in Berlin.«

»War?«

»Hat Ihnen das Ihr erlauchter Schatz nicht geschrieben? Sie sollten das Liebchen zu getreuerer Berichterstattung anhalten.«

Trenck bemeisterte sich. »Wohin ist der König gereist?«

»Nun, seine Route kenne ich nicht. Sicher ist nur, daß es wieder losgeht.«

»Jetzt, mitten im Winter?«

»Ja, es ist unbehaglich.« Und Doo berichtete, nicht ohne eitle Genugtuung, was ihm aus der Post des Generals Fouqué am gleichen Mittag bekannt geworden war.

Der König, in der Hoffnung auf Unterhandlungen und Frieden kaum erst nach Hause zurückgekehrt, hatte von neuen gefährlichen Plänen Kenntnis gewonnen. In drei Heersäulen, so schien beschlossen, wollte der Feind auf Brandenburg, auf Berlin losziehen, man wollte, so wurde formuliert, den Adler in seinem Nest erwürgen. Die Lage erschien dadurch bedrohlich, daß die russische Zarin mit der Entsendung von Hilfsvölkern drohte. In Berlin entstand Panik. Minister und Generale rieten zum sofortigen Frieden um jeden Preis. Aber der König – »natürlich« – wollte davon nichts hören. Vor zwei Tagen war er aufs neue ins Feld aufgebrochen, um den Schlag zu parieren.

Sein »natürlich« sprach Doo mit einem hämischen und angewiderten Gesichtsausdruck, ganz so, als verdrösse es ihn, daß sich der König nicht lieber gedemütigt und die Waffen gestreckt hatte.

»Inzwischen«, fuhr er fort, »scheint es in der Hauptstadt recht ungemütlich zu sein. Ich kann sie mir vorstellen, die guten Berliner, wie sie herumlaufen mit vollen Hosen und jede Stunde erwarten, daß der General Grünne oder der Prinz Karl heranrückt! Es muß possierlich zugehen dort. Vor den Toren wird geschanzt. Die glauben ernstlich, sie könnten mit ihren Zaunpfählen und ihren Mäuerchen ein Kriegsheer abhalten. Übrigens«, fügte er mit einer Grimasse der Besorgnis hinzu, »habe ich Grund, der Residenz ein gnädiges Schicksal zu wünschen.«

»Dazu haben wir alle gleichmäßig Grund.«

»Gewiß, gewiß. Aber außerdem befindet sich in Berlin im Augenblick eine bestimmte, mir ganz besonders liebe Person.«

»So.«

»Ich brauche nicht mehr zu sagen. Ich denke, Trenck, Sie verstehen mich.«

»Zu Befehl, nein, Herr Major.«

»Aber natürlich. Sie haben die Dame oft genug unter Ihrem Fenster gesehen. Wie gefällt sie Ihnen, offen unter Männern? Sie hat Vorzüge, wie? Man sieht ihr gewisse Eigenschaften an, was? Wir jedenfalls sehen ihr solche Eigenschaften an. Übrigens, vertraulich, Trenck, auch noch in anderem Sinne bin ich besorgt. Man redet zuviel über die Sache.

Es wäre mir unlieb, wenn sie allzu ruchbar würde, an gewisser Stelle, Sie begreifen. Sie werden sagen: eine Generalstochter ist noch nicht die Tochter eines Königs – zugestanden. Aber immerhin, bei den Anschauungen, die an jener Stelle obwalten, wäre ich schwerlich sehr sicher. Was denken Sie?«

»Ich denke, Herr Major, daß Sie wenig zu fürchten haben.«

Das schien Doo nicht zu befriedigen. Er zog ein Gesicht, als hätte Trenck ihn beleidigt.

»So, meinen Sie? Ich dagegen meine, daß bei jenen Anschauungen, das heißt Anschauungen sind es ja wohl weniger, eher sind es Gefühle, Haßgefühle nämlich, Neidgefühle ...«

»Ich muß gestehen, daß ich von Ihren Worten nichts begreife.«

»Oh! Sie sind wirklich ein loyaler preußischer Offizier. Es ist Ihnen also bis heute völlig entgangen, es ist Ihnen, sage ich, noch niemals der Einfall gekommen, daß die Schärfe, die Strenge, mit der man Ihnen begegnet, persönliche Quellen und Gründe haben könnte?«

Trenck schwieg und schaute ihn an.

»Und auch der weitere Gedanke nicht, daß dieses ganze, unruhvolle Wesen, welches die Welt in Schrecken und Blutdunst einhüllt, das Wesen eines Unglücklichen ist, eines Verzweifelten, eines qualvoll zu kurz Gekommenen?«

»Sprechen Sie vom König, Herr Major?«

»Ich spreche von einem Manne, dem es versagt ist, auf den gleichen Wegen glücklich zu werden wie wir echten Kinder der Natur, und vor dessen mönchischer Ranküne Leute wie Sie und ich uns darum zu hüten haben.«

Trenck, sonderbar angerührt, sah unter zusammengezogenen Brauen an dem Italiener vorbei.

»Sie müssen doch fühlen und zugeben, Trenck, daß um diesen gewaltigen jungen Herrn etwas Unheimliches und Starres ist, etwas der Natur ganz Widersprechendes. Solche Könige sieht man doch sonst nicht in Europa! Das Betragen gegen seine Gemahlin ist ja Weltgespräch. Er vermeidet sie ganz, sie hat strengen Befehl, niemals vor ihn zu kommen, und kann er selber einen Besuch nicht vermeiden, so richtet er doch nicht das Wort an sie, sondern blickt an ihr vorüber wie an etwas Widerwärtigem und Verbotenem.«

»Der König«, sagte Trenck ziemlich finster, »hat diese Dame unter Zwang geheiratet, heute ist er frei und handelt danach. Zu interessanten

Vermutungen ist da gar kein Anlaß. Man kennt ja Galanterien von unserm Herrn, die beweisen, daß seine Abneigung jedenfalls nicht dem ganzen Geschlechte gilt.«

»Gerede«, rief Doo, sehr zufrieden offenbar, Trenck wenigstens zum Widerspruch gebracht zu haben, »Gerede, absolut gar nichts weiter als Gerede. Ich weiß das aus sehr guter Quelle«, setzte er hinzu, »aus ganz vortrefflicher, naher, sicherer Quelle weiß ich das!«

Er hielt inne, um einer schmeichelhaften Frage Raum zu lassen. Da sie keineswegs erfolgte, fuhr er fort:

»Es ist sehr möglich, daß dieses Gerede dem König nicht gerade unwillkommen ist, daß er es, sage ich, vielleicht begünstigt, daß er es etwa sogar hervorgerufen hat. Es könnte ganz wohl sein, vertrauen Sie nur meiner Information, Trenck, daß er sich genau zu diesem Zweck auf öffentlichen Bällen mit der oder jener Schönen in ein Kabinett einschließt und dort, nun was denken Sie, eine Limonade mit ihr trinkt! Es ist ihm angenehm, wenn die öffentliche Meinung etwas feurigere Ingredienzien in diese Limonade mischt.«

»Und warum«, fragte Trenck, »sollte dieser bewunderte König Wert darauf legen müssen, daß sich solche Gerüchte verbreiten?«

»Ja, warum wohl, warum«, rief Doo, und auf seinem ordinären, hübschen Gesicht malte sich der Stolz eines Pfauenmännchens, das sein Rad schlägt. »Warum auf der anderen Seite hält er es so außerordentlich streng in diesem Punkt mit der übrigen Menschheit? Warum versteht er weit leichter alle sonstigen Schwächen als gerade diese? Warum bezieht ein Lakai, der es irgendwo mit einer Kammerjungfer hält, mit Sicherheit seine Tracht Prügel und fliegt hinaus aus dem königlichen Dienst? Warum erlaubt er seinen Offizieren nicht, daß sie heiraten, den älteren kaum, in ganz seltenen Fällen nur, und den jüngeren gar nicht? Meinen Sie nicht doch, Trenck, daß er da anderen etwas mißgönnt, was er selber nicht hat und nicht genießt, daß da etwas ist, was ihn demütigt? Sie sollten doch einmal darüber nachdenken, ob das heftige Verfahren gegen Sie nicht mit diesem Mangel in Verbindung zu bringen ist, gegen Sie, Trenck, der sogar in seiner nächsten Nähe, der sogar in seinem eigenen königlichen Blute glücklich gewesen ist!«

»Ich weiß nicht«, sagte Trenck mit Widerwillen und, wider Willen, gleichwohl gefesselt, »warum Sie es für nötig halten, mir diese Ideen vorzutragen.« Er hatte seit Beginn des Gesprächs überhaupt nicht Platz genommen, nun entfernte er sich aus dem Umkreis der Kerzen und lehnte sich im Halbdunkel gegen die Wand.

Doo, ein Bein über das andere geschlagen, sprach gemächlich weiter. Er sagte:

»Ich beschäftige mich nicht wenig mit Ihrem Schicksal, Herr von der Trenck. Es geht mir nahe. Ich versuche mich in Ihre Gemütsstimmung zu versetzen ...«

»Ich zweifle am Erfolg.«

»Ich versuche das, sage ich ja nur. Ich stelle mir vor, daß Sie hier in Ihrer Gefangenenstube mitunter von Schaudern des Vergnügens geschüttelt werden, wenn Sie sich vergegenwärtigen, wie unwiderstehlich Sie in diesen erlauchten Blutskreis eingebrochen sind, wie das streng gesicherte Tor hat aufspringen müssen vor Ihnen, wie so gar nichts jahrhundertealte Regel und hochmütige Absonderung zu bedeuten haben vor der Gewalt eines wirklichen Mannes voller Jugend und Saft. Das zu denken, Leutnant, muß Ihnen doch ein sehr heftiges Vergnügen bereiten.«

Trenck blickte auf ihn hin. Das Gesicht des Italieners, vom Schein der Kerzen scharf getroffen, glänzte von triumphierender Animalität; so sieht ein Bauernbursche aus, der bei den Dorfschönen Hahn im Korbe ist.

Trenck sagte: »Über diesen Gegenstand ist jetzt genug gesprochen, Herr Major. Wenn es in meinem Leben eine Herzensangelegenheit gibt, dann ist sie privat, und niemand, auch kein Vorgesetzter, kann mich nötigen, ein Wachstubengeschwätz daraus zu machen.«

Doo sprang auf. Er packte einen der Leuchter, hielt ihn hoch empor, so daß Trenck in seiner Ecke vom Strahl getroffen wurde, und rief:

»Sie werden frech, kassierter Leutnant Trenck, ich sage Ihnen ...« Aber sofort änderte er seinen Ton und sagte kühl: »Nein, es liegt nicht in meiner Absicht, Sie zu beleidigen. Sie haben keine Waffe.«

»Sie können mir ja eine leihen.«

»Ich denke nicht daran. Leihen lieber Sie mir noch vierzig Louisdors für mein kleines Spiel heute abend.«

Trenck schluckte hinunter. »Ich habe kein Geld mehr«, sagte er kurz.

»Sie werden zum mindesten bald keines mehr haben, wenn Sie sich so ungefällig zeigen. Mir ist die Sendung von tausend Louisdors genau bekannt, die Ihnen vorgestern durch den Forstmeister Hornig in Habelschwerdt zugegangen sind. Ihre Prinzessin ist generös.«

Er schwieg einen Augenblick, lächelte mühelos und fuhr dann fort: »Es wäre Ihnen gewiß unangenehm, wenn das Eintreffen dieser Summe dem General Fouqué gemeldet würde.«

Der Gefangene ergriff den zweiten Leuchter, öffnete ein Möbel und legte eine in Leinwand gewickelte Rolle vor Doo auf den Tisch. Es war ein runder Betrag, mehr Geld, als der andere verlangt hatte.

»Ich denke, Herr Doo«, sagte er, »daß nun für Sie kein Grund mehr besteht, mich meiner Nachtruhe zu entziehen.«

»Nicht der mindeste«, sagte Doo und ging ruhig zur Tür. »Gesegnete Träume!«

Trenck, hinter ihm, wollte abschließen. Für den Augenblick hatte er vergessen, daß an seiner Tür sich kein Schlüssel und kein Innenriegel befand. Die Schublade, der er das Geld entnommen hatte, stand offen, er trat hinzu und blieb im Anblick der sauber hingeordneten Rollen nachdenkend stehen.

Seit zwei Wochen fehlten ihm ihre Briefe, nur dies Gold hier war ihm noch zugekommen, durch nicht ganz sichere, nicht ganz dichte Kanäle, wie sich soeben gezeigt hatte. Was war ihre Absicht dabei? Wünschte sie einfach, sein Leben als Gefangener milder und bequemer zu gestalten? Oder wollte sie ihn zur Flucht aufrufen, ihm durch Bestechungsmittel zur Flucht verhelfen? Hatte sie Genaueres, hatte sie Hoffnungsloses über das ihm zugedachte Schicksal erfahren?

Er schloß die Lade und setzte sich nahe zum Fenster. Aus den böhmischen Bergen, die nun völlig in Nacht lagen, ging hinter trüber Wolkendecke ein kraftloser Mond auf. Trenck saß und sehnte sich, und er träumte. Oh, davongehen, mit ihr sich vereinigen und, ohne einem Fürsten zu dienen, mit freien Kräften in der unendlichen Welt das Leben erst recht beginnen! Mochten dann Friedrichs Blicke ihn und die Schwester voller Zorn hinter Grenzen suchen, über die sein Arm nicht reichte.

Er nahm das smaragdenbesetzte Medaillon hervor, das die Geliebte zeigte, er blickte nieder auf das jugendlich weiche und holde Gesicht, mit Friedrichs Brauen, Friedrichs Augen, Friedrichs Stirn, er wollte es küssen, wollte es liebkosen wie hundertmal in öden Monaten – er ließ es wieder sinken, von einer Erkenntnis überrascht und verstört.

Ihm kam mit einemmal zum Bewußtsein, wie völlig er sich selber schon als einen Ausgeschiedenen, Ausgestoßenen ansah, wie so gar nicht mehr er im Innern seines Gemüts an Rechtsspruch und ehrenvolle Befreiung glaubte. Und nun gingen seine Gedanken gewohnte Wege, den ausgetretenen Kreisweg um ein starres Warum.

Warum nur hatte ihn der König, der ihn zu lieben schien, durch Machtwort hierher auf diese Festung geschleudert? Warum hatte er ihm kein Verhör verstattet, keine Verteidigung? Warum blieb er jetzt seinem Flehen taub, seinem unablässigen Rufen nach Verantwortung und Gerechtigkeit – er, dessen oberster Grundsatz, dessen oberster königlicher Ehrgeiz Gerechtigkeit war?

Glaubte er ernstlich an Verrat bei Trenck, an Bündelei mit dem Feinde, konnte er daran glauben bei einem jungen Offizier, der, ausgezeichnet und begnadet wie keiner, den glänzendsten Aufstieg in Preußen offen vor sich sah? Es war nicht dies. Es war das andere.

Briefe waren aufgefangen worden. Längst hatte sich Trenck an jenen einen erinnert, der ihm damals befremdlicherweise mit der offenen Feldpost überliefert worden war, statt auf gewohntem Schleichweg. Warum aber diese Plötzlichkeit der Verdammung, warum dieser furchtbare Stoß und Sturz von einer Stunde zur andern? Etwas Neues konnte dort im Lager von Soor der König nicht erfahren haben, schon in Potsdam hatte er seine Vermutungen, nein, seine Gewißheit gehabt, umsonst war damals nicht wochenlanger Arrest über Trenck verhängt worden. Aber dann erst, im Felde erst, hatte er wohl erkannt, daß sein Offizier nicht zur Besinnung zu bringen sei, daß hier Leidenschaft über alle Warnungen, über alle Vernunft und jedes Gesetz triumphiere. So mußte es sein.

Die Art jedoch, die Form, in der gegen ihn verfahren wurde, dies kalte, bösartige Fallenlassen, diese hoffnungsmordende Unerbittlichkeit nach so viel Gnade, nach so viel Gunst – dies war dennoch nicht leicht zu erfassen. Etwas unnennbar Fremdes und Fernes ward hierin sichtbar, ein haßvoll radikaler Wille zu Strafe und Rache. Vermutungen, wie der gemeine Schönling sie zuvor hatte laut werden lassen, schienen hier nicht völlig ohne Sinn, häßliche Ahnungen vom Gram und Neid eines unselig Gezeichneten, vor denen ein junger Mensch besser die Augen schloß, der in Verstörung und Verbitterung dennoch liebend verehrte.

Trenck legte seine Kleider ab, löschte das Licht und streckte sich aus. Der Schlaf kam lange nicht. Als er kam, war er unruhig und voll zerrissener Träume. Ein einziges Trugbild blieb ihm am Morgen klar im Gedächtnis und sogar noch Tage nachher ...

Mit dem König lag er auf einer Anhöhe, und drunten im Tal hielt der Pandur phantastische Parade. Warasdiner, Raizen und Talpatschen exerzierten, angetan mit ihren roten Mänteln, aber mit spitzen preußischen Füsiliermützen närrisch aufgeschmückt. Der König reichte Trenck sein Fernrohr hin – es war aber eigentlich gar kein Fernrohr, sondern eine Rolle gelber Louisdors, die ohne Umhüllung zusammenhielten –, Trenck nahm die Rolle und hielt sie vors Auge.

Da sah er erst, wer hinterm Roßschweif und der tobenden Janitscharenmusik dort eigentlich defilierte. Denn unter den Blechmützen quoll überall das lange blonde Weiberhaar hervor, frech bebten die Hüften, und aus den offenen Pandurenmänteln starrten hoch und fett und weiß die nackten Brüste.

2.

Der König kam von Dresden gefahren, wo zwei Tage vorher der Friede geschlossen worden war. Abordnungen der bewahrten, der befreiten Hauptstadt waren ihm entgegengezogen, und als er um Mittag dem Wendischen Tore sich näherte, ritt seinem Wagen ein langes und buntes Geleit voraus.

Es führte das Ganze im Galarock der Chef des preußischen Postwesens, und hundert Postillons folgten ihm, die unablässig mit mächtigem Atemaufwand ihre Hörner bliesen. Innungen reihten sich an, farbig uniformiert eine jede, mit überladenen Tressenhüten, die Jäger und Wildmeister sodann aus der Umgebung Berlins, gekleidet ins Grün ihrer Wälder, das Pagencorps, eine kleine Abteilung der reitenden Garde, und nun erst der König.

Der Kälte des schneelosen Dezembertages zum Trotz saß er im offenen Wagen, der sechsfach bespannt war, zu seiner Linken den Prinzen von Preußen, sich gegenüber den zwanzigjährigen Heinrich; ein wenig gelb und übernächtigt sah er aus und war nicht weiter festlich angezogen. Als man durchs Tor fuhr, als der Präsentiermarsch erklang, Spontons und Fahnen sich senkten, nahm er seinen Hut vom Kopf und setzte ihn nicht wieder auf.

Glockenläuten, Böllerschüsse, Flintensalven und Hochgeschrei erfüllten die frostklare Luft. Die Kompanien der Bürgerwehr bildeten Spalier, und dahinter preßte und schob sich mit Lachen und Zanken das Volk von Berlin, alle Fenster zeigten sich eng besetzt, bis hinein in die Stuben sah man die Bürger gereckten Halses sich auf die Zehen stellen, an vielen Häusern waren auch die Dachziegel abgehoben, und aus dem Sparrenwerk ragten enthusiastische Zuschauer. Blumen und Lorbeergewinde flogen, wo der König sich näherte, und jubelnde, jauchzende Rufe begleiteten ihn. Es schienen immer dieselben zu sein, wenn auch die Worte ununterscheidbar im Festlärm verklangen.

Gleich hinter der Köpenicker Brücke jedoch gab es einen Aufenthalt. Trommler waren hier keine postiert, und die Postillons gönnten sich eine Pause. Hier erst, nun erst, in seinem Leben zum erstenmal, vernahm er den Ruf. Ein wenig erblassend schloß er die Augen. Sie riefen: »Es lebe König Friedrich, es lebe Friedrich der Große!«

Sein sofortiges, sein unmittelbares Gefühl war das des Widerstrebens, etwas wie Übelkeit stieg in ihm auf. Sein Ranggefühl empörte sich. Es kam hinzu, daß er, die Lider hebend, das sehr häßliche und geistvolle Gesicht seines Bruders Heinrich, in dem die großen Augen schielten, mit Spott auf sich gerichtet sah.

»Ein schöner Name, den man Ihnen gibt, lieber Bruder«, sagte zu seiner Linken sanft der Prinz von Preußen.

»Diesen Namen verdanke ich der Angst, die sie ausgestanden haben«, antwortete Friedrich. Man fuhr wieder im Schritt, kaum im Schritt. Aber schon wurde von neuem gehalten, vor dem Köllnischen Gymnasium, dessen Schüler auf der Freitreppe versammelt standen. Stille herrschte plötzlich wiederum, in die nur Glockendröhnen hineinschwang, und sie sangen:

»Vivat vivat Fridericus Rex, vivat Augustus Magnus Magnus Felix Pater Patriae!«

Es klang schön, und es rührte ihn ein wenig. Der Mund der Jugend, der Mund der Zukunft grüßte ihn mit dem hohen Lobwort des Cicero. Ein ganz leichter, erster Schauer des Triumphs wollte ihm an das Herz greifen.

Da erblickte er drüben an der Ecke des Köllnischen Fischmarktes inmitten eines berittenen Bürgertrupps eine sehr große weiße Standarte, bestickt mit einem himbeerrot flammenden Herzen und dieser Umschrift, lateinisch ebenfalls: »Sic ardet pro Rege.«

Dies kam ihm gelegen. An die Überdeutlichkeit und den Ungeschmack des Symbols klammerte er sich, um sich seiner Ergriffenheit zu erwehren. O ja, das wollte er glauben, daß heute ihr Herz für den König brannte, nachdem es ihnen erst so gründlich in die Hosen gefallen war.

Aber das Schreien und Trommeln und Böllerkrachen tobte aufs neue empor, und die Postreiter vorne bliesen mit verdoppelter Lungenkraft, da nun schon ganz nahe durch die Breite Straße hindurch die Schloßfront sich zeigte. Er murmelte: »Ich habe Dummheiten gemacht, beinahe hätte ich alles verdorben, Glück habe ich gehabt, ich will das nicht vergessen, nicht vergessen.«

»Vivat Fridericus Rex Magnus Magnus Magnus, vivat!« Ein Verlangen, allein zu sein, dies nicht mehr zu hören, wurde mächtig in ihm. Gut denn, er hatte es überstanden, da war das Portal.

Friedrich stieg aus dem Wagen, er wandte sich gegen die Menge, sandte rundum den Blick über sie, hob seinen Hut in Augenhöhe und grüßte mit Verströmung all der anmutigen Höflichkeit, die ihm, als ein selten angerührtes Kapital, so reich zu Gebote war. Ein neuer, noch verstärkter, ungeheuer brausender und dröhnender Dankruf erscholl, Glockenschläge mischten sich ein, der Freudenwirbel der angsterlösten Stadt drehte sich um ihn und schlug über seinem Haupte zusammen. Und rasch, außerordentlich rasch durchschritt König Friedrich das Portal seines Hauses, sah das Gesinde nicht an, welches zum Empfang aufgestellt war, erstieg mit seinem Reitergang die steinerne Treppe und verschwand auf der Höhe des ersten Stockwerks allein und unfestlich in sein Appartement.

Hinter einem der hohen Fenster, oben zwischen den Säulen des Haupttors, hatte an der Spitze des Hofes die Königin die Anfahrt erwartet. Als sie nicht begrüßt wurde, kehrte sie in ihre Räume zurück.

Im Arbeitszimmer waren auf Tischen, Konsolen und Stühlen Akten aufgehäuft, hochgeschwollene, sorgsam geschichtete Bündel, sämtlich versehen mit der Kennmarke ›Au Roi‹, der Einlauf seines ganzen Staates, seit Wochen durch Zwang unerledigt. Er warf einen ersten Blick darüber hin, berührte jedoch nichts, sondern setzte sich nahe bei dem brennenden Kamin auf einen Stuhl, den Hut auf dem Kopf, die Hände auf den Knien.

Hier war die Zuflucht vor dem Rausch dieses Tages. Er scheute ihn, er wollte ihn nicht, den Wonnen der Erfüllung gab er sich nicht hin. Er gedachte des Namens nicht, mit dem die Menge ihn erhoben hatte, er verweilte nicht einmal bei dem Umstand, daß jede Gefahr nun wirklich hinter ihm lag, daß er sich Reich und Thron und politische Geltung gerettet hatte, daß die Kaiserin, sie, für deren Vorfahren seine Vorfahren einst kniend das Waschbecken gehalten, ihm den Besitz der geraubten Provinz feierlich hatte garantieren müssen. Wenn die Worte Sieg, Sieger, Triumph sein Denken streiften, dann zog sich abweisend und empfindlich etwas in ihm zusammen.

Von draußen drang wieder das Rufen zu ihm, jenes Beiwort war deutlich zu hören, schon gebrauchten sie es geläufig, und da der kurze Tag sich schon neigte, blitzten durch die grünen Atlasvorhänge die ersten Lichter der Illumination.

Er blickte langsam von einem Aktenbündel zum andern, er las sogar zweimal, dreimal die Aufschrift, die überall gleich war, die unter Fortlassung jeden Titels, jeder Huldigungsformel nichts bezeichnete als seine Stellung, seinen Dienst. Musik schwoll auf, stolz, siegfeiernd, sehr geeignet, das Herz zu weiten. Und der großartige Rhythmus übte doch seine Wirkung, und nicht eben das nüchternste seiner Geschäfte kam ihm zuerst in den Sinn ...

Weltschiffahrt war möglich, Verkehr nach Indien und China. Seit kurzem besaß er Ostfriesland, Emden, die offene See. Der Gedanke einer asiatischen Handelsgesellschaft, früh schon empfangen von ihm, würde verwirklicht nun bald ans Licht treten. Dort lag der Entwurf des Statuts ... Zwischen Brandenburg, dem Sandloch, und Ophir, dem Wunderland, spannen sich Fäden. Er träumte in Erdteilen.

Dies war es nicht, was er brauchte. Es ging um das Kleinste. Sollte an Schiffahrt gedacht werden, nun: dort warteten Rechnungen über den Finow-Kanal, der jetzt Havel und Oder näher verband, und über die Schleuse bei Eberswalde. Sein Gedächtnis arbeitete. Dankbar sah er nach den Faszikeln ...

Das Oderbruch wurde urbar gemacht, sumpfiges Ödland bei Gartz und Damm und Greifenhagen und Gollnow. Kolonisten waren herbeizuziehen!

Kolonisten kamen aus Thüringen. Allzuviel Geld war für Messer und Scheren in das Ausland gegangen. Dort lag der Bericht über den Zuzug der Feinschmiede aus Schmalkalden und Ruhla. Auch nicht genug Seife wurde im Land produziert. Neue Siedereien entstanden; die Berechnung der Rentabilität, angefordert von ihm, dort mußte sie liegen. Die Flachsspinnerei auf den Dörfern war zu heben, Prämien für das haltbarste und feinste Garn waren auszusetzen; der Akt lag dort. Die heimische Wolle taugte nicht viel, eine besondere Widderart mit weichem und vollem Vlies konnte aus Spanien eingeführt werden; dort lagen die Gutachten. Auch Seidenzucht sollte nach Preußen, eine Verordnung über Anlage und Schutz der Maulbeerpflanzungen war erlassen und ausgearbeitet; dort lag sie.

Die Musik riß gar nicht mehr ab. Ein noch stolzerer, froherer Marsch, der wahre Triumphmarsch, ertönte.

Triumph? Jawohl, es war eben Zeit, zu triumphieren! Heute war vielmehr der Tag, gerade jetzt war die rechte Stunde, um zu bedenken, was dieser Triumph das Land gekostet hatte und wie die geschlagenen Wunden rasch und gründlich zu benarben seien. Mit Deklamationen nicht, das stand fest, mit Kalkulationen vielmehr, mit Tabellen, mit kleiner, saurer, langweiliger Arbeit. Jedes gelieferte Quantum Heu oder Stroh oder Korn war nach Taler und Groschen zu vergüten, jedes bei der Armee umgekommene Bauernpferd, jede durch den Feind erpreßte Kontribution. Und genaue Rechnungslegung gefälligst, ihr Herren Dorfschulzen und Landräte, und daß kein vierzehnjähriger, abgetriebener Gaul beiseite bleibe und kein Bund Stroh am falschen Ort gefordert werde! Wehe dem Beamten, der hier lässig oder irgendeines Eigennutzes, irgendeines Unrechts schuldig betroffen würde! Gerechtigkeit, *Gerechtigkeit* sollte geübt werden – Milde übrigens auch, fügte er sofort bei sich hinzu, von jenem ersten großen Begriff sich hastig abkehrend.

Er stand sogar auf. Im Zimmer war es ganz hell geworden, so lebhaft schien durch den grünen Atlas die Siegesbeleuchtung herein. Mit starken Schritten begann er auf und ab zu wandern. Er überhörte ein Kratzen an der Tür. Schließlich wurde gepocht, unhöfischerweise.

Fredersdorff trat ein, ein Kämmerer, sein Privatkassier, sein Faktotum, sein Vertrauter mitunter beinahe, ein Mann, großgewachsen und schlank, mit Zügen, in denen Verstand und sogar Feinheit zu lesen war, angenehm anzuschauen.

»Es ist wohl soweit?« fragte Friedrich. »Soll ich herumfahren?«

»Der Wagen steht bereit, Euer Majestät.«

»Das sagst du ja sonderbar. Du hast etwas. Was gibt es?«

»Euer Majestät, ich bin der Träger einer betrübenden Nachricht.«
»Nun, geniere dich nicht. Gibt's vielleicht Krieg?«
»Herr Duhan liegt im Sterben.«
»Duhan?«

Der König wandte sich ab. Er trat ans Fenster, raffte den Vorhang etwas beiseite und blickte hinunter. Der Platz war schwarz von Menschen, die Illumination flammte.

Duhan, der Hofmeister seiner Knabenjahre, den Friedrich Wilhelm aus den Laufgräben vor Stralsund dem vierjährigen Prinzlein mit nach Hause gebracht hatte. Duhan, sein erster Lehrer, dem er mehr verdankte als ein bißchen elementares Wissen, den frühesten klaren Blick nämlich, den ersten unverschleierten Blick auf diese wunderlich verworrene Welt. Duhan, der Muntere, Gute, Gescheite, der so viel um ihn ausgestanden hatte, der später, nach jenem Fluchtversuch, verbannt worden war, hinauf ins Memelland zu Füchsen und Wölfen; ohne daß sich ihm eine andere Mitschuld nachsagen ließ als die Liebe zur französischen Literatur. Duhan, dessen Abend er so schön und heiter zu gestalten wünschte, lag im Sterben.

Er ließ den Vorhang fallen. »Mein Gott, Duhan jetzt auch noch«, sagte er zu Fredersdorff. »Ein sauberes Jahr ist das gewesen. Mein redlicher Jordan tot, der so vortrefflich sprach und erzählte, mein liebenswürdiger, kluger Keyserling tot, und jetzt zum Beschlusse noch dies.«

Aber sein Gesicht war ruhig, während er dies sagte. Er bedauerte innig, er trauerte. Aber es war ihm doch zumut, als trete der Tod wie ein heimlich erwarteter Gast in seine Nähe, als sei es in Ordnung, daß der Schmerz und die Vergänglichkeit ihn anrührten gerade an diesem Tag, welcher strahlte und jubilierte.

»Ich fahre sogleich hin.«
»Sogleich? Jetzt?« sagte Fredersdorff betreten. »Die drei Herren Prinzen warten, um Euer Majestät auf der Rundfahrt zu begleiten.«
»Die können mitkommen, das wird keinem schaden.«

Die achtspännige Galakutsche, rund überdacht und sonst offen, stand vor dem Portal. Schreien und Jauchzen erhob sich, als er hervortrat. Der Kronprinz und Prinz Heinrich stiegen wieder mit ihm ein, glänzend uniformiert. In einem zweiten Wagen folgte der kleine Ferdinand mit seinem Erzieher.

Berlin hatte Anstrengungen gemacht. Die Beleuchtung war prächtig. Auf den einzelnen Plätzen flammten in breiten Pfannen offene Freudenfeuer, an allen Häusern waren Kanten und Simse dicht mit Lampen besteckt, hundert Aufschriften, farbig bestrahlt, pathetisch oder scherzhaft, zum Teil durch naive Bilder kommentiert, zeugten vom dankbaren Glück der beschützten Bürger.

Friedrich gab dem Moment das Seinige, er kam in feierlichem Aufzug. Acht Läufer, Stäbe in Händen, befiederte Mützen von verschollener Form auf dem Kopf, schritten paarweise voran, die acht weißen Pferde, altmodisch und prunkvoll geschirrt, trugen Büsche auf ihren nickenden Häuptern, und auch die Pagen, die in Rot und Gold die schmalen Nebentritte der Karosse besetzt hielten, hatten schöne Federhüte. Dieses ganze gefiederte Wesen aber bewegte sich äußerst langsam, ruckweise und stockend durch die Massen der schaulustigen Berliner, die in Pelze und Tücher gemummt sich im Dezemberabend drängten. Vom Schlosse zur Adlergasse benötigt der Fußgänger sechs Minuten. Nach drei Viertelstunden langte der Prunkzug an.

Die enge Gasse, kurz und gebogen, war so verschwenderisch illuminiert, daß geradezu Wärme herrschte. Vor dem Haus Nummer 7, wo Duhan seine Wohnung hatte, war Stroh aufgeschüttet, um den Lärm zu dämpfen; es verfing sich in den Rädern der Kutschen.

Der König ging die gewundene Treppe zum ersten Stockwerk hinauf. Die Brüder folgten. Oben standen alle Türen weit offen, auch die zum Krankenzimmer: von der Straße her war es hell beleuchtet, genauso wie eben noch Friedrichs Arbeitszimmer im Schloß. Herr Duhan starb recht öffentlich und prächtig mitten im hohen Fest seines Zöglings.

An der linken Seitenwand lag er unter einem Betthimmel. Sein Gesicht war abgezehrt, das Auge ganz übermäßig groß, sein Leib, der sich unter den Decken abzeichnete, hoch aufgeschwollen. Er war bei klarem Bewußtsein. Als Friedrich an sein Lager trat, wollte er sich aufrichten, aber Friedrich kam ihm zuvor, er nahm die Hand des Kranken und drückte sie einen Augenblick an seine Brust. Im Hintergrund, gleich bei der Tür, standen die Prinzen – der Prinz von Preußen verlegen, die hohe Gestalt beschämt zusammengebogen, Heinrich kritisch vor sich hin schielend, auf der Schwelle ängstlich der kleine blasse, Ferdinand.

»Mein liebster Duhan«, sagte Friedrich, »ich habe nicht gewußt, daß Sie krank sind. Sie hätten von mir gehört. Hat es Ihnen auch gewiß an nichts gefehlt?«

»An nichts«, sagte Duhan, »nicht einmal völlig an der Gegenwart Eurer Majestät.« Und er wies auf einige Briefe, die zusammengefaltet auf seiner Bettdecke lagen. »Ich habe meinen geliebten Schüler sprechen hören, freilich mit jener Stimme, die er als Knabe gehabt hat.«

Der König nahm den Brief, der zuoberst lag, und sah die Schrift seiner fünfzehn Jahre. Im Schein der Festlampen, die hereinstrahlten, las er, auf französisch:

Mein lieber Duhan, ich verspreche Ihnen, daß, wenn ich mein Geld selber in Händen haben werde, ich Ihnen jährlich 2400 Thaler per Jahr geben will und daß ich Sie stets noch ein wenig lieber haben werde, wenn dies möglich ist
                                                    Friedrich, Kronprinz

»Mein Gott, Duhan«, sagte Friedrich, »was ist das für ein Stil! Jährlich per Jahr! Ein ehrgeiziger Lehrer würde diesen Brief vernichten, er ist ein wenig blamabel.«

Er legte das Papier auf die Bettdecke zurück und strich dabei wie zufällig noch einmal ganz sanft über die abgemagerte Hand des Scheidenden.

Dann war es still. Der Kranke, vielleicht umdämmert jetzt, hatte die Augen geschlossen. Die Prinzen dort hinten verharrten, verstört oder verstockt, aber auf dem König schien all diese Reglosigkeit und Stummheim gar nicht zu lasten. Ihn umgab befreundetes Element, vertraut vom Schlachtfeld, vertrauter aus dunklen und einsamen Nächten. So stand er, am Tag der Lebenshöhe, inmitten seiner begeisterten Hauptstadt.

Endlich, leise, ging er hinweg und stieg in seine Festkarosse. Als alle schon saßen, wandte er noch einen Blick hinauf zu jenem Fenster des ersten Stockwerks. Sein Auge verfinsterte sich, ein deutlicher Ausdruck des Widerwillens, ja des Ekels trat in seine Miene ...

Über der Haustür befand sich zu seinen Ehren ein Bild, gar nicht ungeschickt auf ölgetränkte Leinwand gemalt, die von rückwärts durchleuchtet war. Man sah einen österreichischen General, hinter ihm eine Menge Husaren, und alle ritten auf brandroten Krebsen. In der Ferne war die Silhouette der Hauptstadt erkennbar, und unter dem Ganzen stand in prahlenden Buchstaben: »General Grünne will nach Berlin.«

»Das soll man entfernen!« sagte Friedrich laut, in außerordentlich hartem und gereiztem Ton und wies mit ausgestrecktem Arm nach dem Transparent. »Sogleich!«

Bestürzung zeigte sich. Herr Espagne, der Besitzer des Hauses Nummer 7, der stolz neben der Tür stand, mit dem Bewußtsein, seine Sache vortrefflich gemacht zu haben, begriff nicht im Augenblick. Dann aber stürzte er, andere ihm nach, unter Gepolter in das Sterbehaus, um Leiter und Geräte zu holen. Und bei vollkommenem Schweigen, bei plötzlich vernehmbarem Glockengeläut setzte der Zug sich in Bewegung zur eigentlichen Rundfahrt durch die Illumination, deren Lichter an manchen Stellen schon zu tropfen und zu verlöschen begannen.

Es war zehn Uhr, als der König wieder in sein Arbeitszimmer hinaufstieg. Ein Imbiß stand bereit. Die Kabinettsräte Eichel und Lautensack warteten. Er ließ sich in einen Sessel nieder, nahm langsam bald einen Schluck Wein, bald einen Bissen und hörte den Arbeitsplan für die kommenden Tage. Unbekanntes vernahm er wenig. Bald unterbrach er den Vortrag und befahl, ein Aktenbündel zu entschnüren. Sein Kopf brannte nicht, sein Herz ging ganz ruhig, er war nüchtern, sachlich, still und zufrieden, er war, wenn das Wort hier eine Stätte haben kann, er war glücklich.

Die Tür ging auf. Eine Dame trat ein. Friedrich gab ein Zeichen mit der Hand, und die Sekretäre verschwanden, rückwärts tretend, ins anstoßende Zimmer.

Die Prinzessin Amalie wollte stürmisch hereineilen, sie wollte, der Entschluß war ihr anzukennen, dem König zu Füßen sitzen, seine Knie umklammern, ihr Leid und ihr Flehen in großer Woge vor ihn hingießen. Aber wie er ihr nun unbewegt und mit trockenem Ausdruck entgegensah, sanken ihrem Willen auf halbem Weg die Flügel, sie blieb stehen und verneigte sich.

Ohne ihr die Hand zu bieten, sagte Friedrich: »Es ist liebenswürdig, daß du spät noch herkommst, mich zu begrüßen. Meine Absicht war, unserer lieben Mutter und auch dir morgen in Monbijou aufzuwarten. Ich hoffe, ihr befindet euch wohl.«

Sie gab keine Antwort. Ein tiefes Schweigen herrschte, das aber den König wiederum nicht zu berühren schien. Und dann tat Amalie dennoch, was sie sich vorgenommen hatte, nur tat sie es nicht in Ansturm und Leidenschaft, sie tat es still und rührend, tief sank sie auf ein Knie, und ihre grauen Röcke rauschten.

Sie war gedämpft und unjung gekleidet. Ihr Mieder von dunkler Stahlfarbe, mit Silber traurig ausgeschmückt, erhob sich fast unstofflich schmal und zart aus dem Perlgrau der weithingebreiteten Seide.

»Ich komme um Recht, mein Bruder«, sagte sie.

»Um Recht?« antwortete er leicht. »Oh, das ist meine Angelegenheit. Damit werde ich mich jetzt viel abzugeben haben. Es darf mir künftig kein Prozeß mehr länger dauern als ein Jahr. Cocceji glaubt, es sei durchzuführen.«

»Ich komme um Gnade.«

»Um was für eine Gnade? Kann ich für Quedlinburg etwas tun? Aber ihr seid ja reicher als ich.«

»Sie verhöhnen mein Herz«, sagte sie leise. Er änderte Miene und Haltung.

»Steh auf jetzt«, rief er unfreundlich. »Was ist das für ein Unfug, da zu knien! Bin ich ein Theaterkönig?« Und wahrscheinlich, um darzutun, wie wenig er das sei, zog er die Dose und schnupfte, ohne Eleganz und geräuschvoll, wie er es sich jetzt im Felde anzugewöhnen begonnen hatte.

Die Prinzessin gehorchte, nicht ganz ohne Mühe. Sie mußte sich aufstützen, um ihre leichte Gestalt in die Höhe zu heben.

Sie sagte: »Mein Bruder, ich verstehe, daß Sie zornig sind, aber es kann mich nicht schrecken. Bitte vergessen Sie nicht, daß ich Ihre Schwester bin und mich also nicht fürchte.«

»Oh, nur keine leeren Worte gefälligst! Es gehört für eine Dame kein Mut dazu, aufdringlich zu sein.«

»Aufdringlich!«

»Jawohl. Mir fehlt die Zeit, alberne Kniefälle entgegenzunehmen. Zu ruhiger Behandlung privater Geschäfte ist morgen Gelegenheit in Monbijou.«

Sie beschied sich nicht. Sie konnte sich nicht bescheiden. Sie stand, und ihre schönen, weitgeschnittenen Augen füllten sich plötzlich mit Tränen. Sie stürzte auf den Bruder zu und ergriff seine Hand. Er entzog sie ihr eilig, er entriß sie ihr beinahe und wich ein wenig zurück.

»Ich muß erwarten«, sagte er leise und scharf, »daß du dich augenblicklich fortbegibst. Meine Schreiber warten auf mich.«

Aber sie war unfähig, zu gehorchen. Ging sie jetzt, dann schien ihr alles verloren und aufgegeben. Und verzweifelt klammerte sie sich an den Vorteil der Gegenwart, der doch offenkundig keiner mehr war.

Friedrich blickte sie an, auf ihren Gehorsam wartend. Sie sah ergreifend aus, und da er sich keineswegs ergreifen lassen wollte, so schaute er schnell wieder fort. Aber nun traf sein Blick den großen Spiegel, deckenhohes Kristall, das Lüster und Armleuchter mit einer Flut von weißem Licht bestrahlten. Dort drinnen sah er sie, und sah auch sich selbst.

Beide erschienen sie im Profil, ihre Häupter waren einander zugekehrt. Ein scharfes Weh, ein Mitleid voller Erkenntnis, griff ihm ans Herz.

Sie waren einander sehr ähnlich geworden, er selbst und die junge schöne Schwester, schön immer noch, obgleich ihre Frische gelitten hatte. Die früher so weichen Züge hatten Schärfe bekommen in diesem einen kurzen Jahr ihrer Jugend, ihr Auge schien sich weiter vorzuwölben als ehedem und glich so vollends dem seinen, und vom Flügel der Nase lief, am schmaler gewordenen Mund vorbei, zum nicht mehr so blühenden Kinn die erste leichte Hinzeichnung der gleichen Furche, die bei ihm selber so bitter sich ausprägte – ein Griffelzug des Leidens, der Enttäuschung und Entbehrung, von der gleichen Faust ihr eingegraben, o ja von der gleichen, die auch an seinem Antlitz so gnadenlos arbeitete.

»Geh«, sagte er gedämpft und hastig. »Ich gebe ihn frei.«

Aber an diesem gleichen Abend war der unberatene Trenck aus seinem Gefängnis entflohen.

3.

Die Offiziere versammelten sich zum Festmahl beim Kommandanten. Trenck, allein in seiner Stube, hatte die helle Fensterfront sich seitlich gegenüber, er hörte die Stimmen und erstes Klirren der Gläser.

Ihm war bitter zumute, wie es dem jungen Soldaten wohl sein muß, der bei ungebrochenem Lauf der Dinge eben jetzt seinen vollen Anteil an Ehre und Freude geerntet haben würde und der statt dessen ausgeschlossen und verfemt in Gewahrsam sitzt, elend, mit verloschener Hoffnung.

Wie er am gleichen Mittag vernahm, ein Kurier mit der Friedensnachricht sei eingeritten, da schien es ihm plötzlich gewiß, daß der auch für ihn komme, als ein Herold der königlichen Gnade. Er glaubte, er zweifelte, er verzweifelte. Ein Foltertag lag hinter ihm. Stumpf und ausgebrannt saß er nun da.

Waffengeräusch an der Tür; im Rahmen zeigte sich Doo, ein Unteroffizier hinter ihm, der eine Stocklaterne trug, und zwei Gemeine.

Seit jenem Abend hatte der Platzmajor sich nicht mehr sehen lassen. Er kam auch jetzt nicht freiwillig, er vollführte nur heute, am Tag der gefährdeten Ordnung, persönlich die kontrollierende Ronde, auf Befehl des Generals. Trenck aber, ganz eingesponnen in sein Schicksal, von neuer Gewißheit entzückt und berückt, uneingedenk alles Gewesenen, den Lichtschein dort vor sich wie eine Gloriole der Gnade, war aufgesprungen, lief auf den Italiener zu und rief:

»Herr Major, Sie bringen mir meine Freiheit, ist es so? Reden Sie schnell!«

Der Italiener war ins Zimmer hereingetreten, die Mannschaft mit ihm. Der Schein der Laterne, die der Unteroffizier nicht ruhig hielt, zuckte an den Wänden umher. Doo gab erst keine Antwort, blickte den Gefangenen genießend an und artikulierte dann langsam, gestelzt diese Worte:

»Freiheit? Davon ist durchaus keine Rede. Wie verfallen Sie nur darauf?«

»Sie haben keine Nachricht für mich?«

»Nachricht? Ich wüßte gar nicht, welche. Wer ein Verbrechen begangen hat, mag sich darein finden, es auch zu sühnen.«

»Was reden Sie denn, was fällt Ihnen ein!«

»Ein Verräter«, fuhr Doo noch langsamer und noch bösartiger fort, »ein Verräter an seinem Vaterland und König, der mit dem Feinde korrespondiert, hat auf günstige Neuigkeiten kaum zu warten. Gnade gibt es für ihn nicht.«

Aber die letzten Worte sprach er nicht deutlich mehr aus. Trenck, außer sich vor Wut und grausam getroffen, denn er glaubte nicht anders, als jener spreche aus neuer genauer Kenntnis, Trenck stürzte auf den Höhnenden zu, packte ihn würgend am Halse und riß ihm mit der anderen Faust den Degen vom Leib. Er schleuderte Doo an die Wand und sprang selbst zurück.

In der Minute vorher hat er an Flucht nicht gedacht, nun ist sie Notwendigkeit, ist selbstverständlich. So wie er dasteht in seinem roten Rock, den bloßen Stahl in der Faust, ohne Hut, so muß er fliehen.

Zu seiner Linken liegt auf dem Tisch das Smaragdmedaillon der Geliebten, auf der anderen Seite, etwas weiter entfernt, steht das Schränkchen, dessen Lade sein Gold birgt, die bedeutende Summe, dem Fliehenden so nützlich, so unentbehrlich. Sich beides zu sichern, ist nicht mehr möglich, gleich werden sie losdringen auf ihn, voran der Major, ihm die Waffe zu entreißen, deren Verlust infamiert. So ergreift er das Kleinod, bringt es sicher unter in seiner Hand, und unerwartet, mit einem mächtigen Satz, geht er aufs neue zum Angriff über. Mit eben der Faust, die das Bildnis umschließt, haut er den Major vor die Stirn, er schwingt den Degen gegen die anderen drei, die eilig zurückweichen, nicht willens, sich hier im Quartier am Friedenstag von einem ganz offenbar Verrückten das Eisen durch den Leib rennen zu lassen. Der Unteroffizier, mit seiner Laterne zum Kampf als der letzte geeignet, ermannt sich noch und vertritt ihm den Weg, er fliegt zur Seite, die Laterne entfällt ihm, verlöscht, und Trenck rast draußen davon.

Die Festungshöfe und -gassen sind leer an diesem Festabend, die Rufe der Nachsetzenden finden nicht sogleich ein Echo. Trenck läuft kreuz und quer, es ist beinahe finster, die Stunde ist günstig. Wie er beim Zeughaus um die Ecke biegt, stößt er auf einen Offizier, heute ist jeder sein Feind, er holt aus, ihn hinzustrecken. Der fällt ihm in den Arm, es ist Schell, der in Schärpe und Ringkragen sich zum Friedensmahl begibt.

»Ich fliehe«, ruft Trenck, »leb du wohl«, und will weiter.

»Wo du bist, bin ich!«

»Bruder, bedenk dir's!«

Aber schon ist nichts mehr zu bedenken, schon ist Alarm in der Festung, schon hört man die Trommel, schon stürzt aus den Häusern Mannschaft und Führer, barhaupt, vom Tisch weggerissen. Sie stehen, die beiden, am Wall. Kein Ausweg bleibt mehr, die Tore sind weit und keinerlei Hoffnung, dort zu passieren.

»Hinauf!« schreit Schell, und als der erste ersteigt er die Brustwehr. Eine Minute zuvor ist er noch ein Offizier gewesen, der sich nach getanem Dienst in Paradementur zum Festakt begibt. »Hinauf!« schreit er jetzt und steht oben. Trenck folgt ihm. Die Häscher sind nahe. Da springen sie.

Der Wall ist an dieser Stelle nicht hoch, und Trenck kommt auch glücklich hinunter. Wohlbehalten steht er im untern Gang vor den Palisaden. Da hört er es wimmern:

»Mein Fuß, Trenck, mein Fuß!«

»Was ist's denn? Gebrochen?«

»Ja, gebrochen.«

Aber gebrochen oder nur verstaucht war gleichviel im Augenblick. »Bruder«, rief Schell, »du kannst hier nicht stehen. Nimm deinen Degen, durchstich mich! Leb wohl!«

Da lachte Trenck, dröhnend und fest, und in sein Lachen krachte mächtig, ganz nahe über ihnen, die Alarmkanone hinein.

»Wo ist denn dein Hut, Schell?« rief er laut, und das war ein klarer Bescheid auf den heroischen Vorschlag.

»Beim Springen verloren«, stammelte Schell.

»Ja, da mußt du jetzt ohne Hut übern Zaun.«

»Und wenn wir drüben sind?«

»Dann bring' ich dich um!« Trenck lachte noch einmal, brach aber plötzlich ab, besann sich und sagte trocken:

»Hör, Schell, kannst du nicht sagen, du seist mir nachgesprungen, um mich zu fangen? Dann pflegen sie dich und befördern dich noch. Versprich mir, daß du es sagst, und bleibe zurück!«

»Sie glauben mir's nicht«, murmelte Schell, »der Doo glaubt mir's nicht.«

Trenck nickte. An Doo hatte er nicht mehr gedacht. Und so half er denn unter Kanonengekrach und Verfolgergeschrei dem Verletzten über die hohen und spitzen Pfähle hinweg. Er folgte und zerriß sich die Hose dabei. Freies Feld lag vor ihnen. Die Luft war neblig, es herrschte Glatteis.

»So«, sagte Trenck, »jetzt haben wir Zeit. Die anderen müssen ja außen herum durch die Stadt. Da hast du mir immer Angst gemacht mit eurer Donnerkanone! Was hilft sie jetzt. Komm!«

Und er packte sich Schell auf den Rücken. So dunkel war es und so dunstig, daß nach zweihundert Schritten von der Festung nichts mehr zu sehen war, und also sah auch sie keiner mehr.

»Mir siedet das Blut im Gehirn«, sagte Trenck. »Wo sind wir, Schell? Wo liegt Böhmen, wo fließt die Neiße?«

Schell wies trostlos zur Seite.

»Dort müssen wir durch«, sagte Trenck, »die Husaren und Bauern sind alle schon auf und wollen ihre Prämie verdienen.«

Und als hätte er selbst das Signal gegeben und die Meute entkettet, hörten sie im gleichen Augenblick in den Dörfern Sturm läuten und hörten die alarmierten Bauern brüllen und blasen.

Trenck stapfte seitwärts davon, gestützt auf den Stahl des Majors, der sich bog, er stolperte, er glitt aus, er krachte ein in die dünne Eisdecke sumpfiger Stellen und schleppte den Freund mit sich hin, der so unerbeten die tolle Flucht teilte und sie zu vereiteln drohte.

Der Fluß war nur leicht gefroren, Trenck tappte hinein. Ihn durchdrang tödliche Kälte, sein Atem blieb aus, gelbes und blaues Licht schoß ihm umher vor den Augen.

»Halt dich an meinem Zopf fest, Schell« – seine Stimme versagte, denn plötzlich hier in der Mitte hatte er den Boden verloren. Die Strömung war stark, aber verzweifelte Schwimmstöße, bei denen ihre Gliedmaßen einander hinderten und Schell zweimal gellend aufschrie, brachten sie fort über die Stelle, mit genauer Not noch faßten sie Grund und krochen und sanken ans Ufer.

Da lagen sie, schaurig durcheist, und meinten nicht länger zu leben. Der Nebel wich, Mondlicht trat hervor. Aber fürs erste waren sie doch geborgen, denn alle konnten sie nur auf dem Weg nach Böhmen vermuten, niemand hier.

Lange Rast war verboten. Trenck belud sich aufs neue und wanderte am Wasser entlang. Hier ging kein Pfad. Es schien immer kälter zu werden, der unbeweglich hängende Schell litt zu den Schmerzen in seinem Fuß alle Höllenpein der Erstarrung. Mehrmals nahm ihn Trenck herunter, setzte ihn vor sich auf den Boden, ohne ein Wort, und rieb ihm gewaltig den Rücken, die gesunden Glieder und das Gesicht. Ein Stück weiter oberhalb fanden sie einen Kahn, sie zerrten und rissen ihn los, sie fuhren hinüber und gewannen in kurzer Frist das hier ganz nahe Gebirge.

Schneetreiben hatte eingesetzt. Schnee lag tief hier und lag schon lange, seine harte Rinde brach ein bei jedem Tritt. Kein Erkennen der Richtung war möglich. So wanderten sie. Trenck hatte für den Begleiter einen Buchenstock geschnitten, daran half der sich vorwärts auf kurze

Strecken, um dem Gesunden Erholung zu gönnen. Sonst aber schleppte ihn Trenck, bis zum Knie, ja bis zum Gürtel wühlte er kämpfend im Schnee, der Sturm blies ihnen durch das vom Eise steife Gewand, vom scharfen Gestöber waren sie blind. Die Nacht hatte kaum erst begonnen. Jetzt kam sie erst recht. Jetzt war sie erst da. Nie würde sie enden.

Aber ein geisterhaft heilloses Vorlicht brach an, sie meinten weit, weit gegangen zu sein, längst schon über die Grenze. Und da hörten sie, mit dem Schreck der Verdammten, ganz nahe die Glatzer Uhr schlagen.

4.

Sie entkamen. In Braunau, der preußischen Grenze zunächst, fanden sie Zuflucht. Hier heilte Schell seinen Fuß, Trenck schrieb an die Freundin, an seine Mutter, seine Schwester, an Kameraden. Kein Brief schien anzukommen, jedenfalls kam keinerlei Antwort zurück.

Nach drei Wochen zogen sie fort, mitten im Winter. Sie waren heimatlos; im Weltraum, so schien es Trenck, irrend zwischen Planeten, hätten sie nicht einsamer sein können. Sie umwanderten die Grenzen von Friedrichs Monarchie, um durch Böhmen, Mähren, Polen jenes brandenburgische Randgebiet zu erreichen, wo die Trenckische Familie begütert war.

Ärmer als ein Bettler, zerlumpt wie ein Strauchdieb, wanderte der Liebling des Königs von Preußen durch das armselige Grenzland. Schell hatte Schärpe und Ringkragen verkauft, und er selbst seine Uhr, seinen Erbring und ein paar Smaragde aus seinem Medaillon. Er hätte alle verkauft, aber niemand wollte sie haben. Hin und wieder zeigten sich preußische Werber auf ihrem Weg, sie liefen dem stattlichen Trenck nach und setzten ihm zu, sie stellten ihm lärmend das Glück vor, das er in Friedrichs Armee noch machen könne, selbst bis zum Korporal werde er's bringen; sie nötigten die zwei Vagabunden in eine Kneipe und ließen Bier und Schnaps auffahren, um die Betrunkenen leichter zu überrumpeln. Das waren gute Tage für Trenck und Schell, denn auf solche Art kamen sie mitunter zu warmen Bissen. Jede sinkende Nacht aber bedeutete ein häßliches Abenteuer, erträglich war sie noch, wenn sie auf dampfendem Strohlager unter hannakischen und polnischen Fuhrleuten verbracht wurde.

Phantastisch, unglaubhaft kamen sie daher auf den löcherigen, verschneiten Straßen, der Hochgewachsene, Kräftige mit einem Fuhrmannskittel am Leibe, denn der rote Garderock war lange verkauft, an der Seite den Pallasch, zwei Pistolen im Gürtel; daneben der Kleine, bleich und schlotterig wie ein Gespenst, in einem geflickten Zigeunerwams. So zogen sie, mit Widerwillen angestaunt, durch Dörfer und Städtchen, trübseliger eins als das andere: durch Politz und Leipnik und Bobrak und Janow und Dankow und Zduny und Punitz und Storchnest und Schmiegel und Bentschen und Lettel – lauter Namen, aus deren ödem Klang schon das Elend zu husten schien. In dunkler Nacht klopfte Trenck an das Tor seiner Schwester. Das Schloß, darin sie mit ihrem Gatten lebte, stand nahe der polnischen Grenze; der Ort hieß Hammer.

Man ließ sie draußen stehen. Schneetreiben herrschte, wie einst in der Fluchtnacht. Endlich kam der Bediente zurück, drückte Trenck eine Anzahl Goldstücke in die Hand und schlug das Tor wieder zu. Trenck, außer sich, warf das Geld in den Schnee, er wollte eindringen, wollte die unnatürliche Schwester stellen, wollte sie strafen, wollte sie töten. Schell, aus Leibeskräften, umklammerte ihn, hielt ihn zurück, schrie ihm, den Sturm übertönend, Worte der Besinnung, der Mahnung zu. Dann kniete er nieder und grub mit erstarrenden Fingern die hingeschleuderten Dukaten aus dem Schnee.

Sie sprachen kein Wort mehr. Sie tappten durch den nächtlichen Wald nach Polen zurück.

Im Orte Lettel blieben sie, sie schliefen und aßen, sie lebten vom Almosen der Schwester. Ein letzter Bote war abgefertigt an die Mutter in Breslau, ununterscheidbar verschlichen die Tage, sie aßen und schliefen, schon dachten sie und hofften nicht mehr. Da kam Hilfe. Frau von Lostange schickte mit einem sicheren Mann fünfhundert Louisdors und ein diamantenes Halskreuz. Keinen Gruß, keine Zeile.

Am gleichen Abend saß in der Gaststube unten an ihrem Tisch ein reisender Kaufmann, neben ihm hing sein langer, rauher, polnischer Pelz. Der Mann hatte Zeitungen vor sich ausgebreitet, fettiges Papier, in verschiedenen Sprachen bedruckt, und essend las er. Trenck, der viele Wochen aus der Welt nichts Rechtes erfahren, bat sie sich aus und bekam ein Druck-Erzeugnis in die Hand, schon älteren Datums, sechs Löschpapierseiten allerkleinsten Quartformats, das ›Wienerische Diarium‹.

Das Blättchen enthielt, zurechtgestutzt offenbar von einer pedantischen Zensur, Nachrichten aus Ungarn, aus den Niederlanden, aus Frankreich; diesem politischen Teil schloß sich ein Verzeichnis der neuerdings in Wien Verstorbenen an, wobei in keinem einzigen Fall eine andere Todesursache angegeben war als das sogenannte hitzige Fieber; und höchst langatmig, beinahe zwei Seiten bedeckend, folgte ein Bericht über die Festlichkeiten bei der Vermählung eines Grafen Wassin mit einem Hoffräulein Comtesse Lamberg: Trauungszeremonien, Gratulationscour, Festtafeln, Bälle, Schlittenfahrten, Galareiten, Feuerwerke. Aber die letzte, die sechste Seite des Diariums brachte Anzeigen öffentlicher und privater Natur.

Hier stutzte Trenck. Er las, las noch einmal, er hatte die Ellbogen auf den benäßten Wirtshaustisch gestemmt und hielt sich mit beiden Händen das Blättchen nahe vors Auge.

»Jajaja«, sagte er vor sich hin, »dasselbe hier, dasselbe dort.«

»Was ist dasselbe dort?« fragte ihm gegenüber Schell mit vollem Mund und griff nach der Zeitung. Da aber Trenck nicht losließ und wortlos weiter darauf niederstarrte, kam er kauend um den langen Tisch herum und blickte ihm über die Schulter. Er sah es sogleich. Stark umrandet, auffällig gedruckt, nahm der Aufruf die Mitte der kleinen Seite ein.

Er war unterzeichnet von dem Grafen Löwenwalde, General der Kavallerie und Präsidenten des Inquisitionskriegsgerichts, und forderte alle Welt zum Zeugnis auf wider den Oberst der Panduren Franz Freiherr von der Trenck. Es handle sich, hieß es, einmal um die bereits bekannten Verbrechen, Unterschlagung nämlich von Staatsgeldern, Brandschatzung der eigenen und der feindlichen Länder, Mißhandlung Untergebener, Notzucht, Atheisterei, Kirchenraub, Schändung heiliger Gefäße. Sodann aber sei jetzt ein weiterer Punkt hinzugekommen: der Oberst habe, so werde bezeugt, im letzten Kriege am Tag der Schlacht bei Soor den preußischen König Friedrich im Bette liegend überrascht, er habe ihn gefangengenommen und dann, trotz Pflicht und Eid, gegen ein Lösegeld wieder freigegeben. Jedermann, der hierüber etwas vorzubringen habe, werde dringlich eingeladen, sich nach Wien zu begeben, Vergütung der Kosten war versprochen und ein Tagegeld von einem Dukaten.

»Liest du das, Schell?« fragte Trenck und deutete auf die Stelle. »Im Bett gefangen hat er ihn! Und dabei bin ich selber vom frühen Morgen an mit dem König im Feld umhergeritten, und wie der Pandur ins Lager fiel, war niemand mehr drin als ein paar Kranke und Knechte. Aber so treiben sie's mit uns, Schell, da kannst du's nun sehen!«

Der Schwabe war an seinen Platz zurückgekehrt.

»Ja«, sagte er, »das ist halt ein Schwindel. Aber er hat ja genug auf dem Kerbholz, dein Herr Pandurenvetter. Wenn sie ihn hängen, geschieht's ihm sicher recht.«

»Hängen! Einen von uns! Paß auf, was du redest, kann ich dir sagen!«

In der Wirtsstube war man aufmerksam geworden. Niemand sprach mehr.

Gedämpft sagte Schell: »Aber hör einmal, worüber regst du dich auf? Du bist doch selber ausgeritten, um diesen Vetter umzubringen, dann hat er dir deinen Freund weggeschossen, nichts als Elend hast du gehabt durch ihn, noch vor ein paar Tagen, nachts in Kobylin im Stroh, hast du gesagt, das sei dein feurigster Wunsch, diesem Panduren einmal so richtig durch seinen roten Mantel zu stechen, und zwar oben links in die Brust, und jetzt fährst du mich an wegen des Menschen!«

»Komm hinauf zu uns«, sagte Trenck statt aller Antwort.

»Ich muß hin«, sagte er in der Schlafkammer, als das Talglicht brannte. »Sofort muß ich hin, morgen mit dem Frühesten.«

»Nach Wien mußt du«, schrie Schell. »Ja, Heilandskreuz, was geht denn dich die ganze Scheiße an! Dein sauberer Vetter ist vielleicht auch nach Preußen gekommen, um dir zu helfen?«

»Das verstehst du nicht.«

»Aber das versteh' ich, daß du nie mehr zurück kannst in dein eigenes Land, daß der König dann wirklich glauben muß, du seist ein Verräter!«

»Zurück darf ich doch nicht mehr.«

»Komm jetzt nur mit nach Warschau, Trenck, dort sehen wir weiter. Vielleicht gehen wir wirklich für ein paar Jährchen nach Indien oder nach Rußland. Bloß nach Wien geh nicht, Trenck, dann bist du gestempelt, und glaub doch nicht, daß ein Halunke wie dein Vetter dir's danken wird!«

»Beschimpfe ihn nicht, er ist unglücklich.«

»Ach, unglücklich! Zu bunt wird er's halt getrieben haben. Im diesjährigen Kalender kannst du schon lesen, wie er's in Bayern gemacht hat, in Vilshofen einmal hat er drei kleinen Kindern nacheinander Nase und Ohren abgeschnitten, weil die Eltern nicht haben sagen wollen, wo das Geld war. Was willst du denn für so einen riskieren, Trenck, sei doch kein Narr!«

»Das kann alles Verleumdung sein, so gut wie das Märchen von dem König von Preußen. Und kurz und gut, ich geh' jetzt hinunter und frage den Wirt um Pferde.«

»Trenck, laß dich bitten. Ich weiß schon, daß du nichts auf mich gibst, aber diesmal hab' ich das kältere Blut. Komm nach Indien, Trenck! Wir machen unser Glück, und lustig ist's auch für zwei junge Kerle. Paß auf, ich mach' alles für dich, ich putz' dir den Gaul, ich schmier' dir die Stiefel, ich schlaf nachts vor der Tür, wenn die Schlangen kommen ...«

»Schell«, sagte Trenck und legte ihm die Hand auf den Arm, »denk dich an meine Stelle! Soll ich so an ihm handeln wie meine Schwester an mir? Der Oberst ist ein tapferer Soldat, er hat für seine Monarchin viel getan, jetzt sitzt er im Gefängnis. Ich bin der Nächste dazu, um den bösesten Klagepunkt aufzuklären. Sein Verwandter bin ich, sein Leidensbruder bin ich auch ...«

»Und sein nächster Erbe auch, Trenck, und bloß davon werden die Leute reden. Es wird heißen, du wollest nur nicht, daß sein Vermögen konfisziert wird.«

»Dann soll es so heißen.«

»Ach, Trenck, Trenck, warum hab' ich bloß keine Röcke und kein langes Haar! Auf deine Freundin würdest du hören. Aber gut, ich fahr' mit dir.«

»Nichts da. Du gehst nach Warschau.«

Es geschah so. Am frühen Morgen teilte Trenck seine Barschaft mit dem Schwaben, nahm freundlichen Abschied und reiste mit Eilpferden.

In Krakau gönnte er sich kaum die Zeit, anständige Kleidung zu kaufen. Durch ödes Land rasend, näherte er sich von Nordosten der Hauptstadt, kam gegen Abend über die Donaubrücke, wurde beim Roten Turm visitiert und fuhr ein.

5.

Das erste, was ihm auffiel, als er den Kopf durchs Wagenfenster steckte, waren die Laternenanzünder, die sich mit ihren langen Lichtstangen durch die dämmernden Gassen bewegten, ihre Uniform war braun mit Rot, und sie trugen einen Säbel; das machte einen sonderbaren Eindruck auf ihn.

Sein Gasthof stand am Neuen Markt. Er bekam in dem uralten Haus eine Stube im ersten Stockwerk, bestellte ein wenig Essen und trat wartend ans offene Fenster.

Der Februarabend war mild wie ein Abend im Frühling, volkreiches Treiben herrschte.

Mitten auf dem Platz war ein fliegendes Marionettentheater aufgeschlagen, er konnte sehen, wie sich in dem beleuchteten Ausschnitt die kleinen Figuren bewegten, die Witze des Hanswursts, seine Pritschenschläge und das Lachen der Zuschauer schallten herauf. Nicht weit dahinter, ebenfalls unter freiem Himmel, stand eine Garküche, aus der mit dem Klappern des Geschirrs Speisengeruch und so dichte Qualmwolken hervordrangen, daß die Kirche zur Rechten und ihr gegenüber das stattliche Haus mit den vorgebauten Arkaden zuweilen fast eingehüllt wurden.

Kutschen und Sänften langten hier an, die Sänften getragen von Bedienten in langen roten Röcken, schon der zweiten Uniform, die Trenck hier in Wien befremdete und die ihn, freilich als niedriges Abbild, an seinen roten preußischen Garderock erinnerte. Verhüllte Gäste stiegen unter den Arkaden aus. Die ganze Front war strahlend erhellt, Musik klang herüber, und hinter den hohen Fenstern sah man schattenhaft die Tanzenden sich bewegen.

Der Aufwärter trat mit den Speisen ein, hinter ihm der Wirt, um seinen Gast zu begrüßen. Von ihm erfuhr Trenck, daß jenes Haus die berühmte Mehlgrube sei, Schauplatz aller vornehmen Maskenbälle im Karneval. Denn freilich, es war Karneval, ein Karneval, den er bis jetzt auf mährischen und polnischen Landstraßen zugebracht hatte.

Maskenball! Der Wirt, diensteifrig, erklärte sich bereit, das nötige Kostüm zu beschaffen, und kam nach zehn Minuten zurück, überm Arm einen weißseidenen Domino, der nicht völlig sauber war, und in der Hand eine weiße Larve.

Nun gebe es freilich noch eine Voraussetzung für den Zutritt, sagte er zögernd. – Was für eine Voraussetzung? Das Eintrittsgeld vielleicht? – Nein, die Standesfrage, es sei ein streng adeliger Ball. – Da möge der Wirt sich beruhigen.

Und vermummt, als eine weiße, riesengroße Erscheinung, überschritt er den Platz und trat unter den Arkaden in das Tanzhaus zur Mehlgrube ein.

Im Untergeschoß hatte ein Kommissär seinen Stand, ein früherer Hofbedienter, dem die meisten Herrschaften lange bekannt waren. Wie er den großen Herrn im Domino vor sich stehend sah, sagte er vertraulich, aufs Geratewohl:

»Der erlauchte Herr Graf von Martiniz, net wahr?«

»Nein, der Baron Trenck.«

»Jesus Maria«, rief der Kommissär und hätte sich beinahe bekreuzigt, »san denn Euer Gnaden schon wieder auskumma?«

»Ich bin nicht der Oberst«, sagte Trenck und schob flüchtig seine Larve zur Seite, »ich bin sein Vetter aus Preußen.« Er bezahlte seinen Dukaten und stieg die flachen Treppen zum Saal hinauf, vom Kopfschütteln und Gemurmel des Kommissärs gefolgt.

Der Saal war einfach, ein schmuckloses Rechteck mit umlaufender Galerie, an deren einem Schmalende das vielköpfige Orchester postiert war. Man tanzte hier noch die alten, ursprünglich steif gemessenen Figurentänze, aber man tanzte sie gelöst, ja ausgelassen, mit der ganzen Ungezwungenheit von Leuten, die unter sich sind. Die Kaiserin selber, lebenslustig bei all ihrer Frömmigkeit, besuchte mitunter die Bälle in diesem Haus.

Man war fast allgemein maskiert, dennoch wurde Trenck sich sofort bewußt, daß er noch niemals in seinem Leben eine solche Menge von schönen Frauen beisammen gesehen hatte. Weiche, mildgeformte Gestalten neigten und versagten sich, Arme, Dekolletés und Schultern schimmerten sehnsuchterweckend, und als der Fremdling zur Galerie hinaufgestiegen war und sich übers Geländer beugte, empfing er wie eine Woge von köstlichem Duft das Lachen und Rufen, das volle Schwirren einer gepflegten Freude. Schlafend hierhergebracht, hätte er beim ersten Laut gewußt, daß er nicht mehr in Preußen sei, so anders tönte das hier, so warm, so unbekümmert, so sinnlich gelöst. Ein Reiz des Exotisch-Internationalen mischte sich ein. Zwar, der Neuling hätte schwerlich Namen zu nennen gewußt, aber was an solchen

Abenden in diesem Festhaus sich heiter und üppig dort unten bewegte, das war der Adel eines Weltreichs, aus vielen Himmelsgegenden herversammelt in den Strahlenkreis der römischen Krone, das waren die Schwarzenberg, Lichtenstein, Schönborn, Paar, Khevenhüller, Herberstein, die Palffy, Banffy, Erdödy, Batthiany und Esterhazy, das waren die Kolowrat, Chotek, Kinsky, Clam-Gallas und Lobkowitz, die Clary, Colloredo, Collalto, Castelbarco, Sylva-Tarouca.

Traumwandelnde Fremdheit umfing ihn, hier auf der fast leeren Galerie. Das einzige Band, das ihn mit dieser unbekannten Welt verknüpfte, lief über seinen Vetter, den Kriegshäuptling, und der saß im Gefängnis, ein Auswurf gewiß für alle diese da unten. Schulerinnerungen kamen herauf. Er sah sein Trenckisches Haus als ein Tantalidengeschlecht, gezeichnet, wütend gegen sich selbst, rachsüchtig verfolgt von den Herren des Himmels, verbannt aus Frieden und Glück. Vom Stolz der Einsamkeit, von empörerischem Mut schwoll ihm das Herz ... Durch die Seide des Dominos fühlte er sich leicht an der Hand berührt.

In der Sekunde, ehe er sich umwandte, blieb ihm Zeit, sich an einen anderen Ball zu erinnern, da war ihm, vor undenklicher Zeit, geradeso die Hand berührt worden, und als er sich umwandte, war niemand mehr da.

Jetzt stand jemand hinter ihm, ein Herr in schwarzer Seide, unverlarvt, der sich verneigte.

»Ich bin der Baron Rocco Lopresti. Der Kommissär hat Sie mir beschrieben. Er weiß, daß ich ein Freund Ihres Vetters bin.«

Er war von extrem südlichem Typus, mit glänzendem Haupthaar, Schnurrbart und Kinnbart. Er wirkte militärisch, etwas einfältig und bei ziemlicher Brutalität des Ausdrucks doch vertrauenswürdig.

Trenck demaskierte sich und sagte: »Es ist eine Fügung, daß wir uns an meinem ersten Abend in Wien begegnen. Ich wußte durchaus nicht, wo ich mich nach meinem Vetter erkundigen sollte.«

»Erkundigen? Dazu hätten Sie mich nicht nötig. Er sorgt schon dafür, daß ganz Wien über ihn Bescheid weiß!«

»Ich aber weiß gar nichts. In einem polnischen Dorf ist mir eine Zeitung vor Augen gekommen mit dem Aufruf seines Richters.«

»Der Lump, der Löwenwalde, wenn er bloß den nicht so beleidigt hätte ...«

»Herr von Lopresti«, sagte Trenck, »haben Sie die Güte, mir der Reihe nach zu berichten, vielleicht kann ich meinem Vetter nützlich sein. Nur deswegen bin ich nach Wien gekommen.«

»Das ist schön«, rief Lopresti, »bravo! Das ist so, wie es sich für einen Kriegsmann schickt. Sie sind doch natürlich Soldat?«

»Ich war Soldat«, sagte Trenck und wurde blutrot.

»So. Also gehen wir dorthin unters Zelt. Da ist niemals ein Mensch.«

Am Ende der Galerie, vom Orchester durch die ganze Saallänge getrennt, war aus Purpurstoff eine Art türkisches Zelt aufgeschlagen. Bedienung konnte herbeigerufen werden. Aber alle Welt vergnügte sich unten im Saal.

Der andere begann zu erzählen. Allein, er vergaß immer wieder, daß bei dem jungen Preußen keinerlei Kenntnis vorauszusetzen sei; auch versagte sich ihm des öfteren die deutsche Sprache, er sprang ins Französische, das er aber noch weniger meisterte, und mischte sizilianische und auch slawische Wendungen ein.

Die Wurzel des Unglücks war nach Lopresti, daß der Oberst während des Feldzugs mit großer Rauheit eine Anzahl unfähiger Offiziere aus seinem Dienst weggejagt hatte. Die haßten ihn nun, und ihrer bediente sich der Ankläger, Graf Löwenwalde, als gefügiger Werkzeuge. Dieser Löwenwalde aber kannte, nach Lopresti, auf der Welt kein anderes Ziel, als den Panduren zu stürzen und zu verderben, denn vor Jahresfrist hatte der ihm in Gegenwart seiner Hoheit des Prinzen Karl einen furchtbaren Tritt in den Hintern versetzt – ja, so war das gewesen.

Der Zuhörer unterbrach. »Was mich vor allem beschäftigt«, sagte er, »ist, ob die Anklagen gegen meinen Vetter begründet sind.«

»Begründet!« rief der Italiener. »Wenn Sie die Vorsteherin eines Fräuleinstiftes fragen, dann wird sie sagen, sie seien begründet. Man kann den Feind nicht immer mit Eau admirable bespritzen.«

»Und was sagt er denn nun vor Gericht?«

»Was soll er sagen! Einen Anschwärzer nach dem anderen stellen die ihm gegenüber, vom Hauptmann herunter bis zum letzten Troßbuben, und jeder, der in seinem Dienst Schandtaten begangen hat, wirft sie ihm jetzt vor.«

»Also Schandtaten sind begangen worden?«

»Herr«, schrie Lopresti, »wenn Sie vielleicht als Spitzel hier sind ...«

Trenck bezwang sich und sagte:

»Ich habe Ihnen zu danken für die Leidenschaft, mit der Sie meinen Cousin verteidigen. Ich wollte fragen: was sind eigentlich die gefährlichsten Anklagepunkte?«

»Blödsinn sind sie, Unfug, lauter Wind.« Er schlug auf das Tischchen. »Das sag' nicht ich allein. Der Feldmarschall Cordua, der würdige alte Herr, hat ein Gutachten ausgearbeitet, das unseren Freund entschuldigt. Alles war schon auf guten Wegen. Und da hat der Trenck den Wahnsinn in der Komödie gemacht.«

»In der Komödie?«

»Ja natürlich. Sie wissen aber auch gar nichts. Der Trenck hatte Hausarrest von der Kaiserin für die Dauer seines Prozesses, ganz gelinden; in seinem schönen Palais saß er mit aller Dienerschaft, konnte empfangen, wen er wollte, Weiber, so viel er wollte, und ein paar Wochen hielt er's auch aus. Aber eines Abends packt ihn der Teufel, er läßt seine schönste Equipage anspannen und fährt ins Theater drüben beim Kärntnertor – gerade weil er weiß, daß die Kaiserin da ist. Verstehen Sie das?«

»O ja«, sagte Trenck.

»Sie geben irgendein Zauberstück, irgendwas Dummes, der Kurz singt, und der Prehauser macht den Wurstl, und alles ist vergnügt. Da sieht der Trenck in einer Loge einen von seinen Widersachern, den, der im Prozeß am wütigsten gegen ihn aussagt – Gossau heißt er, ein Hauptmann –, und während der Vorhang auf ist und die da oben spielen und singen, läuft er hinein in die Loge mit Poltern, packt den Gossau am Hals, brüllt und will ihn erwürgen, so, ganz einfach, vor den Augen der Kaiserin. Das Theater läuft zusammen, und mit Gewalt wird er fortgebracht. Aber nicht mehr in sein Palais, sondern ins Arsenal wie ein gemeiner Verbrecher, und seither schaut der Prozeß bös für ihn aus.«

Der Sizilianer schwieg und atmete heftig. Trenck hörte plötzlich die Musik. Es war ein ernster, fast trauriger Tanz im Dreivierteltakt, den sie spielten, eine Chaconne. Er sah vor sich hin. Aus der Erzählung trat ihm der Trenckische Charakter schrecklich vertraut entgegen. Ja, mochte dieser Pandur sonst sein, wie er wollte – diese Ausbrüche, diese Überfälle durch das eigene unbändige Blut, dies Rasen gegen das eigene Schicksal, wie gut kannte er das! Er hob den Kopf.

»Das klingt verzweifelt, Baron Lopresti. Da wird man wenig ausrichten können. Ich bin eigentlich hergefahren, weil ich in jener Schlacht bei Soor Adjutant des Königs von Preußen war ...«

»Was waren Sie?«

»Bei König Friedrich Adjutant. Jenen einen Punkt kann ich bündig widerlegen.«

»Aber das ist ja herrlich, das ist ja wichtig, das kann ja alles entscheiden!« rief Lopresti. Doch dann schüttelte er den Kopf und sank, in der ausdrucksvollen Weise der Südländer, förmlich in sich zusammen. »Nein, nicht mehr, seit heute nicht mehr, warum sind Sie nicht gestern gekommen?«

»Was ist denn heute geschehen?«

»Eben auf diese Affäre von Soor kam heute bei Gericht die Rede, und da haben sie Ihrem Vetter ein Weibsbild gegenübergestellt, die sollte bezeugen ...«

Er sprang auf. Eine Dame hatte das Zelt betreten, sie kam geradewegs auf Lopresti zu und sagte vorwurfsvoll:

»Aber Baron, wo bleiben'S denn? Sie sind schon galant! Erst führen'S mich daher in die Mehlgruben und nachher ...«

Sie verstummte. Ihr Blick war auf Trenck gefallen, durch die Schlitze der schwarzen Seide sah er ihre Augen fragend auf sich gerichtet. Auch war sie errötet, überall am Rand der Larve hatte ihr Gesicht sich purpurn gefärbt.

Nicht er allein sah es. »Baron Trenck«, sagte der andere, »morgen früh spreche ich mit dem Gouverneur vom Arsenal, dann können Sie Ihren Vetter besuchen, sooft Sie es wollen.«

Er empfahl sich mit eifersüchtiger Hast.

Die Dame ging zögernd mit, ungern, man sah es ihren Bewegungen an. Trenck blickte ihr nach, wie sie an Loprestis Arm über die Galerie davonschritt, sehr versucht, sich noch einmal umzuwenden. Ihre Gestalt, ihr Haar schienen ihm denen der Prinzessin zu gleichen. Aber es war wohl nur sein Verlangen, das ihn täuschte. Sein Blut stand plötzlich auf, er war sehr lange ohne Zärtlichkeit gewesen.

Er nahm sein Medaillon hervor. Doch es ging ihm seltsam, er fand, vor ihrem Abbild, die lebendigen Züge der Freundin nicht. Traurig betrachtete er die Umrahmung. Zwei Smaragde waren herausgebrochen, einer zur Rechten, einer zur Linken, Händler in mährischen Nestern hatten sie in ihrer schmutzigen Lade liegen. Die Bruchstellen sahen aus wie zwei leere Augenhöhlen.

Er verließ das Ballhaus.

6.

Das Arsenal, nahe bei der Neutorbastei an der Gasse Im Elend gelegen, war voll von Soldaten. Vor dem Gefängnis des Panduren standen zwei in weißen Röcken mit blankem Bajonett. Der führende Korporal schloß umständlich auf. An der linken Seitenwand sah Trenck den Panduren sitzen.

Er hatte einen schönen, bequemen Sessel in dem sonst ganz nackten Raum, einen wahren Thron aus blauem, goldgesticktem Samt, offenbar aus seinem Palais hergeholt. Auf dem saß er, kreuzweise geschlossen. Seine Füße standen unbeschuht auf dem zugehörigen Samtschemel, und von jedem Fuß lief eine Kette zum jenseitigen Handgelenk. Wie ein wildes, unzähmbares Tier hockte er da.

Trenck war an der Tür stehengeblieben, mit erstarrendem Herzen. Der Pandur nahm keine Notiz davon, daß jemand eingetreten war. Er schaute schräg seitwärts vor sich hin, die schwarzen Brandflecken in seinem einst schönen Gesicht beschien stark das einfallende Licht, der lange, dünne Schnurrbart hing fransig herunter, dichte Bartstoppeln waren ihm schon gewachsen. Er trug einen gelben Atlasrock, aber keine Weste und auch kein Halstuch. Das Hemd stand offen über der Bärenbrust. Es war eiskalt im Raum.

Endlich sagte er, und Trenck hatte gar nicht bemerkt, daß er angeblickt und erkannt worden war: »Was ist's? Kommen Sie um die Erbschaft? Ich bin noch nicht tot.«

»Ich komme, um Ihnen zu helfen.«

Der Pandur drehte sich ihm zu. Er lachte mit seinem brandzerfressenen Gesicht. Er rief:

»Das ist lustig. Mein kleiner Vetter kommt aus Preußen hergereist und will mir helfen. Hat Ihr Gamaschenkönig Sie denn fortgelassen?«

»Ich bin entflohen.«

»Was? Desertiert?«

»Aus dem Gefängnis entflohen.«

Der Pandur richtete sich auf, so daß sein ganzes System von Ketten ins Rasseln und Schollern geriet.

»Eingesperrt«, rief er, »dich auch! Ja, mit uns haben sie es! Warum denn nur? Aber es ist ja wahr«, schrie er dann und schlug sich klirrend mit der Faust auf das Knie, »man hat's ja erzählt, du hast seine Schwester ... Komm her, Kleiner, laß dich umarmen!«

Trenck blieb stehen, wo er war.

»Du bist zu brauchen, das seh' ich. Hast du ihn mitgebracht, deinen Bettschatz? Dann zeig ihn mir auch. Wir können uns ja zusammentun, wir drei, und ein Reich gründen irgendwo, ich und du und als unsere Mätresse die Schwester des Königs von Preußen!«

Trenck schwieg. Diesem wüsten Schwall eine ritterliche Verwahrung entgegenzustellen, wäre kindisch gewesen. Er sagte: »Herr Cousin, es ist vernünftiger, wenn wir von Ihren Angelegenheiten reden. Was vor allem die Anklage betrifft, daß Sie bei Soor den König von Preußen ...«

Er kam nicht weiter. Denn der Pandur, rasend vor Wut, war aufgesprungen, in gebückter Haltung stampfte er auf seinem Schemel umher, buchstäblich Schaum vor dem Mund, und er schrie:

»Halt's Maul, halt's Maul, halt's Maul, ich kann das nicht hören, Lumpenschwein, elendes, bist du deshalb gekommen, Hundsschuft, verdammter!«

Trenck rief mit mächtiger Stimme in das Toben hinein und warf alle Kraft auf das eine Wort »nicht«:

»Sie haben es *nicht* getan, nicht getan, nicht, nicht, nicht! Um das zu bezeugen, bin ich ja hier.«

Der Pandur war auf seinen Sessel zurückgefallen. Ächzend rieb er sich das linke Knie, das ihm in Böhmen von einer Kanonenkugel zerschmettert worden und noch immer nicht völlig geheilt war. Hinter Trenck öffnete sich die Tür, und im Spalt erschien das Gesicht des Korporals, der nachsehen wollte, was der Lärm bedeute. Grinsend verschwand es wieder.

Als Ruhe eingetreten war, sagte Trenck:

»Daß jenes Gerede Verleumdung ist, elende, stinkende Lüge, weiß niemand so sicher wie ich. Aber wie ist es denn möglich, daß etwas so handgreiflich Falsches geglaubt wird, wer kann dergleichen verbreitet haben?«

Da erfuhr er den Sachverhalt. Einer der Beisitzer des Gerichts hatte zur Geliebten ein Mädchen aus Preußen. Die hatte man abgerichtet, zu schwören, sie sei eine Tochter des Feldmarschalls Schwerin, und im Augenblick des Überfalls habe sie bei dem König im Bett geschlafen.

»Bei dem König geschlafen!« schrie Trenck aufgebracht dazwischen. »Im Feld! Im Lager! In der Nacht vor einem Treffen! Aber das alles ist ja viel zu dumm ...«

»Als ich es vorgestern hörte«, gab der Pandur mit angenehmer Stimme zu, ganz so, als hätte er niemals anders gesprochen, »da verlor ich leider auch die Besinnung. Ich hob den Löwenwalde von seinem Präsidentenstuhl auf und beabsichtigte, ihn zum Fenster hinauszuschmeißen. Versorgt wäre er gewesen, denn das Kriegsgericht tagt vier Treppen hoch, leider wurde ich verhindert – und genützt hat es mir auch nicht viel, wie Sie sehen.«

Und er klirrte manierlich ein wenig mit den Handschellen.

Als Trenck eine Viertelstunde später aus dem Arsenaltor in das Freie trat, war ihm taumelig zumut. Plötzlich sah er wie in einem Traumlicht seinen Vetter aus jenem böhmischen Gehölz hervorreiten, in Friedrichs gestohlenem Rock, ein Schuß knallte, Rochow fiel, und mit seiner angenehmen Stimme hörte er den Panduren sagen: »Verlassen Sie diesen König, unter seinem Adler erblüht Ihnen kein Glück!«

Er ging die Gasse hinunter. Alles erschien ihm sonderbar, was er sah, Dinge, auf die er sonst, an einem unbekümmerten Jugendtag, schwerlich geachtet haben würde.

Wien kam ihm vor wie eine Stadt der lang vergangenen, der Ritterzeit, das Straßentreiben ganz anders, als er's von Preußen her kannte, bunter und doch strenger, gebundener; alte Kleiderordnungen mußten hier noch in Kraft sein, mit einer Art von traummäßiger Umsicht nahm er wahr, daß alle Bäcker grau angezogen gingen, alle Fleischer in Rotbraun, die Schneider blau; stutzend blieb er vor alten Hausschildern stehen, die ihm unglaublich und beinahe närrisch erschienen: Zum Roten Igel hieß da ein Haus und eins Zum Küßdenpfennig, eins Wo der Wolf den Gänsen predigt und eins Wo der Hahn in den Spiegel schaut. Fremde Nationaltrachten kamen einher, polnische, ungarische, orientalische. Eine Menge hübscher Frauen waren da mit goldbestickten Hauben, die in ihrer Form beinahe griechischen Helmen glichen, aber nicht eine ging allein, ohne recht deutlich ihren Rosenkranz in der Hand zu tragen. Ja, das war eine fromme Stadt, und übel war sein verwegener Vetter daran, dem die Geistlichkeit Schuld gab, er habe auf seinen Kriegszügen mit Vorliebe die heiligen Kelche zu unanständigen Zwecken benutzt. Er sah die zahllosen Mönche und Priester. Er sah die Menge der Kirchen.

In einer engen Gasse, die er passierte, entstand plötzlich Lärm. Atemlos rennend erschienen Trabanten, barhaupt, altertümliche Hellebarden in den Händen, ein Reiter dahinter, und dann, laut rasselnd auf dem abscheulichen Pflaster, eine vierspännige Kutsche, hoch, geschlossen, oben bekrönt. Der Kaiser hieß es, der Kaiser!

Aber es war die Kaiserin. Der Zug kam zum Stehen. Unmittelbar neben Trenck rissen die gelblivrierten Bereiter ihre Pferde zurück, denn dem Gefährt entgegen wandelte im Ornat ein Priester mit dem Allerheiligsten, vor ihm ein Ministrant, das Glöcklein läutend. Eine Handbreit vor Trenck zügelte der kaiserliche Kavalier sein Pferd, Trenck sah mit flüchtigem Erstaunen seinen rot bestrumpften Fuß im Bügel, der nach der Sitte ohne Stiefel war.

Was nun geschah, schien niemand zu verwundern, nur der preußische Protestant begriff zuerst nicht. Denn augenblicklich hatte sich Maria Theresia von ihrem Sitz erhoben, sie stieg aus, sie kniete nieder vor dem Sanctum und folgte sodann, das Hoffräulein hinter sich, dem Priester zur nahen Kirche. Nach einigen Minuten kam sie zurück, versehen mit dem Segen ganz ohne Zweifel, und rasselnd und schwankend, sturmschnell ging die Fahrt wieder weiter. Die angesammelten Menschen verliefen sich, und alles war wie zuvor.

Trenck gelangte zu jener Kirche, und so, als hätte er eine weite Wanderung vollbracht, ließ er sich zur Rast auf die Stufen nieder. Er saß da in seinem Kavaliersrock und blickte über den kleinen Kirchplatz hin.

Er sah sie, hochgewachsen und frauenhaft stattlich – sie hatte ja ihrem Gemahl schon mehrere Kinder geboren. Prächtig war ihre Haltung, prächtig ihr Haupt, majestätisch zugleich und volksmäßig derb, in langen Locken wallte ihr helles Haar auf die schönen Schultern hernieder, stolz und naiv war ihr Ausdruck. Wie der Inbegriff alles Weiblichen erschien sie Trenck, stark, unangefochten, lebensvoll schritt sie an ihm vorbei zur Stätte des einfachen Glaubens, an dem sie hing mit der ungebrochenen Zuversicht eines Kindes. Sie war die junge Mutter eines Fürstenstamms, einer Stadt, eines Reiches.

Und vor Trenck stand ihr Widersacher auf, der Verschlossene, Vereinzelte, in seiner schwer deutbaren Männlichkeit, er, unbehaglich abweichend vom Gewohnten, glaubenslos, leidgezeichnet, er, der die

Hand seiner Gattin nicht anrührte, das unzugängliche Gegenbild alles froh einfachen, unbekümmert glücklichen Daseins.

Er hatte Krieg geführt mit dieser jungen Monarchin, er hatte ihr brutal, fast ohne Vorwand, eine Provinz aus den mütterlichen Händen gerissen; darüber hatte Trenck, wie es einem Offizier eben zukam, niemals recht nachgedacht. Aber nun wollte ihm scheinen, als sei da mehr im Werke gewesen als nur ein Machtspiel der Politik, als sei es notwendig und selbstverständlich, daß diese Fürstin und dieser Fürst sich haßten und schlugen.

Ihm fiel ein, was er in Königsberg seinen Großvater Derschau hatte erzählen hören: wie einst, als Friedrich und Theresia noch kleine Kinder waren, der Gedanke entstanden sei, sie zu verloben. Der alte kluge Prinz Eugen war der Urheber dieses Planes gewesen, und immer und immer wieder hatte er darauf hingedeutet, auf diese Vermählung des brandenburgischen und des Erzhauses, als auf den Weg zur Befriedung der deutschen Länder und zum Segen Europas.

Dem Preußen Trenck hier auf seiner Kirchenstufe wollte es scheinen, als habe es nie auf Erden ein gleich seltsames, ein gleich phantastisches Projekt gegeben. Er sann darüber nach, aber seine Gedanken verdunkelten sich – und womit eigentlich gab er sich ab? Dieser König hatte ihn ins Gefängnis gesperrt und diese Kaiserin seinen Verwandten. Höchst wirkliche, praktische Schritte lagen vor ihm, mühsame Tätigkeit; er wollte nicht zögern, sie zu beginnen.

7.

Sein Unternehmen spann ihn bald völlig ein. Es reizte seinen Ehrgeiz, gegen den Willen einer mächtigen Partei und gegen wirklich belastende Fakten die Befreiung des Panduren durchzusetzen. Es sprach mit, daß er in dieser Tätigkeit eine Art von vorläufiger Heimat fand, denn was später mit ihm geschehen sollte, das blieb finster undeutlich.

An eine Rückkehr nach Preußen war nicht zu denken. Nach Wochen des Wartens hatte ihn endlich ein Brief der Prinzessin erreicht; er nahm ihm völlig die Hoffnung. Es war ein langer, wild zärtlicher, wild desperater Brief, und er bestätigte alles, was in jener polnischen Kneipe der gute Schell so lebhaft vorausgeahnt hatte.

Daß Trenck sich jetzt, nach eben geschlossenem Frieden, sofort in die Residenz der kaiserlichen Feindin begeben hatte, »vermutlich um sich dort als ein Märtyrer feiern zu lassen und dem Panduren, mit dem er immer gezettelt, lumpenbrüderlich beizustehen«, das konnte ihm nicht verziehen werden. Auch nicht dem Namen nach wollte ihn der König zukünftig mehr kennen. Sie schrieb ihm das alles mit der Offenheit der Verzweiflung. Sie berichtete auch, und hier entsank ihm das Blatt, von der bereits erlangt gewesenen Gnade. Ach, kein Engel hatte ihm zugeflüstert, wenigstens drei Tage noch zu warten mit seiner törichten Flucht, drei Tage, die sein Schicksal zum Guten und Friedlichen gewendet haben würden. Dies war ihm nicht bestimmt. Ihm war der Kampf bestimmt, das Irren, das Abenteuer im Elend – und eine männliche Bereitschaft zum Schicksal meldete sich in seiner Brust, eine trotzige Lust am Schicksal, Geschenk seiner Jugend und seiner starken Natur.

Dies war ein Augenblick. Denn aus Worten, die alle wie Schreie klangen, vernahm er es nun, daß sie nicht hoffte, ihn jemals wiederzusehen. Ihr Leben sei zu Ende, schrieb sie, wenn sie am Morgen die Augen aufschlage, so wisse sie, daß dieser neue Tag nichts Besseres bringen könne als ihren Tod. Fünf Schuh Erde über sich, anderes sei für sie nicht zu wünschen, und mit Zufriedenheit sehe sie, daß ihr auch wirklich jeder Tag etwas von ihrer Leibeskraft nehme und vom letzten Rest dessen, was er einmal ihre Schönheit genannt habe. Ihn zu entbehren sei mehr, als sie ertragen könne, sie spüre, von Stunde zu Stunde beinahe, wie die Quellen ihres Lebens versiegten, oft sei sie zu matt und besinne sich lang, auch nur die Hand zu heben, um an ihrem Kleid eine Spange zu richten. Sie müsse eigentlich froh sein, daß Trenck ihr nun nicht mehr begegne, so häßlich sehe sie aus. Die Augen, von denen er einst gesagt habe, sie strahlten so sanft wie der nächtliche Mond, seien hart und ohne Glanz vom Weinen, auch ihre Sehkraft lasse täglich nach, und das schmerze sie wiederum nicht, denn was in aller Welt könnten sie an Schönem und Liebenswertem noch jemals widerspiegeln ...

So ging das Seite auf Seite fort, und als Trenck es zu Ende gelesen hatte, da hielt kein Trotz und kein Schicksalsmut stand, er warf sich am hellen Tag auf sein Gasthofsbett und trauerte wild und grub es sich mit sengender Schärfe ins Herz, wie er nun zu keinem Geschöpf auf Erden mehr gehöre als zu dem einen, den er immer verabscheut hatte.

Dann stand er auf und tat seinen nächsten Gang für die Rettung des Panduren.

Der hatte seinem jungen Vetter alle nützlichen Wege mit großer Umsicht vorgeschrieben. Trenck hatte lange Konferenzen mit Lopresti, der sich freundschaftlich betrug und seine eifersüchtige Anwandlung vergessen zu haben schien; mit dem Advokaten Gerhauer, einem still bedächtigen, überaus zähen Junggesellen; mit Herrn von Leber, dem Trenckischen Intendanten, welcher leidenschaftlichen Gemütes war und das Millionenvermögen des Gefangenen bereits völlig verloren sah. »80 000 Gulden sind schon draufgegangen im Prozeß«, rief er, »und das soll meinem Herrn passieren, der so genau ist, so genau« – und in der Tat war der Pandur nicht bloß genau, sondern so geizig, so krankhaft schmutzig von Charakter, daß er zum Beispiel seinen Bedienten niemals erlaubte, in ihren Kammern Licht zu brennen.

Trenck erwirkte sich Audienz bei dem Feldmarschall Cordua, bei dem Präsidenten des Hofkriegsrats, auch beim Grafen Königsegg, Gouverneur der Stadt Wien, einem sehr alten Herrn, der den schönen Menschen liebreich empfing, ihm aber an Stelle aller Ratschläge nur den einen gab, er möge der Sache seines gewalttätigen Vetters baldigst entsagen, und der ihn mit Tränen in den Augen entließ. Trenck gehorchte ihm nicht, er suchte sogar, nicht ohne Kühnheit, den Hauptfeind des Panduren auf, Löwenwalde, einen feinen, dünnen Hofmann, mit Gesichtszügen wie aus Schnüren gedreht: eine Stunde lang unterhielt der den Besucher, formvoll plaudernd mit seiner Fistelstimme, und brachte es glücklich zuwege, daß von der Sache überhaupt nicht die Rede war. Wenige Tage darauf aber fand Trenck an gebietender Stelle Gehör, bei Maria Theresias Gemahl Franz von Lothringen selbst, dem römischen Kaiser.

Für Audienzen bei Hofe war noch die alte Tracht vorgeschrieben, die aus Spanien kam: kurzer schwarzer Mantel, spitzenbesetzt, schwarzes Untergewand, rote Strümpfe und Schuhe. Allein Trencks Barschaft ging zu Rande, er war genötigt, sich sein Mantelkleid aus schwarzer Wolle anfertigen zu lassen statt aus Seide. Er war noch jung – es schmerzte ihn ein wenig.

An einem Nachmittag im Frühling betrat er die Hofburg, die mit ihren dicken, plumpen Mauern, ihren finster schmucklosen Treppen, ihren Fußböden aus gemeinem Tannenholz unfreundlich anmutete. So einfach war alles, so kalt, so mittelalterlich, als wäre es für Mönche erbaut. Im Vorzimmer des Kaisers saßen die Pagen auf Holzbänken.

Kaiser Franz empfing ihn bedeckten Hauptes, neben einem Thronsessel stehend, sich zu Häupten einen Baldachin. Trenck vollführte den dreimaligen Kniefall, küßte die dargebotene Hand und zog sich in angemessene Entfernung zurück. Wie erstaunte er aber, als nach diesem feierlichen Anfang Franz von Lothringen seinen Standort verließ und kreuz und quer durchs Zimmer zu wandern begann, etwas krummrückig und dick, wie er war, sein rotes, volles, fast viereckiges Gesicht in freundlich grimassierender Bewegung. Auf seiner Brust tanzte die goldene Kette mit dem Vlies fortwährend auf und ab.

Die Audienz bestand im wesentlichen darin, daß der Kaiser sprach, und zwar in einem geläufig ungezwungenen, nicht sehr eleganten Französisch. Er verstand wenig Deutsch, dennoch hatte sein Tonfall etwas Wienerisches angenommen.

»Sie kommen aus Preußen«, fing er an, »ich weiß schon, ich weiß schon. Ja, ihr habt uns mitgespielt! Ich war selber auch einmal in Preußen, das ist jetzt fünfzehn Jahre her, da war der König noch Kronprinz, einmal hat er mir einen Rheinlachs als Geschenk geschickt. Damals hätte man sich nichts träumen lassen. Ein gewaltiger Herr ist das geworden, und den soll also der Trenck im Bett gefangen haben, aber es ist nicht wahr, ich weiß es schon, und darum sind Sie hier. Ja, der Löwenwalde, das ist ein Scharfer! Aber schließlich denke ich doch, der Pandur hat sich verdient gemacht und ist ein wichtiger Kriegsmann, und wenn alles so ist, wie Sie's dem Cordua und dem Königsegg erzählt haben ...«

Er hielt inne, blickte Trenck mit einem ungemein sympathischen, fast herzlichen Lächeln an und forderte ihn auf, nochmals zu berichten. Wie manche Leute tun, öffnete er den Mund, um zu hören, er klimperte mit der Kette vor seiner Brust und nickte in rascher Folge öfters mit seinem schweren Haupt zu Trencks Erzählung.

Trenck sprach knapp, einfach, überzeugend, denn in diesem Vortrag hatte er nachgerade Meisterschaft erlangt, und das Ende war, daß Franz von Lothringen verhieß, er werde diese Umstände der Kaiserin vortragen, und er hoffe das Beste.

Und dann geschah das Überraschende, daß sich der Kaiser, seines Zeremoniells plötzlich aufs neue gedenkend, unter den Thronhimmel zurückbegab, sich dort statuarisch postierte und abermals seine Hand zum Kusse hinbot. Und nach dreimal vollführter spanischer Kniebeuge stand Trenck wieder draußen im Vorsaal zwischen den Holzbänken.

Voll freudiger Ungeduld eilte er ins Arsenal.

Auf Befehl des Gouverneurs von Wien, durch Trencks Verdienst also, waren dem Panduren ein paar Tage zuvor die Fußfesseln abgenommen worden. Nun hinkte er mit seinem schlechtgeheilten Knie durch die Haftstube, die aneinandergeschlossenen Hände vor sich her tragend.

Als ihm Trenck, noch atemlos, den Verlauf seiner Audienz berichtete, zeigte er keine Spur von Freude. Er sagte: »Abwarten, dem lothringischen Fuchs muß man wenig glauben«, und er sandte auf seinen jungen Vetter einen Blick, in dem eher Haß als eine lichtere Empfindung zu glimmen schien.

Am anderen Morgen in aller Frühe kratzte es an Trencks Tür im Weißen Schwan, und herein traten zwei Leute in kaiserlicher Livree. Sie machten ihr Kompliment, stellten sich als Lakaien des Oberhofmeisters und des Oberkammerherrn vor und erinnerten an das Trinkgeld, das ihnen am Tage nach einer Audienz von Rechts wegen gebühre. Als sich Trenck verwunderte, wurden sie beinahe frech und erklärten, das sei Sitte in Wien seit den Tagen des Kaisers Maximilian, in einem Ton, der seine Unkenntnis als einen groben Bildungsschnitzer brandmarkte.

Aber Trenck hatte kein Geld mehr. In seiner Tasche fanden sich zwanzig Kreuzer.

»Ihr müßt morgen wiederkommen«, sagte er, »heute habe ich nichts.« Er war jung – er litt in dieser Minute unter den Blicken der betreßten Lümmel.

Er bat im Gefängnis seinen Vetter um Geld.

»Ich kann ja nicht in meinen Hosensack langen«, sagte der Pandur häßlich lachend und wies ihm seine gefesselten Hände.

Trenck blieb höflich. Es handle sich auch nicht, erwiderte er, um einen geringen Betrag, wie man ihn in der Tasche bei sich führe, er ersuche vielmehr um hundert Dukaten, damit er anständig noch einige Wochen in Wien leben und seine Aktion bei den Behörden ungehindert vollends durchführen könne.

»Ich dachte mir's doch«, antwortete der Pandur, »man will seinen Lohn einkassieren! Aber noch bin ich nicht frei. Und wenn ich erst frei bin, dann werde ich mir's auch noch gut überlegen. Sie kommen schon nicht um in Wien, mein Herr Vetter.«

Trenck blickte ihn an. Nicht Geiz allein malte sich in diesem Gesicht. Er sah mehr. Er sah höhnische Sicherheit, die das günstige Ende schon zu halten glaubt und keine Rücksicht mehr notwendig findet. Er sah bösartigen Hochmut, den es wurmt und giftet, Dank schuldig zu sein. Er sah Tücke. Ein Schauer des Widerwillens schüttelte ihm das Herz. Er ging ohne Gruß.

Das Nötige gewährte ihm am nächsten Abend Lopresti. Von ihm erfuhr er auch, daß seine Audienz bereits Frucht getragen habe: Maria Theresia hatte dem Panduren nahelegen lassen, er solle um Gnade bitten, sein ganzer Prozeß sollte dann niedergeschlagen sein, er würde sofort seine Freiheit wiederhaben und keinen Gulden verlieren.

»Und jetzt will er nicht, stellen Sie sich das vor«, rief Lopresti mit Empörung. »Er will nicht bitten! Er trotzt auf sein Recht. Er spielt den gewaltigen Mann.«

»Dann ist er verloren«, sagte Trenck, »weiter gehen sie nicht.«

»Reden doch Sie ihm verständig zu, Baron. Auf Sie wird er hören.«

»Mich sieht er nicht mehr.«

Er ging, und aus Vergeßlichkeit nahm er einen dicken Stoß Prozeßakten wieder mit, die er eigentlich bei Lopresti hatte abliefern wollen.

Das Haus lag an der Freiung. Es war schon Nacht, als er es verließ. Er wandte sich gegen den weiten Platz, der Am Hof genannt wird.

Das Wetter war regnerisch, stille Karzeit herrschte, und so bewegte sich zu der vorgerückten Stunde kaum ein Mensch mehr durch Wien. Er aber wurde verfolgt. Zwei Leute in hochgeschlossenen Röcken gingen hinter ihm her und überholten ihn jetzt.

Sie sprachen laut, es war von hergelaufenen Protestanten die Rede, von preußischem Hungergesindel, und schließlich fiel auch Trencks Name. Einer von den beiden blieb stehen, wartete und rempelte ihn an. Er stieß kräftig zurück, und jener flog seitwärts. Aber im gleichen Augenblick empfing Trenck einen Degenstoß auf die linke Seite der Brust.

Durch eine Fügung blieb er unverletzt. An dieser Stelle trug er die Prozeßakten seines Vetters. Nicht einmal die Haut war ihm durchstochen. Das Ganze spielte sich mitten auf dem Platz ab, unmittelbar vor der Mariensäule mit ihrem Ewigen Licht.

Trenck sprang zurück, und er zog. Der erste der Meuchler hatte bereits den Mut verloren, in großen Sätzen sah Trenck ihn davonlaufen, nach dem Judenplatz zu. Auch der andere verteidigte sich schlecht, fast augenblicklich war er an der rechten Schulter verwundet, das Eisen entfiel ihm, und er sank nieder an der Einfassung des Monuments.

Trenck setzte ihm die Spitze seines Degens aufs Herz. »Antworte mir«, sagte er, »wo nicht« – und er lehnte sich ein wenig auf seine Waffe. »Seid ihr Straßenräuber?«

»Nein.«

»Was denn?«

»Offiziere.«

»Wer hat euch gedungen?«

Keine Antwort. Ein Druck auf den Degenkorb.

Ein Schrei.

»Wer hat euch gedungen?«

»Der Oberst Trenck.«

Er verlor das Bewußtsein. Trenck wollte gehen.

Nach einigen Schritten kehrte er um, beugte sich zu dem Hingesunkenen und zog ihm Rock und Hemd von der Wunde.

Sie war nur im Fleisch, Trenck sah es beim roten Schein der Ewigen Lampe. Er ließ ihn liegen und ging.

Er reiste mit dem frühesten Morgen. Er wandte sich nach Rußland.

8.

»Ich sehe Ihr Haus nun zum drittenmal, lieber Bruder, und jedesmal muß ich denken, daß dies nun wirklich ein Ort sorglosen Friedens ist. Ich glaube, Sie haben seinen Namen gut gewählt.«

»Der Name, Amélie, ist keine Behauptung, der Name ist ein Traum und ein Seufzer.«

»Warum, Frédéric? Sie dürfen sich glücklich nennen. Gesichert stehen Sie da in der Welt, Sie sind noch jung, Sie haben, Sie für Ihre Person ganz allein, unserem Hause mehr Geltung verschafft als alle unsere Vorfahren zusammengenommen. Sie beherbergen, mein Bruder, in dieser Villa den Gast, nach dessen Umgang es Sie immer am meisten verlangt hat ...«

»Ja«, sagte er mit einem unbestimmten Lächeln, »den beherberge ich.«

Sie blickte ihn an. »Er kann Sie nicht enttäuscht haben, Frédéric! Auch ich habe in Berlin das Glück gehabt, seine Unterhaltung mehrmals zu genießen und ...«

»Er ist der geistreichste aller Menschen, Amélie, gleich groß als Dichter wie als Philosoph, es hat seit Cicero keinen Mann gegeben, dem so wie ihm das Ohr der Völker gelauscht hat. Aber du, meine Schwester, hast freilich noch besonderen Grund, ihn zu lieben.«

»Oh, ich glaube, ganz kühl zu urteilen.«

»So kühl eine Dame urteilen kann, die vom ersten Geist ihrer Zeit als Venus besungen worden ist.«

»Eine etwas gebrechliche Venus, Frédéric, geben Sie es zu. Die griechische besaß robusteren Reiz.«

Hierauf ging er nicht ein, und sie beeilte sich, abzulenken. »Übrigens haben Sie auch selbst schon strahlender ausgesehen«, sagte sie und nahm ihr Lorgnon vor die kurzsichtigen Augen.

Sie sprach die Wahrheit. Schmalzügig und gelb saß er da, nachlässiger in der Haltung, als man es von einem Kriegsmann in der Blüte des Lebens hätte erwarten sollen. Er zuckte die Achseln.

»Mein Gott, Amélie, man tut am besten, jedes neue Jahr als ein Geschenk freudig zu begrüßen. Als Kronprinz habe ich nie recht geglaubt, daß ich unseren Vater überleben würde.«

»Nun, wer so denkt, erreicht bekanntlich das biblische Alter.«

»Es soll Ausnahmen geben. Seit diesem Schlaganfall im vorigen Jahr ...«

»Aber Frédéric, verzeihen Sie, ein Schlaganfall in der Mitte der Dreißig!«

»Oh, es war ein ganz unzweifelhafter Schlaganfall. Die ganze rechte Seite war gelähmt. Ich hielt an der letzten Station vor dem Styx, und ich hörte den Cerberus bellen ...«

Seit achtzehn Monaten war die Prinzessin nicht hier bei dem Bruder gewesen. Keine andere Dame kam sonst je hierher. Auf offiziellem, auf förmlichem Wege hatte die Königin mehrmals um diese Gunst ersuchen lassen, ihr war mit Schweigen geantwortet worden. Sanssouci war ein Junggesellenheim, einstöckig, mit acht, neun Zimmern und kargen Gelassen für den Dienst; mit vollem Bedacht war die Villa so angelegt worden.

Man befand sich im letzten Gemach der kleinen Wohnung, in der runden, mit Zedernholz getäfelten Bibliothek, wo von hohen Konsolen die Brustbilder der Weisen grüßten und aus den Schränken die Klassiker der Geschichte und der Dichtung. Es waren genau dieselben Bände, die auch unten im Stadtschloß und drüben in Charlottenburg bereitstanden, denn Friedrichs literarischer Geschmack war aufs strengste fixiert. Kein deutsches Wort fand sich zwischen all den roten Maroquindeckeln. Das Deutsche galt dem König als eine kaum erst geformte Sprache, geistigen Aufgaben noch durchaus nicht gewachsen.

Er saß auf einem der niedrigen Taburetts, vorgebeugt, die verschränkten Arme bequem auf den Knien; er trug seinen gewöhnlichen blauen Uniformrock, an dem kaum mehr ein wenig Stickerei zu sehen war, und keine Schuhe, sondern hohe, grobe Stiefel. Amalie war in apfelgrünem Samt und schwarzem, dreieckigem Hütchen, neben ihr lehnte ein Stock mit einer Jaspisbrücke. Sie hatte den Ehrenplatz des kleinen Raumes inne, jene in die Nische eingelassene Seidenbank, von der aus der Blick durch das östliche Fenster hinausgeht auf die Figur der ruhenden Flora, die von Amor liebkost wird. Die Terrasse draußen lag in wohligem Licht, es war ein Septembernachmittag.

Ganz leise wurde an der Tür gekratzt, und es erschien, Schriftstücke in der Hand, ein ältlicher Herr, mit stiller Eleganz gekleidet, weniger ein Sekretär dem Äußeren nach als ein sehr ausgelöschter Hofmann. Es war Eichel.

»Die russische Post, Euer Majestät, dechiffriert.«

Friedrich streckte die Hand aus, nahm die Papiere und ließ den Kabinettsrat wieder gehen, ohne ein Wort. Freundlichkeit gegen Untergebene war nicht die Regel bei ihm.

»In diesen russischen Briefen«, sagte er zu Amalie, »steht immer irgend etwas Sonderbares. Goltz ist zwar ein miserabler Beobachter, er ist überhaupt ein Esel, und der Himmel weiß, wie lange ich mit so einem Gesandten dort noch auskomme. Aber sogar er weiß unglaubliche Geschichten vom dortigen Hof zu berichten.«

»Der junge Peter vermutlich?«

Er nickte. »Ich beglückwünsche mich, daß ich keine von meinen Schwestern diesem Besessenen zur Frau gegeben habe.«

»Ja, die kleine Sophie ist nicht zu beneiden.«

»Sophie? Die heißt schon lange nicht mehr Sophie, meine Liebe. Katharina Alexejewna heißt sie, und sie ist eine perfekte Griechisch-

Orthodoxe geworden und spricht wunderbar Russisch, soviel wenigstens Goltz behauptet. Aber ihr Peter führt sich auf wie ein alberner Schuljunge.«

»So sieht er auch aus. Sein Bild erinnert mich ganz an jenen Adolf ...«

»Und so etwas steigt auf den Thron! Eine angenehme Rasse wird sich bald auf diesen Polsterstühlen breit machen. Man kann neugierig sein, wie lange sich die Menschen das noch gefallen lassen.«

»Nichts ist ganz schlecht, Frédéric. Einen Vorzug wenigstens scheint auch dieser Peter zu besitzen: er betet Sie an.«

»Auf seine Weise. In seinen Stuben hat er lange Tische mit Spielsoldaten stehen, die alle preußische Uniform tragen, und wenn er bei Nacht nicht schlafen kann, dann muß die arme kleine Katharina aufstehen und mit ihm spielen.«

»Reizend!«

»Einmal bei solch einer Gelegenheit hängte da am Plafond seines Zimmers eine tote Ratte, und der Herr Thronfolger erklärt, die sei standrechtlich erschossen worden, weil sie zwei Pappsoldaten aufgefressen hat.«

Die Prinzessin lachte. Aber beim Lachen, so gebrechlich war sie jetzt, zitterte sie mit dem Kopf wie eine alte Frau.

»Immer betrunken ist er auch, laut und unanständig, dazu ein unerträglicher Schwätzer. ›Mein Mann ist diskret wie ein Kanonenschuß‹, soll die junge Frau gesagt haben. Er ist von so gemeiner Gemütsart, daß er sogar seine Hunde blutig schlägt.«

Amalie lächelte nur noch, als sie diese letzte und höchste Formel der Verachtung vernahm. Sie kannte ihres Bruders fanatische Vorliebe für diese Geschöpfe. Er verhielt sich weit milder und nachsichtiger gegen seine Windspiele als gegen die Wesen seiner eigenen Gattung.

»Mit einem Wort, Frédéric«, sagte sie in etwas hinterhältigem Ton, »es ist immer noch ein verhältnismäßig angenehmes Geschick, Äbtissin von Quedlinburg zu sein.«

»Bist du nicht zufrieden? Dir fehlt etwas? Reicht wieder das Geld nicht?«

Sie schüttelte den Kopf, sie schwieg, und er fragte nicht weiter.

»Du erlaubst«, sagte er nun, »es stehen in diesen Berichten doch manchmal auch wesentlichere Dinge als über tote Ratten.« Und er begann zu lesen.

Amalie saß und betrachtete ihn aus ihren allzu großen, gewölbten Augen. Es war totenstill in dem kleinen Raum, nur hie und da, beim Umblättern, raschelten die Kanzleibogen. Plötzlich sah sie etwas Erschreckendes. In einer Sekunde nämlich hatte sich das gelbe Gesicht des Königs über und über purpurn gefärbt, krampfhaft fuhr er sich mit der linken Hand nach dem Hals. ›Der Schlaganfall!‹ mußte sie denken und wollte schon auf ihn zu. Aber er gebot ihr mit einer zornigen Geste Einhalt und zwang sich weiterzulesen, wobei seine Lippen sich in verächtlicher und böser Weise bewegten.

»Das ist entzückend«, sagte er endlich, stand auf und warf die Blätter achtlos auf den Schemel, so daß sie auseinanderfielen und mehrere von ihnen weithin über den Fußboden glitten. »Es trifft sich gut, daß ich gerade heute die Ehre deines Besuchs habe. Denn gewiß wird es dich unterhalten, zu hören, wie deine Freunde sich in auswärtigen Staaten benehmen.«

»Meine Freunde?« sagte Amalie leise, und schon standen ihre Augen voll Tränen. Ihr war wohlbekannt, daß Trenck sich in Moskau aufhielt.

»Dein Freund. Im Bett politischer Megären scheint er sich besonders wohl zu fühlen.«

Seine Züge waren entstellt von Haß. »Sie meinen die Kaiserin?« fragte sie ohne Ton.

»Ach nein, nicht die Kaiserin«, rief er mit einem unschönen Lachen, »soweit hat er's noch nicht gebracht. Verwundern dürfte einen ja auch das nicht bei den liederlichen Gewohnheiten dieser fetten Peterstochter und bei seiner eigenen Vergangenheit. Er weicht bekanntlich vor fürstlichem Blut nicht schüchtern zurück.«

»Sie wünschen gewiß, mein Bruder, daß ich mich entferne.«

»Ah, du willst die Prüde spielen? Laß das! Die Jahre der jungfräulichen Scham liegen nachgerade hinter dir. Übrigens ist auch von deiner Person die Rede in diesem Bericht des törichten Goltz.«

»Von mir?«

»Dein Herr Geliebter scheint die Gewohnheit angenommen zu haben, dein Medaillon in der moskowitischen Gesellschaft herumzuzeigen.«

»Das ist nicht wahr!«

»Hat er kein Medaillon von dir?«

»Er ist ein Edelmann.«

»Ein Edelmann? Er ist der Liebhaber der Kanzlerin Bestuschew, meiner ärgsten Feindin dort, der Seele aller russischen Intrigen gegen Preußen.«

»Er ist jung und anziehend«, sagte sie mit zuckendem Mund.

»Dafür ist sie alt und schauderhaft. Aber reich, reich und hat die besten Stellen in Rußland zu vergeben!«

»Es ist nicht edel von Ihnen, Frédéric, einen Abwesenden, der sich nicht entlasten kann, so zu beschimpfen.«

»Oh, ich erhebe in diesem Fall durchaus keinen Anspruch darauf, edel zu sein. Ich ersehne die Gelegenheit, meine liebe Schwester, mich an diesem Trenck außerordentlich unedel zu erweisen.«

»Aber mein Gott, Frédéric, bedenken Sie doch: wer sind Sie und wer ist er!«

»Oh, immerhin mein Schwager gewissermaßen.«

Sie rang die Hände. Er sah, daß sie am ganzen Leibe zitterte. Aber sein Zorn, aus gefährlichen Tiefen stammend, war durch kein Mitgefühl einzudämmen. Er nahm, aufs Geratewohl, einige von den Kanzleiblättern auf. Schlagartig warf er ihr die Sätze ins Gesicht.

»Zum Krönungstag der Zarin hat er eine Ode gemacht. Er schämt sich nicht, diese stumpfsinnige, fette Hure anzudichten. Schöne Verse werden das gewesen sein! Aber er hat einen goldenen Degen von ihr gekriegt.«

»Frédéric – in Preußen darf er nicht mehr sein. Warum sollte er nicht an fremden Höfen sein Glück suchen?«

»Überall tritt er auf als der Millionenerbe seines Cousins, des Panduren, des Mordbrenners.«

»Das kann Verleumdung sein.«

»Natürlich!«

»Und übrigens setzt man sich in so barbarischen Verhältnissen nur mit einem großartigen Auftreten durch.«

»Oh, keine Allgemeinheiten, wenn ich bitten darf, keine Völkerkunde! In der Kanzlei meines Feindes Bestuschew geht er ein und aus, ein Posten dort steht ihm in Aussicht.«

»Frédéric, es ehrt ihn, wenn der erste Beamte eines großen Reiches ...«

»Weißt du, wer dieser Bestuschew ist? Ein käufliches, bösartiges Stück Vieh, zu schwachköpfig dabei, um auch nur eine Poststation zu leiten.«

»Sie können daraus *ihm* keinen Vorwurf machen.«

»Du findest das wohl reinlich: dem Kanzler dienen und der Kanzlerin ...«

»Er wird sie lieben«, sagte sie sanft, ohne Ton in der Stimme.

»Ja, lieben wird er sie mit ihren vierzig Jahren und ihrer Pockenhaut. Er wird auf ihren Kissen mehr daran denken, mich zu verraten, als ... Die fremden Gesandten sind sein täglicher Umgang, und eben die, die es so außerordentlich redlich mit Preußen meinen! Bei Bernes, der die Wiener Betschwester vertritt, speist er alle paar Tage zu Abend. Mit dem Sachsen Funk hat er die Schweine gehütet. Er wird weiß Gott wie hoch steigen in diesem asiatischen Narrenstaat.«

»So lassen Sie ihn doch, Frédéric, lassen Sie ihn doch steigen! Er ist fern, jedermann hat resigniert (sie sagte ›jedermann‹, nicht ›ich‹, und das war rührend, aber Friedrich war nicht in der Laune, sich rühren zu lassen) und schließlich – was hat er Ihnen denn zugefügt?«

»Ich, ich werde ihm etwas zufügen, meine teure Schwester. Ich gestehe dir offen, es liegt nicht an mir, es liegt an meinem untauglichen Werkzeug, wenn das bis heute nicht geschehen ist.«

»Ich verstehe Sie nicht.«

»Goltz ist zu dumm«, versetzte er laut und scharf. »Er hat ausdrücklichen Befehl, zu verhindern, daß dieser Mensch in Rußland sein Glück macht.«

»Frédéric«, sagte sie flehend, »Sie, der Sie königlich die Gerechtigkeit erstreben, Sie sollten nicht einen Geschlagenen und Vertriebenen auf solche Art verfolgen.«

»Ich soll wohl noch Elegien dichten auf ihn? Amélie, ich sage dir, er als der erste hat mich bedauern lehren, daß die souveräne Gewalt eines Fürsten an den Grenzen seines Landes endet.«

Eine winzige Standuhr schlug vom Kamin her fünfmal. Im gleichen Augenblick erschien der Kammerhusar und meldete, daß Herr von Voltaire sich für den Gang im Garten zur Verfügung halte.

»Ich dachte, Amélie, du werdest ihn gerne sehen«, sagte der König im Ton einer Liebenswürdigkeit, zu der er sich nicht ganz leicht zurückfand. »Draußen ist es noch schön um diese Stunde. Aber nimm jedenfalls deine Contouche um!«

Sie blickte ihn an. Genau dieselben Worte hatte er zu ihr gesprochen, als er sie an jenem Nachmittag in Monbijou zum Spaziergang im Park befahl. Da sie eine Frau war, erinnerte sie sich sogleich mit ungemeiner

Deutlichkeit an Schnitt und Farbe des Kleidungsstücks, das sie damals getragen hatte.

Der Husar brachte die Contouche, auf einen Wink legte er sie über ein Taburett. Die Prinzessin sah ihren Mantel an. Er war weniger elegant als der von damals, er war gleichgültiger ausgewählt.

»Müssen wir nicht gehen?« sagte sie und griff nach ihrem Stock, um sich in die Höhe zu stützen.

»Er soll nur ein wenig warten. Erziehung kann ihm nicht schaden.«

»Erziehung, Frédéric, für Voltaire? Sie denken nicht mehr so über ihn wie ehedem?«

»Ich vergesse nicht, wer er ist, liebe Schwester. Ein unvergleichlicher Kopf. Niemals vor ihm hat ein Autor diesen feinen Takt gehabt, diesen sicheren, erlesenen Geschmack. Er wäre vollkommen, Amélie, wenn er kein Mensch wäre.«

»Er hat Sie enttäuscht!«

»Er ist ein Unruhestifter, ein Mann der Konflikte, nun, das kommt vom lebendigeren Umlauf seines Blutes, es sei ihm verziehen. Aber er ist von so schmählicher Habsucht. Du erinnerst dich an die Aufführung von ›Caesars Tod‹, Amélie, die wir im vorigen Jahr gehabt haben?«

»Es war wundervoll, er selber hinreißend in der Rolle des Cicero. Nur ein wenig zu viel Brillanten trug er auf seinem Rock.«

»Nun, die gehörten ihm nicht. Er hatte sie sich von einem Wechsler namens Herschel entliehen, und mit diesem Herschel hat er in der Folge dann Geldgeschäfte gemacht, die ihn abscheulich kompromittieren.«

»Ich erinnere mich. Sogar in der Zeitung ist davon die Rede gewesen.«

»Es ist, um melancholisch zu werden! Der schönste Geist, den das Jahrhundert hervorgebracht hat, und ein so unsauberes Gefäß.«

»Ich glaube, mein Bruder, Sie sehen da eine Ausnahme, wo eine Regel ist.«

»Wie meinst du das?«

»Könnte man die großen Männer nachprüfen, so würde man überall solche Widersprüche entdecken. Cicero, den Sie stets mit Auszeichnung nennen, soll krankhaft eitel gewesen sein, aus der Jugendzeit des Prinzen Eugen habe ich Dinge gelesen, die ich nicht wiederholen kann, und ...« Sie stockte.

»Und?« sagte Friedrich, der wohl fühlte, dies sei eine unbeträchtliche Einleitung gewesen.

»Ich darf Sie an den Lauf unseres Gesprächs erinnern.«

»Wieso?«

»Ah, Frédéric, Gerechtigkeit ist der Polarstern aller Ihrer Gedanken. Und haben Sie nicht dennoch die Absicht geäußert ...«

Er unterbrach sie mit einer Geste. Doch zornig war er nicht, er lächelte sogar.

»Komm nun, du kluge Schwester«, sagte er, »länger wollen wir ihn doch nicht warten lassen. Er ist ein geiziger Skandalmacher, aber er hat Werke geschaffen, die länger stehen bleiben werden als die Pyramiden und als Sankt Peter in Rom.«

»Und sagen Sie solche Dinge auch ihm selbst?«

»Ich sage ihm dies und sage ihm das andere. *Ein* Vorrecht will man doch von seiner königlichen Geburt haben: Freimut.«

Sie verließen den Raum durch die Galerie, die hinter der Wohnung des Königs entlanglief, sie betraten die Zimmerflucht erst wieder im mittleren, gekuppelten Saal, und hier fanden sie den Schriftsteller, wie er unter der Gartentür sich wartend bereithielt zum Spaziergang.

9.

Klein, schmächtig und zart, gegen die Männersitte der Zeit in einen Mantel gehüllt, stand er dort, in der Hand einen Muff, eine schwarze Samtmütze über der kunstvoll gelegten Perücke. Das Gesicht war bedeutend, die schöne Stirn schien vom Geist, die heftig gebuckelte Nase vom Willen geformt, die nachtdunklen Augen strahlten und herrschten, vieldeutig, anziehend zugleich und beunruhigend krümmten sich die Lippen des großer Mundes. Er nahm seine Kopfbedeckung ab und verneigte sich. Es war nur Höflichkeit und Freundlichkeit in seiner Haltung, keinerlei Devotion. Er kannte seinen Rang.

»Mein Gott, Voltaire«, sagte Friedrich – er hatte die gerade bei ihm verwunderliche Gewohnheit, den höchsten Namen sehr häufig als Redensart im Munde zu führen – »mein Gott, Voltaire, Sie sind ausgerüstet wie zu einer Expedition nach Sibirien. Und die Sonne scheint doch so prächtig in unseren Garten.«

»Majestät – Hoheit, ich bin mein Leben lang schrecklich verfroren gewesen. Als ich ein Knabe war, mußten wir in der Freistunde stets auf den Schulhof hinunter, außer wenn in der Kapelle das Weihwasser gefroren war. Nun, ich versäumte niemals, heimlich Eis in den Kessel zu legen.«

»Sie scheinen schon damals nicht den wahren Respekt vor den göttlichen Dingen gehabt zu haben«, sagte Friedrich. »Warum haben Sie übrigens heute nicht mit mir gegessen? Sie waren gebeten.«

»Seien Sie mir nicht böse, Majestät, mittags sind mir immer zu viel Prinzen und Generale bei Tisch. Da fühlt sich der Zivilist und der Bürger nicht wohl.«

Friedrich lachte. »Nun, ich hoffe, es vertreibt Ihnen nicht den Schlaf, daß in Ihrem Zimmer vor Ihnen der Marschall von Sachsen gewohnt hat!«

»Herr von Voltaire wird sich unter lauter Soldaten ganz einfach langweilen«, sagte Amalie, »er kann Kriegstaten und Gespräche darüber unmöglich schätzen.«

»Wenn es das ist, Amélie, so muß ich schweigen. Was sind Taten! Taten vergehen, Werke bleiben. Auch ich möchte lieber ›Caesars Tod‹ geschrieben haben als, wie Caesar, Gallien erobert.«

»Was nicht ausschließt«, sagte Voltaire, »daß kein Vers davon hätte entstehen können, wenn nicht Caesar zuvor Gallien römisch gemacht hätte.«

»Aber ›Caesars Tod‹ und Ihre anderen Werke werden noch geliebt, gelesen und aufgeführt werden, wenn es dereinst kein Frankreich und kein Preußen mehr gibt. Man wird nicht mehr Französisch sprechen, und diese Dichtungen werden noch in die Sprache übersetzt werden, die der französischen folgt.«

Voltaire nahm das in guter Haltung auf. Er dankte nicht, er wehrte nicht ab, er sagte auch nichts, was zu ferneren Lobreden hätte anreizen können, ihm schien das Vernommene einfach die Wahrheit zu sein, die jedermann aussprechen, jedermann anhören darf. Langsam spazierten sie auf der Terrasse hin und wieder, die sich breit vor der gelben Villa erstreckte, Friedrich in der Mitte, die Prinzessin an ihrem Jaspisstock zu seiner Rechten. Es war ländlich still, rauschend und grün dehnte sich unter ihnen der Park bis gegen die Havel. Weithin war keine Seele zu spüren. Eines der Windspiele hatte sich zu der Gruppe gefunden, ein höchst zierliches, champagnerfarbenes Geschöpf, manierlich und ruhig wandelte es mit den dreien auf dem Sandweg auf und ab.

»Einen Umstand jedenfalls weiß ich«, sagte Amalie, »den der Dichterruhm vor dem Kriegsruhm voraus hat. Um jenen zu erwerben, wird ein wenig Tinte verspritzt, aber für diesen Tonnen von Blut.«

Friedrich sah seine Schwester von der Seite her an. »Da bist du weichherziger, als man es sonst von den Damen unseres Hauses gewohnt war. Wenn nur ihren Gatten und Brüdern nichts geschah, so war ihnen das Blutvergießen stets gleichgültig. Ich aber gebe dir recht.«

»Sie geben der Prinzessin recht, Majestät, nachdem Sie Schlesien endgültig gewonnen haben.«

»Endgültig? Hoffen wir es! Jedenfalls, Voltaire, gehen Sie hier mit einem Manne spazieren, der entschlossen ist, freiwillig keine Katze mehr anzugreifen. Der Ruhm des Soldaten macht sich aus der Ferne recht schön, aber durch wieviel Jammer und Elend wird er erworben, in Not und Mühsal, in Hitze und Kälte, in Hunger, Schmutz und zerrissenen Stiefeln. Ein empfindender Mensch, der das einmal mitgemacht hat, urteilt ein wenig anders darüber.«

»Und das Seltsame bleibt, mein König, daß die Völker immer nur ihre Kriegshelden im Gedächtnis behalten, nie aber die milden Fürsten, die ihnen in Frieden Gutes erwiesen haben.«

»Die Kriegshelden, Voltaire! Warum nicht auch die Straßenräuber? Wo ist der Unterschied? Mut und List beweisen sie beide. Nur ist der Eroberer ein vornehmer Räuber mit einem tönenden Namen, und der andere ist ein unbekannter Räuber und arm. Lorbeerzweige für den einen, der Strick für den andern, ist es eigentlich gerecht?«

»Dergleichen, lieber Bruder, hätte Ihnen gewiß niemand sagen dürfen, als Sie gleich nach Ihrem Regierungsantritt auszogen, um die neue Provinz zu erobern.« Er lächelte, und er antwortete nicht.

»Nun, es war immerhin nicht die erste Tat des Königs«, erwiderte Voltaire an seiner Statt.

»Es war vielleicht doch meine erste.«

»Wie denn, Majestät – und die Aufhebung der Tortur? Das Gesetz, das Ihre Bauern von der Jagdplage erlöste? Das Edikt über die Freiheit der Presse? Die Heimrufung vertriebener Denker? Das alles sind Taten aus Ihren ersten Stunden als König.«

»Ja, aber waren es meine Taten?«

»Sie sind in diesem Lande der absolute Fürst.« Amalie sagte still: »Ich glaube zu verstehen, was der König andeutet. Ihnen weist er das Verdienst zu, Herr von Voltaire. Im Geiste des Mannes, den er ehrt, hat mein Bruder jene großen Schritte getan.«

»Das wollte ich vielleicht andeuten, Amélie – obschon es mir ungewohnt ist, daß ein anderer für mich eintritt und spricht. Ich bin nicht Moses, der einen Aaron nötig hat.«

Voltaire erhob rasch seine Stimme. »Eines ist gewiß: der Federstrich, der die Folter in Preußen verbot, wiegt an Wert das Werk von hundert Dichtern und Philosophen auf. Das Leiden in der Welt zu vermindern – darauf kommt es an.«

»Die Folter ist ein schändlicher Brauch«, sagte Friedrich, »schändlich und dumm. Ich liebe das langweilige England nicht, aber wenn ich bedenke, daß dort schon seit hundert Jahren kein Mensch mehr unter Qualen inquiriert wird, dann wünschte ich es zu lieben. Aus Körperqual wird das Recht nicht geboren. Oh, das Recht, das Recht – unabsehbares Feld, unendliche Aufgabe!«

»Eure Majestät sind noch jung«, sagte Voltaire mit echter Wärme in seiner Stimme. »Es wird viel getan werden in Ihrer Regierungszeit.«

»Es soll viel getan werden, das ist mein Wille. Ich danke meinem Schicksal, daß es mir Cocceji gegeben hat. Er ist ein höchst redlicher und reiner Mann, klug, gelehrt und ein Menschenfreund, ein zweiter Tribonian. Aber er ist nahe an Siebzig. Man müßte Mittel finden, um die Tage eines solchen Mannes über das gemeine Maß zu verlängern – damit Gerechtigkeit werde!«

Sie waren alle bewegt. Amalie erinnerte sich jetzt nicht mehr an das Gespräch in der Bibliothek, sie vergaß auch die Rüge, auf die hin sie verstummt war. Sie sagte:

»Ich muß an einen Einfall unseres verstorbenen Vaters denken, Frédéric. Du weißt, seine Einfälle waren manchmal höchst seltsam. Ulrike und ich – wir waren beide noch kleine Mädchen, da nahm er uns eines Tages mit in das Kammergericht. Es wurde gerade keine Sitzung gehalten, der Saal war leer, aber der Vater wollte uns auch nur ein Gemälde zeigen, das dort hing. Ein Holländer hatte es gemalt. Es war ein furchtbares Bild. Es zeigte den König Kambyses, wie er eben einen ungerechten Richter gestraft hat, er hat ihn nämlich lebendig schinden lassen, und nun wird die abgezogene Haut über den Richterstuhl gespannt, und der Sohn des Bösen muß darauf niedersitzen und hier nun Recht sprechen. Wir wußten damals wenig daraus zu machen, wir kleinen Mädchen, aber dann habe ich lange davon geträumt und es nie vergessen. Doch verzeihen Sie, Frédéric«, sagte sie plötzlich und schien zu wanken, »Sie wissen, meine Gesundheit ist nicht recht fest, ich kann nicht so lange gehen, es tut mir leid ...«

Man befand sich in der Nähe jener Gruppe der ruhenden Flora, eine Marmorbank stand dahinter, zwischen cäsarischen Büsten, hier nahm man Platz. In zierlicher Pose legte sich das Windspiel auf einen der flachen Steine, die neben dem Sockel in den Boden eingelassen waren und auf die warm die Sonne schien.

»Wo liegst du denn, Phyllis, mein Liebling? Was für einen Platz hast du dir ausgesucht!« Aber Phyllis wandte nur ihren schmalen Kopf ein wenig nach dem Frager um, blinzelte wie im Einverständnis und blieb liegen.

»Du solltest eine Badekur machen, Amélie«, sagte er nun, »es ist doch nicht in Ordnung, daß eine so junge Dame von einigen Spazierschritten derartig angegriffen wird.«

»Ich glaube nicht, daß irgendeine Badekur helfen wird, lieber Bruder.« Sie hatte ganz leise gesprochen.

Voltaire sagte: »Es fehlt der Prinzessin vielleicht weniger an Gesundheit als an Heiterkeit. Der Körper hält sich nur frisch und kräftig, wenn der Geist an jedem Morgen beim Erwachen eine freundliche Aussicht vorfindet.«

»Das ist ein Rezept, Herr von Voltaire, mit dem man nicht in die Apotheke laufen kann.«

»Hoheit – es kommt darauf an. Lebensfreude, Glück führt man sich zu, indem man Ziele ins Auge faßt, die zu erreichen sind.«

»So mag Voltaire sprechen, für den es hundert Ziele gibt in der Welt und der mit so einzigen Kräften begabt ist. Aber eine alternde Prinzessin, mein Herr, ist ein ziemlich unnützes Geschöpf.«

»Ah, nun ist es genug der Melancholie«, rief Friedrich mit einem deutlichen Klang von Gereiztheit. »Das dient zu gar nichts. Glück, Lebensfreude! Wer ist denn glücklich? Glück ist ein ganz imaginärer Begriff, tapfer zu leben und das Mögliche zu tun ist alles, was wir erstreben können. Ich bitte zu verzeihen«, sagte er mit einer halb scherzhaften Verneigung gegen Voltaire, »daß ich meiner kleinen Schwester hier Moralunterricht aus der Fibel erteile.«

»Glück«, nahm Voltaire das Wort auf. »Ich habe sehr wenig Glückliche gesehen. Wohl aber so Unglückliche, daß, an ihrem Dasein gemessen, fast jeder andere glücklich scheint. Seitdem ich im Mittelländischen Meer ein Kriegsschiff mit Galeerensträflingen sah, kann ich, so dünkt mir, kaum mehr ganz unglücklich werden.«

»Das sind Verbrecher«, sagte Amalie, »gemeine Räuber, Mörder. Sie geben keinen Maßstab ab.«

»Vergebung, Hoheit! Ich kenne einen Mann, Espinas heißt er, der saß 23 Jahre hindurch auf der Galeere, weil er einem protestantischen Pfarrer ein Nachtessen und eine Unterkunft gewährt hatte.«

»Er saß, sagen Sie, Herr von Voltaire? Man hat ihn also befreit.«

»Wer hat ihn befreit?« fragte der König.

»Ich«, sagte Voltaire flüchtig und wirkungsvoll, um sogleich in veränderter Stimmlage fortzufahren: »Gewöhnlich ist diese Strafe lebenslänglich, weil die Regierung auf solche Art die Flotte umsonst bemannt. Festgeschmiedet, nackt bis zum Gürtel, hocken die Armen da beieinander, auf einem Schiff dreihundert, Winter und Sommer, Tag und Nacht. In Ketten essen und schlafen sie. Der Aufseher geht mit der Peitsche umher. Greise mit weißem Bart sind darunter. Stirbt einer, wird er ins Wasser geworfen. Ja, dies existiert.«

»Es ist also wohl ein rechtes Glück für ein Land«, sagte Friedrich, er hielt dabei die Augen geschlossen, »wenn sein König keine Kriegsflotte hat.«

»Es gibt Könige, Majestät, für die auch das keine Verführung wäre.«

»Ah, glauben Sie?«

»Ja, das glaube ich. Ich höre zum Beispiel, wie früher in Preußen die Kindsmörderinnen bestraft wurden. Man ließ sie mit eigenen Händen den ledernen Sack nähen, in dem man sie dann ertränkte. Ich höre aber auch, daß König Friedrich diese Sitte abgeschafft hat.«

»Oh«, sagte Friedrich mit einem starren Lächeln und jetzt mehr zu Amalie als zu Voltaire gewendet, »das kann zutreffen. Aber gegen solche arme Personen wird ja auch kein König ein Zorngefühl im Herzen nähren.«

Ein Schweigen trat ein. Voltaire blickte langsam von einem zum anderen, wohl spürend, daß hier ein lebendiger, ihm nicht bekannter Umstand sich hinter den Worten verberge. Endlich sagte er in abstraktem Ton:

»Es bleibt so – die absolute Monarchie ist die schlechteste oder die beste aller Regierungsformen, je nachdem sie gehandhabt wird.«

»Häufiger wohl die schlechteste«, sagte Friedrich. Er schien auf Zustimmung zu warten, da sie nicht kam und auch wohl nicht kommen konnte, fuhr er fort: »Das Allervernünftigste ist ganz gewiß die Republik. Man durchblättere die Geschichte: Republiken blühen schneller empor und behaupten sich länger auf der Höhe als monarchische Staaten. Warum? Die guten Könige sind sterblich, die weisen Gesetze aber unsterblich.«

Er besann sich einen Augenblick. »Es muß sogar auffallen«, sagte er dann, »wie selten unter Königen der Nachfolger dem Vorgänger gleicht. Immer kommt da nach dem Ehrgeizigen der Faule, nach dem Krieger der Betbruder, nach dem Gelehrten der plumpe Verschwender. Es ist nicht so wie bei euch, mein Liebling«, wandte er sich zu dem Windspiel, das auf seinem Stein sich den letzten schrägen Sonnenstrahlen zugebettet hatte, »dein Enkelchen wird gerade so aussehen wie du und auch die gleichen Windspielgedanken haben. Darum liegst du auch so seelenruhig auf diesem Stein und sonnst dich.«

»Wie meinen Sie das, Frédéric?«

»Oh, betrachte die drei Steine da nur genauer. Sehen sie nicht aus wie kleine Leichensteine? Es sind auch welche. Thisbe, Diana und Pax – kannst du es nicht lesen?«

»Sie begraben Ihre Hunde hier?« fragte Amalie und sah den Bruder ein wenig furchtsam an.

»Warum sollte es der König nicht tun! Die Ägypter taten es auch mit ihren Tieren. Auch diese Wesen wurden geboren, gesäugt und liebten das Licht und die Freude wie wir.«

»Wie wir«, sagte Friedrich. »Phyllis liegt auf dem Grabstein und freut sich an der Sonne, und unsereiner freut sich, daß er zur rechten Stunde lebt, um Voltaires Zeitgenosse zu sein ...«

Voltaire neigte das Haupt.

»... des seltsamsten Menschen wahrscheinlich, der je auf der Erde war. Eines Genies, wie es dieser Ball nicht getragen hat und eines kleinen, kleinen Geschöpfs, das ewig schmäht und verleumdet und die Wahrheit verdreht. Eines Herzens, übervoll von Mitleid und Menschenliebe – das sich in Rachsucht und kleiner Tücke verliert. Einer Seele, die in Jahrtausenden dichtet und lebt – und die betrügt und geizt und schlechtes Papiergeld aufkaufen läßt, um ein paar elende Louisdors zu ergattern.«

Voltaire war rot geworden bis unter die Locken seiner Perücke. Er wollte aufstehen. »Es wird abendlich kühl, Majestät«, sagte er, »ich ziehe mich zurück.«

»Es wird gleich wieder wärmer werden, Voltaire. Hören Sie doch zu Ende! Was will ich sagen? Dies geschieht am ersten Mann des Jahrhunderts, will ich sagen, was wird es mit uns anderen sein!«

»Mein Bruder will andeuten, Herr von Voltaire, daß in keines Menschen Brust die Rechnung aufgeht. Widerspruch, will er sagen, ist das Element, aus dem der Mensch bereitet ist.«

Friedrich warf ihr einen Blick zu. Dann bog er sein Haupt zurück und legte hinter sich die Arme ausgebreitet auf die Marmorlehne. So sah er zum Himmel auf, dessen Septemberblau langsam verblaßte. Er sprach:

»Es ist so. Wir kennen uns selbst nicht, wir dürfen kaum wünschen, uns selbst zu kennen. Die Taten unseres Lebens steigen aus Tiefen in unserer Brust, in die wir selbst nicht hineinzuleuchten wagen. Wahrscheinlich muß ein Mensch zänkisch und rachsüchtig sein und häßliche Geldgeschäfte unternehmen, damit er das Gute wollen und zur Fackel seines Jahrhunderts werden kann. Wir wissen so wenig. Sie haben vorhin geäußert, Voltaire, ich haßte den Krieg und seine Schrecken erst, seitdem Schlesien mein sei. So ist es nicht. Ich habe das Blutvergießen immer gehaßt und habe die frohe Muße geliebt, die Literatur, die Musik, die sanfte Gesittung – und dann habe ich die Kaiserin angegriffen und habe jene Provinz geraubt, aus Begierden und Gedanken, die ich zuvor an mir selber gar nicht gekannt hatte. Auf einmal war mein Leben ein Kriegsleben, und mir ahnt, daß es bei dem verspritzten Blut noch nicht bleiben wird. So aber, Voltaire, und du, liebe Schwester, ist es mit allem! Nicht Euch allein wallt das Herz, wenn von Galeeren die Rede ist, wo Greise auf der Ruderbank keuchen. Ich hasse die Grausamkeit und das Unrecht. Es gibt in meinen Staaten keine Folter mehr, es wird auch nicht mehr geviertelt, gepfählt und verbrannt, man darf bei mir kein armes Dienstmädchen hängen, weil es ein paar Servietten gestohlen hat, ein neues Gesetzbuch kommt, das meine Richter an Vernunft und Billigkeit bindet – denn als das Niederträchtigste von der Welt ist mir immer die Willkür der Mächtigen erschienen, die sich nicht an das Recht hält, die ohne Verhandlung und

Spruch, aus dem Dunkel des Kabinetts heraus, durch bloße Siegelkraft ein menschliches Dasein vernichtet. Und doch könnte ich mir denken, meine liebe Schwester, und Sie, Voltaire, daß ich eines Tages selber so die Gewalt mißbrauchte, daß ich es täte mit Überlegung und Lust, daß mir keine Galeerenkette zu schwer erschiene für einen, den ich schlagen will, daß es mir leid täte, bitter leid, keinen solch vortrefflichen Ruderplatz für ihn zu wissen, daß ich nach diesem Menschen umhergriffe auf der ganzen Welt und daß er, einmal in meiner Gewalt, mir nicht mehr entkäme. Das könnte ich mir denken, recht wohl, recht wohl.«

Er schwieg. Er verharrte noch in der gleichen Stellung, das Haupt zurückgelegt und hinter sich die Arme weit ausgebreitet auf der Marmorlehne. Nur die zuvor offenen Hände hatte er jetzt geballt.

Die Sonne war fort. Man ging ins Haus.

10.

Trenck, der Pandur, hatte sich auf dem Spielberg bei Brünn als Gefangener selber getötet.

Durch seinen Starrsinn, seine böse Narrheit war endlich jede Aussicht auf Befreiung und Ehre zerstört, und nun faßte er, höhnischer Freigeist, der er war, den Gedanken, ein Leben von wüstester Weltlichkeit mit einer heiligen Komödie auffällig abzuschließen. Der neapolitanische Gifttrank, der ganz ohne Schmerz, Entzündung und Fieber langsam den Tod gibt, Aqua Toffana genannt, war lange in seinem Gepäck; er rief die Offiziere der Festung zusammen, ließ in ihrer Gegenwart sich als Mönch tonsurieren und kleiden, beichtete laut, umarmte die Nächsten, sprach lächelnd von der Nichtigkeit aller Güter auf Erden, nahm sodann seine Uhr in die Hand und sprach: »Gott sei gelobt, die letzte Stunde naht!« Gelächter antwortete ihm. Aber da sah man, daß sein Gesicht auf der linken Seite weiß geworden war. Er setzte sich an den Tisch, betete, schloß seine Augen und blieb still. Man redete ihn an, er war tot.

Im Leben hatten ihn alle gefürchtet; er wünschte im Grabe verehrt zu werden. In den abergläubisch frommen Erblanden Habsburgs gelang ihm das, ihm, dem Räuber, dem Mordbrenner, dem Besudler des Heiligsten.

Der Lärm von der Sache ging durch Europa, er erreichte auch Trenck in seinem Norden, und bald folgte die Nachricht, er sei von dem so theatralisch Geschiedenen, der ihn einst hatte ermorden lassen wollen, nochmals und endgültig zum Erben eingesetzt worden. Zweierlei werde jedoch im Testament von dem Bedachten verlangt: er müsse, hieß es, sogleich den katholischen Glauben annehmen und müsse sich ferner bindend verpflichten, keinem anderen Herrn mehr als dem Hause Österreich zu dienen.

Trenck wollte nichts wissen davon. Erfüllte er die Bedingungen nicht, so konnte er schwerlich hoffen, viel zu erlangen, kaum jene Güter, die der Pandur selber ererbt hatte und die Trenck nach Familiengesetz zukamen. Aber ein starker Rest von Treue gegen seinen einstigen Herrn war noch lebendig in ihm, habsburgischer Dienst schien ihm mit solcher Empfindung nicht wohl zu vereinen. In Bestuschews Kanzlei hatte er Einblick getan in die geheimen Gänge der europäischen Politik, ihm war sicher, daß das letzte Wort zwischen Theresia und Friedrich noch nicht gesprochen sei, er wollte nicht in den Fall kommen, eines Tages gegen den König das Schwert zu tragen.

Ob ihm das in russischen Diensten erspart bleiben würde, schien freilich auch nicht gewiß. Aber noch war kein Bund gegen Preußen geschlossen, noch herrschte Einvernehmen zwischen den Höfen von Potsdam und Moskau. Zwar wußte man, daß Friedrich, in seltsamer Verleugnung aller politischer Klugheit, fortfuhr, seine satirischen Pfeile nach der Zarin abzuschießen. Ihr bloßes Dasein, träge und wollüstig, reizte ihn wohl, vielleicht auch vertrug er es nicht, daß nun auf allen höchsten Sitzen Europas Weiber aufragten. Aber noch schienen jene Pfeile von fürsorgender Hand mitten im Fluge aufgefangen zu werden, Trenck selber wußte davon, und jedenfalls war er noch kürzlich dabei gewesen, wie ein erlesener Zobelpelz, der mit silbernen Schnüren besetzt war, verpackt und als Geschenk Elisabeths nach Potsdam abgesandt wurde. Er konnte hoffen, in Rußland verharren zu dürfen und hier ungehindert in Ehren zu steigen.

Aber der König ließ nicht ab von ihm. Der törichte Goltz verlor fast den Schlaf, so hart setzte das Problem ihm zu, wie er Trencks Laufbahn abschneiden könne. Und eines Abends, der Hof befand sich in Petersburg, ließ er sich zu später Stunde noch bei Bestuschew melden, in der Hand einen Plan des Hafens von Kronstadt, mit dessen Hilfe er Trenck zu verderben gedachte. Diesen Plan, so erklärte er entrüstet, habe der Abenteurer offenbar im Kabinett des Kanzlers kopiert und ihm, dem preußischen Gesandten, habe er ihn für zweihundert Dukaten verkauft. Aus Klugheit sei er, der Gesandte, auf den schmählichen Handel eingegangen, da es ihm freundschaftlich darauf ankomme, der Exzellenz zu zeigen, wie sie bedient sei. Der Kanzler war ebenfalls dumpfen, langsamen Geistes, aber es fehlte ihm doch nicht ganz an einer derben und niedrigen Logik. »Mich nimmt das wunder«, sagte er zu Goltz, »solche Pläne kann man ja in den Läden von Petersburg öffentlich für fünfzig Kopeken kaufen.« Und als hierauf der vor den Kopf geschlagene Herr, im wirren Bemühen, doch irgend etwas auszurichten, unzart von der vertrauten Stellung sprach, die der verdächtige Preuße bei der Gattin des Kanzlers genieße, da fehlte nicht viel und Bestuschew hätte ihn durch seine bärtigen Knechte zum Hause hinaus und in die vorbeiströmende Newa werfen lassen.

Der Haken saß dennoch im Fleisch. Geschicktere Zwischenträger fanden Gelegenheit, dem Vaterlandslosen zu schaden. Es wäre kein Wunder gewesen, wenn in seinem Herzen ein wirklicher Haß Wurzel geschlagen hätte. Das Gefühl der Pflicht jedenfalls schwand und mußte wohl schwinden, und als die Verlockungen aus Wien dringlicher wurden, als Maria Theresias Bevollmächtigter, Bernes, zur Hinreise riet, als endlich die Kanzlerin selbst, seine Freundin, ihn nicht mehr zu halten sich verstand, gab er nach.

In Wien geriet er in das wüste Getriebe der Prozesse, die um die Verlassenschaft des toten Kriegshäuptlings entbrannt waren. Aber da er von Anfang an sich beschied und nichts weiter anstrebte als jenes mäßige Großvater-Erbe, so gelangte er dennoch zum Ziel. Ihm wurde genug, um in der Welt ohne Sorge dazustehen, genug, um etwa ein Landgut zu kaufen und dort, nach Enttäuschungen und empfangenen Wunden, ruhig sein Leben hinzubringen. Der Wiener Hof verhielt sich freundlich zu ihm, Maria Theresia ernannte ihn zu ihrem Offizier, er hätte nichts weiter nötig gehabt als jenen Übertritt zur alten Kirche, um auch hier wieder als ein glänzender Ruhmesanwärter zu gelten. Allein, er glaubte nicht mehr und wünschte nichts mehr. Im menschenwürdigen Dasein des Gutsherrn resigniert, aber frei sich selber zu leben, schien ihm das Rechte, sein Gemüt war empfänglich für alle Reize der Musen und ritterlichen Lebensgenusses, eine angenehme Gefährtin, so dachte er, würde sich finden, da ihm die, die er liebte, unerreichlicher war als eine indische Schönheit. Er glaubte seine Straße zu kennen.

Da starb im Juni des Jahres 1754 in Preußen seine Mutter. Er reiste nach Danzig, um sich mit seinen Geschwistern zu bereden. Hier traf er auch, und der Augenblick war beklemmend, mit jener Schwester zusammen, vor deren Schloßtor er in eisiger Nacht als abgewiesener Bettler hatte umkehren müssen. Weinend umfing sie ihn, schwor, daß ihr Gatte und nicht ihr eigenes Herz sich vergangen habe; er blickte sie an und verzieh.

Danzig war eine Freie Stadt, es stand zudem unter dem Schutz des Königs von Polen. Trenck durfte sich doppelt sicher hier glauben.

Aber in Danzig fiel Friedrichs Faust auf ihn nieder.

11.

Drei Wochen hatte man miteinander verbracht. Dann reisten Trencks Geschwister nach Hause. Seine eigene Abfahrt war auf den folgenden Morgen bestimmt, der Wagen bestellt, das Gepäck schon gerichtet, der Bediente frühzeitig schlafen gegangen.

Der Gasthof lag mitten in der Rechtstadt, an der Brotbänkengasse. Das Fenster des geräumigen Zimmers war offen geblieben gegen die laue Sommernacht, Trenck, im Bett ausgestreckt, las. Geräusch drang herauf zu ihm, Räderrollen, dann Stimmen und Schritte, die sich plötzlich dämpften wie auf Kommando. Er las weiter.

Seine Tür wurde aufgerissen, er pflegte sie niemals zu verschließen, rasch war das Zimmer voll von Menschen, er erkannte den Geschäftsträger des Königs von Preußen, Reimer; Mannschaften im Rock der Danziger Stadtmiliz waren in seiner Begleitung und ein Herr in Zivil. Der im Hemde Ruhende sah Pistolen und sah blankes Eisen auf sich gerichtet.

Wie es dem Menschen an großen Wendepunkten zu gehen pflegt, blieb er gefaßt. Dieser Fassung galt sogar sein erster Gedanke, er verglich mit ihr die unangemessene Erregung, die ihn wenige Wochen zuvor überfallen hatte, als ihm auf einem Spazierritt im Wiener Augarten durch Schuld seines Reitknechts ein Sattelgurt gerissen war. Damals hatte er gerast ...

Der Mann in Zivil nahm das Wort. »Herr von der Trenck«, sagte er, »der Magistrat von Danzig sieht sich genötigt, Sie als einen Arrestanten dem König von Preußen auszuliefern.«

»Ich habe geglaubt«, sagte Trenck, »Danzig sei eine Freie Stadt.«

»Nicht frei genug«, sagte der preußische Resident, »um überführte Verbrecher zu bewahren.«

»Ich habe geglaubt«, sagte Trenck, immer zu dem Stadtbeamten gewendet, »über Danzig halte der König von Polen seine schützende Hand.«

»Ihnen wird kaum Zeit bleiben«, sagte Reimer, »diesen Schutz anzurufen. Und kurz und gut, Sie kleiden sich an und folgen!«

Trenck griff neben sich auf das Tischchen, darauf die Kerze stand. Die Soldaten umringten eilig sein Bett.

»Macht, daß Ihr wegkommt«, rief er, »Gesindel! Ich will nicht schießen. Ich will meinen Paß präsentieren.«

»Unnütz«, sagte Reimer.

»Halten Sie Ihr Maul auf fremdem Gebiet, Herr! Ich präsentiere die Pässe des Hofkriegsrats und der Staatskanzlei in Wien. Ich bin Untertan der Königin von Ungarn und ihr Offizier.«

»Die Königin von Ungarn, Herr Untertan, wird Ihretwegen keinen neuen Krieg anfangen.«

»Man schaffe den Vertreter des Wiener Hofes zur Stelle! An ihn appelliere ich.«

»Der Vertreter des Wiener Hofes schläft bereits und wünscht nicht gestört zu werden.«

»Ich appelliere an die Ehre der Stadt Danzig, mein Herr Kommissar.«

»Der König von Preußen ist ein mächtiger Nachbar«, sagte der Danziger leise. »Herr Resident, ich übergebe Ihnen den Mann.« Er verließ das Zimmer.

Kaum hatte die Tür sich geschlossen, so warfen sich vier der Soldaten auf Trenck und hielten ihn fest. Die übrigen plünderten. Man riß ihm die Ringe vom Finger, man fand seine Uhr, seine Tabatière, zuletzt auch das Medaillon, an dem die Lücken durch neue Smaragde ergänzt waren. Dies ließ der Bevollmächtigte sich einhändigen.

»Ich bin unter Räuber gefallen«, rief Trenck. »Sie treiben ein sauberes Handwerk, Herr Reimer!«

Man zwang ihn zu eiligem Ankleiden, kein Mitnehmen seines Gepäcks ward gestattet, der Wunsch, seinen Bedienten zu verständigen, mit Höhnen verworfen, man trieb ihn die Treppe hinunter, man setzte ihn in den Wagen, am Platz bei der Marienkirche umringte ihn ein berittenes Kommando, die nächste Stadtpforte, das Hohe Tor, tat sich trotz der späten Stunde ganz ohne Anruf und Paßwort lautlos vor ihnen auf, und fort ging es die Straße nach Preußen. Mondlicht schien.

Im Morgengrauen wurde der Vorspann erneut. Die Danziger Grenze mußte lange passiert sein. Sie fuhren, Trenck wußte es, durch polnisches Gebiet. Aber er war nicht der Knabe, an Völkerrecht noch zu denken. ›Der König von Preußen ist ein mächtiger Nachbar‹, wiederholte er bei sich und lehnte den Kopf gegen das harte Polster zurück, um in der holpernden, stoßenden Kutsche ein wenig vom versäumten Schlaf noch nachzuholen. Wenn er die Augen öffnete, sah er die Acker und Weiden von Pommerellen in flirrender Sommerhitze. Am Abend ward vor einem Schlagbaum gehalten. Dies mußte der erste preußische Ort sein, denn eine Husarenbedeckung übernahm ihn hier, deren Uniform er erkannte: es waren Leute vom weiß-dunkelblauen Regiment Wartenburg.

Die Fahrt ging fort in einiger Nähe der See, er sah sie niemals, doch er spürte ihren Wind. Die Eskorten wechselten. Nie sprach jemand mit ihm. So gelangte er bis in das pommersche Landstädtchen, welches Treptow heißt. Hier riß noch einmal der dichtverhängte Himmel über Trenck, ein letzter starker Strahl fiel voll auf ihn.

Der Wagen hielt im weiten Hof eines Gutshauses, dem allein Sauberkeit und Pflege etwas Herrschaftliches gaben. Aus dem mittleren Gebäude trat fast augenblicklich ein junger, schlank gewachsener Herr in der Uniform eines Reiterobersten. Jedermann grüßte, der Eskortführer tat seine Meldung.

Der Oberst dankte. »Sie sind heute mein Gast, Herr von der Trenck«, sagte er auf französisch, mit stark süddeutschem Tonfall. Und er geleitete den Gefangenen ins Haus.

In einem Zimmer des oberen Stockwerkes stand alles bereit zur Erfrischung nach weiter Reise, hier erfuhr Trenck von einem Lakaien, wer ihn beherberge.

Der junge Friedrich Eugen von Württemberg, seit kurzem vermählt mit einer Dame aus dem Hause Brandenburg-Schwedt, einer Nichte des Königs, kommandierte in dieser Gegend ein preußisches Dragonerregiment. Trenck dachte zu träumen. Auf alles war er gefaßt, nur nicht auf Freundlichkeit von solcher Seite. Im Augenblick schlugen in seinem Herzen alle Illusionen und Hoffnungen hoch.

Sie entflammten sich heller bei der Abendtafel, die bald begann. Wenige Intime nur waren zugegen. Man speiste zu ebener Erde in einem bäuerlich niedrigen Saal, aber von köstlichem Porzellan aus Ludwigsburg, Gesinde in württembergischer Livree bediente.

Die Herzogin, ganz jung noch, von mildester Anmut, saß Trenck gegenüber. Sie behandelte ihn mit einer besonderen Art von zarter Achtung, mehrmals schaute sie ihn bedeutungsvoll an, so als habe sie vieles zu sagen. Es war noch nicht lange her, zur Zeit ihrer Verlobungsfeierlichkeiten in Berlin, da hatte sie mit der Prinzessin Amalie, die ihr zugetan war wie eine ältere Schwester, ein Brautgespräch über Frauenschicksal und Frauenglück gehabt, ein langes Gespräch mit Stockungen, scheuen Allgemeinheiten und raschem Geflüster, das in einer Umarmung geendet hatte. Trenck wußte nichts davon, aber er mußte an Amalie denken, wenn die Prinzessin ihn anblickte. Sie sah ihr auch ähnlich, ihr, wie sie vordem gewesen war.

Mit keiner Silbe wurde daran erinnert, daß Trenck als ein Gefangener hier saß, auch seines vergangenen Schicksals gedachte niemand, und gerade hieraus konnte er schließen, daß es von jedermann gekannt sei. Man ging soweit, den Namen des Königs nicht zu erwähnen.

Im übrigen war viel von militärischen Dingen die Rede, von den Reitvorschriften für die Kavallerie zum Beispiel, jenen, die Trenck vor Zeiten als ein achtzehnjähriger Garde-du-Corps den schlesischen Regimentern beigebracht hatte und die nun alle wieder ergänzt und abgeändert werden sollten. Auch politische Fragen wurden vorsichtig und nicht ohne Geist gestreift, und dazu war Anlaß, denn elektrische Spannung lag über dem Erdteil, feineren Nerven recht wohl schon verspürbar. Aus seiner Kenntnis russischer und österreichischer Korrespondenzen hätte hier Trenck manches Wissenswerte beibringen können, aber er war lange ein Mann, wenig lag ihm mehr am Staunen einer noch so erlesenen Tafelrunde, und er schwieg.

Bald glitt auch das Gespräch zu unverfänglichen Gegenständen, der süddeutsch freie und heitere Herzog sprach mit freundlicher Ironie über seine prächtige Residenz hier in Hinterpommern, über dies Bauernstädtchen am gewaltigen Strome Rega – wobei ihm seine Gattin ganz ernsthaft verweisend das Wort abnahm und zu hören gab, wie dies Treptow, heute so verschollen und armselig, einst als Handelsstadt geblüht habe, im Warenverkehr mit Dänemark, Schweden und Rußland, und wie damals große Seeschiffe die Rega heraufgefahren seien, um hier ihre Ladung zu löschen. Jetzt freilich sickere der Fluß traurig versandet einher, aber eine gesunkene Königin, die das Schicksal von Brügge und Ravenna teile, dürfe man darum nicht mit Spott beleidigen, Schicksal sei ein Ding, das Ehrfurcht und Neigung erwecken müsse, auch wenn es sich bloß um ein armes pommersches Landstädtchen handle.

Bei solchem Gespräch war man zum Nachtisch gelangt, und so leise, daß der Übergang nicht zu merken war, begann eine Musik zu spielen, nur Flöte und Geige und ein Clavicembalo, und alles lauschte, während man mit behutsamen Fingern, um nicht zu klirren, eine Birne oder einen Pfirsich schälte.

Trenck schlief dann in einem weichen, breiten Bett. Beim Einschlummern dachte er nur Gutes und Tröstliches, und er träumte auch so. Ihn mahnte kein Gesicht.

Als er am Morgen hinunterstieg, fand er sein Frühstück bereit, in einem Raum, der nach rückwärts auf einen Grasgarten hinausging. Es zeigte sich, außer einiger Dienerschaft, keine Seele. Die Herrschaften seien, hieß es, zu einer Jagd ausgeritten, alle Hofleute in ihrer Begleitung. Vor mehreren Stunden sei Rückkunft nicht zu erwarten.

Trenck setzte sich nieder zu speisen, alles war ganz still, die Fenster standen offen gegen die saftige Fläche, es war ein strahlender Tag, mäßig warm. Draußen ging ein Pferd hin und wider, ganz frei spazierte es vor Trencks Fenstern einher und blieb manchmal stehen, um sich ein wenig Gras auszuraufen. Trenck schaute hin, es war ein dunkelbraunes Tier von guter Rasse, fein und doch zur Ausdauer gebaut, es trug Sattel und Zügel, und die Satteltaschen waren gebläht, als seien sie voll Proviant.

Trenck aß und trank, und er verstand nicht. Wohl sah er, wie man ihn beinahe mit Nachdruck allein ließ – und seine Hoffnungen wurden Gewißheit. ›So behandelt man keinen Gefangenen‹, sagte er sich und war fröhlich, ›der Herzog muß seine Weisungen haben, er ist nicht umsonst ein Verwandter.‹ Um seine Augen lag eine Binde.

Nach beendetem Frühstück trat er hinaus auf die kleine Wiese, ging hin zu dem Pferd, gab ihm Zucker und klopfte ihm den Hals. Dem Pferd schien das zu gefallen, sanft stoßend legte es den Kopf an seine Schulter wie zur Aufmunterung. Aber er ließ seine Hand sinken und stand in Gedanken.

›Bald nun werde ich endlich den König sprechen‹, sagte er zu sich, ›und spreche ich ihn erst, so ist alles auch gut. Was im Grunde habe ich denn begangen? Er wird mich aufnehmen, er wird Soldaten brauchen können, bald, bald. Aber er wird mehr von mir wollen, ich kann es mir denken, er weiß ja, wo ich gewesen bin. Trotz russischem Staatsdienst, trotz österreichischem Rittmeisterpatent betrachtet er mich heute noch als seinen Offizier. Und bin ich's denn nicht? In Danzig hat er mich einfangen lassen, brutal und gegen das Völkerrecht – das hat er getan, damit jedermann sehe, ich handle unter Zwang. Für mich hat er gedacht, zu meinem Nutzen! Wer weiß, viel Zeit ist vergangen, er wird milder gesinnt sein in vielen Stücken. Amalie …‹

Er verlor sich weit. Er stand am höchsten, entscheidenden Punkt, er hielt, so mochte es scheinen, sein Schicksal frei in der Hand, alles sprach zu ihm, sprach auf ihn ein. Das Pferd stand immer dicht vor ihm, er streichelte die glänzende braune Mähne, er hätte nur müssen eine der Satteltaschen öffnen und hineinsehen, und er hätte alles gewußt. Aber schon war er so sicher, der Getriebene, der heimlich nach seinem Schicksal Verlangende, daß er mit Ungeduld auf die Heimkunft des Herzogs wartete, um nur ja ohne Verzug nach Potsdam weiterreisen zu können. Dort wartete der König auf ihn und die Freundin …

Die württembergischen Herrschaften kamen zurück vom Jagdritt, aber er sah sie nicht mehr. Sie verbargen sich vor dem verblendeten Mann. Soldaten holten ihn ein. Am vorderen Tor stand die Kutsche, schweigsam hielt ein starker Beritt um sie her, ihm ward nicht mehr geantwortet, eilig ging es davon. Als man die Rega passierte, den kleinen Fluß, von dem gestern bei Tafel so melancholisch-liebreich die Rede gewesen, fuhr wie ein Blitzstrahl die Wahrheit in Trencks Gehirn.

Noch nicht die ganze. Man führte ihn weit durch Preußen, aber Potsdam blieb liegen. Und als er, das Feld von Fehrbellin überquerend, zum zwanzigstenmal fragte, was nun sein Ziel sei, wurde ihm der rauhe Bescheid: Magdeburg!

In Magdeburg stand sein Kerker bereit. In der Sternschanze zwischen den Wällen war er eigens aufgemauert, ein Käfig, ein Steinwürfel, nur von der Kasematte her betretbar. Kaum war Trenck zur Stelle, so traten Handwerker herein, mit Ketten, einer Glutpfanne und Hämmern und schmiedeten ihn fest. Dann blieb er allein.

Es war zu drei Vierteln dunkel im naßkühlen Raum. Aber genau zu seinen Füßen sah Trenck eine viereckige Platte. Er bückte sich nieder. Sein Name war eingemeißelt, mit Totenkopf und Totengebein. Aus den Ketten, der Wille des Königs war deutlich, sollte Trenck, ohne je mehr zu leben, hier in sein Grab fallen.

Drittes Buch

1.

Die Schlacht stand. In Ermattung, wie auf ein gemeinsames Kommandowort, ließen beide Heere die Waffen sinken. Ein Schweigen trat ein, ungeheuer und schrecklich nach vielstundenlangem Getöse. Plötzlich keine Feldmusik mehr, kein Rattern der Trommeln, kein Rufen der Kommandeurs, kein Brüllen der Korporale. Ein letzter Donnerkrach aus russischem Geschütz durchschlug noch die Luft, dann begann der dicke, stinkende Kartätschenrauch über Flächen und Höhen sich langsam zu heben und zu zerteilen, und im Fieberlicht des glühenden Augustnachmittags wurde dem Auge des Königs das Gelände sichtbar.

Er hielt zu Pferd auf dem Rande des Mühlbergs. Er brauchte kein Glas. Ganz nahe und deutlich lag alles beisammen. Die Schlacht stand, sie stand genau da, wo sie vor zwei Stunden gestanden hatte. Als er bei Roßbach siegte und bei Leuthen war in zwei Stunden alles entschieden gewesen. Dies heute war anders.

Er drehte langsam spähend den Kopf hin und her. Zur Linken, ein paar hundert Schritt weit entfernt, rauchten noch immer die Trümmer von Kunersdorf, das die Russen in der Vornacht verbrannt hatten. Die Kirche allein stand noch aufrecht, geschwärzt, mit leeren Fenstern. Mitten durchs Dorf hin zog sich ein breites und langes Wasser, ein riesiger Tümpel, darin Tierleichen herumtrieben, Monturstücke und verkohlte Balken. Jenseits des Dorfes stand spärlich preußische Infanterie.

Nach rechts hin, im Westen, war Sumpf und Moor, eine wässerige Ebene, mit Busch und Gehölz nur mager bestanden. Die Oder schimmerte bleiern am Rande, langhingewischt, farbenlos erschienen jenseits des Stromes die Mauern und Häuser von Frankfurt.

Geradeaus jedoch, dem Mühlberg genau gegenüber, in starker Stellung, vorzüglich verschanzt, standen die Russen. Der Judenberg hieß dieser Höhenzug. Nur eine kleine Schlucht trennte die Heere: der Kuhgrund.

Er war vielleicht fünfzig Schritt breit, ein Nichts von einem Einschnitt, kaum mehr als ein Hohlweg. Um diesen Erdriß, eine Furche wie zehn tausend gleiche landauf, landab, ging seit Stunden die Schlacht. Diese Rinne konnte die gewaltige, die gefürchtete preußische Armee unter dem Kommando ihres schon legendären Führers nicht nehmen. Aber diese fünfzig Schritt mußten genommen werden. War dieser Kuhgrund und der jenseitige Hügelhang sein, dann führte er endlich den großen, vernichtenden Schlag. Dann rang er Soltikow und Laudon auf einmal zu Boden, dann zerschlug und zersprengte er dies aus zwei Nationen vereinigte Heer, dann hielt er Daun an der Kehle, der südlich bei Guben stand, dann befreite er den Kern seiner Staaten von Invasion, dann beschützte er das bedrohte Berlin, dann jagte er solchen Schrecken nach Moskau und Wien, daß endlich, endlich, im vierten Jahr dieser höllischen Qual, ein leidlicher Friede in Sehweite kam. Nur diese fünfzig Schritt mußte er nehmen.

Aber sie waren nicht zu nehmen. Nächstens, dachte er, außer sich, werden wir ja so hinüberkönnen auf diesen Judenberg, nächstens muß ja die ganze Schlucht aufgefüllt sein mit Toten. Tote lagen auch um ihn und vor ihm. Von seinen Stabsoffizieren und Adjutanten waren viele gefallen, denn der Ort war dem feindlichen Feuer höchst exponiert. Man hatte ihn fortgebeten von hier, vielmals und flehend, und er hätte folgen dürfen, denn natürlich war es vollkommen gleichgültig, ob er hier stand oder um ein weniges weiter rückwärts; aber ein primitives, ziemlich verkehrtes Anstandsgefühl ließ ihn ausharren.

Die Schlacht stand und schwieg. Er blickte geradeaus. Von den Österreichern sah er nichts. Die Russen aber waren so nahe, daß er mit bloßem Auge ihre Regimenter an der Uniform unterscheiden konnte; er hatte ja in diesen Jahren Gelegenheit gehabt, die Kleiderordnungen verschiedener Armeen gründlich kennenzulernen. Musketiere von Uglitsch, Narwa, Pskow und Wologda standen da drüben. Ein Schwindel faßte ihn. Uglitsch, Narwa, Wologda ... Er wußte nicht genau, wo diese Garnisonen eigentlich lagen, am Weißen Meer vielleicht, an der Wolga, im Uralgebirge, in Asien: fünftausend Meilen weit war dieses Heer durch Wüsten zusammengekommen, Asien hatte man zusammengerufen gegen ihn, Menschen, die gar nicht wußten, wer König Friedrich war und wo sein Land lag. Und nun sollten sie fünfzig Schritt weit zurück, und alles wäre gut!

Nichts war geschehen. Und doch konnte er siegreich heißen bis jetzt, und er hatte Taten von den Seinen verlangt und erlangt, vor deren gräßlicher Größe es ihn schauderte.

Er war krank. In seiner linken Hand meldete sich reißend und zwackend die Gicht. Aber auch sein Magen, seine Eingeweide waren in Unordnung, seit Wochen auf diesen eiligen Märschen hatte er unregelmäßig und kaum gegessen. Fieber mußte er auch haben, sein Mund und sein Schlund waren ganz ausgedörrt. Freilich wütete ja die Sonne wie nie, es war der heißeste Augusttag seines Gedenkens, brütend windstill, die Luft kam ihm vor wie kochendes Blei. Meilenweit Sümpfe und Lachen, aber kein Tropfen trinkbares Wasser. Ja, kein Soldat dieser beiden Armeen hatte seit dem frühesten Morgen einen Tropfen Wasser gekostet.

Dreizehn Stunden nun währte das Elend. Sein Heer hatte kaum recht geschlafen. Um zwei Uhr war man aufgebrochen und war im Dunkel lautlos vorgerückt. Er hatte gleich bemerkt, daß seine Erkundung nicht zureiche, seine Gewährsleute hatten ihn schlecht unterrichtet, das Gelände war viel schwieriger, als er wußte, es war heillos kompliziert. Die Wege im Wald vielfach verschlungen, schmal und verwahrlost, das ganze Gebiet durchzogen von Bächen und Gräben, voller sumpfiger Flächen und Lachen. Die »faule Laacke«, der »faule See«, die »Schweinebucht« sagten die führenden Bauern, es waren Namen, die trostlos schon aufs Gemüt fielen wie Vorahnung kommenden Unheils. Von dem Hauptübel aber hatte er gar nichts gewußt: ein breiter, flacher, schmutziger Strom nämlich sickerte mitten durch die bewachsene Gegend daher, das »Hühnerfließ«, ein brackiges Wasser, das beinahe ohne Gefälle in faulen Windungen der Oder zurann. Auf dieses Hühnerfließ stieß er im ersten Dämmer mit seinen schweren Kanonen. Es ging nicht weiter. Das dichte Unterholz trat bis an den Fluß heran, die schwerfälligen Geschütze, mit zwölf Gäulen jedes bespannt, konnten nicht wenden, im unsicheren Licht gab es Gedränge, Verwirrung und Streit. Als der König die Lage erkannte und sah, daß man ausschirren, jede Kanone auf dem wurzeldurchwachsenen Boden mit Händen umdrehen und einen weiten Umweg einschlagen müsse, entsank ihm beinahe der Mut. Er war im Begriff, auf die Schlacht zu verzichten. Er zögerte. Dann gab er doch den Befehl.

So war es später Morgen geworden, ehe der Kampf begann. Acht Bataillone hatten den Mühlberg erstürmt, eben jene Erhöhung, auf deren Rand Friedrich jetzt stand. Mit einer Präzision und einem Zusammenhalten wie auf dem Exerzierfeld waren diese Grenadiere die Hänge hinaufgeeilt, mit einem mechanisch klappenden Heldenmut, der Grauen und Übelkeit erregen konnte. Ströme von Kartätschen- und Flintenkugeln empfingen die Stürmer, nahezu sicherer Tod. Aber sie kamen ans Ziel. Mehr als hundert Geschütze und eine wichtige Stellung waren genommen. Eine ungeheure Tat. Sie blieb ohne Folgen.

Denn noch immer war die Artillerie erst teilweise zur Stelle, die eroberten Kanonen aber, von fremder Konstruktion, dienten den Preußen zu nichts. Auch das Fußvolk ihres linken Flügels hatte sich in dem höllischen Gelände verirrt und traf langsam erst ein; so mußten wieder und wieder die Truppen des Zentrums und des rechten Flügels eingesetzt werden, immer die gleichen, schwächer an Kopfzahl bei jedem Ansturm und im glühenden Tage matter und matter.

Es geht um den Kuhgrund, es geht um den Abhang. Mit Klingenhieben und Stockschlägen werden die Erlahmenden von den eigenen Führern vorwärts und dann in die Höhe getrieben, immer vergeblich, der Totenwirbel von hundert Trommeln rollt und rumpelt zwischen den Hängen, die gellende Feldmusik zerreißt das Herz und berauscht es dabei, Fluchen, Wutgeschrei und Jammergeheul der Zerstoßenen, Zerschossenen, Zerstampften rast und klagt ohne Ende.

Friedrich wartet. Die drüben sind an Zahl doppelt so stark, und noch hat er sein Heer nicht beisammen. Offizier auf Offizier schickt er aus. Ihm scheint, daß die kostbarste Zeit seines Lebens ungenützt verrinnt.

Die Luft stinkt vom Pulver, es lärmt und tobt in den Lüften. Denn ziemlich dicht hinter ihm, etwas erhöht, stehen preußische Geschütze, Vierundzwanzigpfünder, die unablässig feuern, und mit dem Donnergekrach einer fliegenden Schmiede sausen die schweren Geschosse über ihn weg.

Und plötzlich, ohne rechte Ursache, mit einemmal, trat jene Stille ein. Die Schlacht stand.

In diesem Augenblick ritt ohne Eile auf einem Grauschimmel ein noch jüngerer Herr auf den König zu, parierte, nahm seinen Hut ab und wartete.

Der König sagte mit dumpfer, verquollener Stimme:

»Was wollen Sie hier, Seydlitz? Ich denke doch, Sie stehen drüben am Stadtforst.«

»Euer Majestät – jawohl.«

Er sagte nicht mehr, und Friedrich verstand. Er lenkte sein Pferd nach einer Stelle, wo niemand war. Seydlitz folgte.

Er war in untadeligem Anzug, die Seitenlocken schneeig gepudert, mit Kunst rasiert, elegant wie nur je ein Kürassier auf dem Paradeplatz. Quer über seinen dunkel blinkenden Brustpanzer lief das Orangeband des Ordens vom Schwarzen Adler.

»Nun, was?« fragte Friedrich.

»Majestät, wir müssen aufhören.«

Eine Pause. Dann sagte der König: »Das wundert mich aus Ihrem Munde.«

»Eben darum, Majestät, haben mich die anderen vorgeschickt.«

Das sollte heißen: ich, Seydlitz, habe bekanntlich die Attacken von Roßbach und von Zorndorf geritten, ich bin, nicht wahr, ein wüster, verrückter Draufgänger, zu meinem bloßen Vergnügen reite ich zwischen sausenden Windmühlenflügeln durch – wenn einer wie ich gegen deinen Befehl hier herüberkommt und sagt: ›Es geht nicht weiter‹, dann wirst du dir's gefälligst überlegen.

»Aufhören?« wiederholte Friedrich. »Unser linker Flügel ist noch gar nicht im Feuer gewesen.«

»Aber er ist viele Stunden umhermarschiert. Es ist zu heiß.«

»Bei den Russen ist es nicht kühler.«

»Drei Viertel von denen haben den ganzen Tag auf der Erde gelegen. Jetzt stehen sie auf, rufen guten Morgen und fangen erst an. Und kein Österreicher war noch im Gefecht!«

»Wo stehen die überhaupt?«

»Man sieht sie nicht.«

»Und Sie glauben, Seydlitz, die drüben werden uns ruhig abziehen lassen, wenn noch solche Reserven da sind?«

»Wir denken es alle, Euer Majestät.« Und leiser setzte er hinzu: »Die haben's ja nicht so nötig, zu kämpfen, wie wir.«

»Das ist wahr«, sagte Friedrich und sank ein wenig zusammen. Stille. Schweres Besinnen. Die Waage schwankte.

Aber er konnte nicht abbrechen. Die Generale hatten gut reden. Nicht auf ihnen lag die Verantwortung, lag diese gräßliche Last. Er hatte es heute hier gewagt, er konnte nicht aufhören und es morgen oder in zwei Wochen noch einmal wagen. Sein Hirn schwelte, ihm war ganz schwindlig. Dies war ja nicht eine Schlacht unter Schlachten, ihr Generale, dies war die Entscheidung, dies mußte sie sein. Endete hier nun der Kampf, so stand er da mit dezimiertem Heer, und nichts, gar nichts war erreicht. Ihn trennte eine Straßenbreite vom Sieg und vom Frieden. Ganz sicher – war die erst erobert, die und der Abhang, dann machten sie Frieden. Ihr Heer lief davon, und aus Wien und aus Moskau kamen Kuriere und baten um Frieden. Und wurde es anders, und zwang er es nicht, so gab es doch wohl eine Kugel für ihn. Eine gute russische Kugel, die riß ihn um, und er lag da und wußte in Ewigkeit nichts. Ein Ende, ein Ende!

Wie ein Schlafender hockte er auf seinem Pferd, die Augen geschlossen. Nun schlug er sie auf, blickte groß in die dunstige Helle, die plötzlich weh tat und fremd war, und sagte mit leidender, sanfter Stimme:

»Nein, nein, Seydlitz, was Sie da sagen, das geht nicht. Reiten Sie nur wieder zu den Schwadronen, vielleicht brauch' ich Sie bald.«

Und von da an ging alles schlecht.

In der Kampfpause hatten die Russen ihre Batterien auf dem Großen Spitzberg verstärkt. Das war ein Ausläufer des Judenbergs, eine mäßige Kuppe, doch beherrschend, gefährlich. Der linke Flügel, vollzählig nun, wurde vom König zum Angriff auf diese Stelle angesetzt. Zu gleicher Zeit wollte er selbst, während die russische Artillerie so beschäftigt war, mit den Seinen nochmals den Sturm versuchen.

Alles geht schlecht. Die vom ewigen Marsch erschöpften Truppen sind gezwungen, sich in Kunersdorf zwischen Trümmern und Wasser zu formieren, in Unordnung brechen sie hervor, in Unordnung, matt schon von Anbeginn, stürmen sie; sie werden niederkartätscht, und das Geschützfeuer wütet von neuem nach der Seite des Königs.

Schon bleibt ihm an unvernutzten Kräften nur noch die Reiterei. Mit sechzehn Schwadronen wird Seydlitz herbeigerufen. Am nordwestlichen Hang des Mühlbergs eilen sie vor, am Kuhgrund schwenken sie ein und stürzen sich auf den Feind. In Auflösung weicht der.

Da bricht in den Rücken der Seydlitzschen Reiter österreichische Kavallerie. Es ist Laudon, der bisher ganz still und verdeckt in einem Einschnitt des Judenbergs gehalten hat, Laudon mit riesigen frischen Massen von Dragonern, Husaren und Chevaulegers. Sie reiten und feuern und hauen ein wie die Teufel, auf engem Grund können die Preußen nicht wenden, Seydlitz selbst wird verwundet. Aus nächster Nähe fährt ihm ein Pistolenschuß schief durch die linke Hand, die Knochen sind zermalmt, die Hand hängt herunter als ein blutender Fetzen, vom tobenden Schmerz und vom Blutverlust wird er ohnmächtig. Man bringt ihn fort. Die Preußen, des Führers beraubt, fluten zurück.

Schreck und Verzweiflung. Der junge Friedrich Eugen von Württemberg umreitet mit seinen Dragonern aus Treptow auf schwierigem Waldgelände die Flanke der Russen. Sein Wagnis gelingt, schon hält er an günstigem Ort, erhöht hinter dem feindlichen Fußvolk. Gewaltige Minute, Moment zu entscheidender Tat: er mit seinen paar hundert Reitern kann vielleicht den Tag noch retten. Er hebt seinen Degen, er blickt sich um, da sieht er, daß er völlig allein ist. Sein Regiment ist ihm nicht gefolgt. Er empfängt eine Wunde am Fuß, blutend, ein Gehetzter, entkommt er.

Inzwischen hat sich die Lage um den König vollends zum Bösen gewendet. Der Kuhgrund ist voll von Russen, schon dringen sie zu ihm empor. Vom Spitzberg Kartätschen, von jenseits vernichtende Salven. Ihm sind zwei Pferde erschossen, eben will er das dritte besteigen, einen Schimmel, da trifft ihm mit ganzer Gewalt eine Flintenkugel die Hüfte. Die Hüfte muß zerschmettert sein, aber er fühlt keinen Schmerz. Er greift hin mit seiner gesunden Hand, ein goldenes Etui in der Westentasche hat ihn bewahrt.

Ihm ist mit einemmal fast heiter zumute. So kommen sie doch endlich zu ihm, die runden Freunde! Mitten im Donnerlärm hört er, was Duhan ihm einst in der Knabenzeit beigebracht hat, ganz deutlich sieht er den Guten im Potsdamer Lehrzimmer, sieht seinen erhobenen Finger, sein mildes Gesicht: Exitus patet – Cato hat das gesagt, tröstlich und schön. Versagen die Flinten, so hat er ja noch seinen Tubus mit Gift. Er tastet danach. Aber das gläserne Röhrchen ist vom Anprall zerrieben, die Westentasche ist naß. Auch die Kugel ist naß, er zieht sie hervor, er wirft sie weg.

Die Russen erscheinen über dem Rand. Es sind Leute aus Kasan und aus Kiew. Willkommen, ihr Herren!

»Nein, ich brauche kein Pferd mehr«, sagt er zu seinem Adjutanten von Wendesen, da sieht er erst, daß Wendesen tot ist. Und stapfend, den rechten Arm erhoben, ohne Degen, denn das erschiene ihm lächerlich, geht er inmitten der Seinen vor gegen den Grund, anfeuernd, rufend. Aber da merkt er, daß er statt vorwärts nach rückwärts kommt, er wird gedrängt, geschoben, über die Hügelhöhe geht es zurück, den Abhang hinunter gegen Kunersdorf.

Es ist das Ende. Es soll nicht das Ende sein! Neben ihm ringt ein Fahnenträger gegen die rückflutende Bewegung. Er erkennt das Tuch, es ist die Fahne vom Regiment Prinz Heinrich. Er faßt den Schaft, er macht sich Raum, er dringt wieder vor, er ruft:

»Kinder, Kinder, kommt! Verlaßt euren König nicht, euren Vater nicht! Seid brave Soldaten!«

Aber was er ruft, hat keinen rechten Klang. Brave Soldaten, denkt er mitten im Chaos, was sind's für Soldaten! Das ist ja kein preußisches Heer mehr. Brave Soldaten – ich habe ja nicht mehr gewußt, woher sie noch nehmen! Brave Soldaten – zum Dienst gepreßt, brave Soldaten – Überläufer von drüben, brave Soldaten – Sträflinge aus meinen Zuchthäusern, brave Soldaten – arme, elende Opfer! Oh, daß ich hier laufen und lügen muß! Ein inbrünstiges, zehrendes Verlangen nach dem Tode füllt ihm die Brust. Ringsum sinken aufbrüllend die Seinen. »Gibt's denn keine Hundskugel für mich!« sagt er starren Gesichts zum Oberst von Steinwehr, der dicht neben ihm läuft, da fällt Steinwehr durchschossen aufs Antlitz. Geschlagene preußische Kavallerie, die sich um Kunersdorf herum in Sicherheit bringt, kommt aus dem Staub und Pulverdampf der Ebene heraus, im Nu ist die eigene Infanterie überritten. Alles ist aus.

Da sieht der König ganz nahe beim Dorf fünf leichte Geschütze. Verlassen stehen sie da zwischen ihren Schanzkörben, schußbereit, mit voller Munition. Und mit Winken und Rufen und Bitten und Drohen bringt er es fertig, ein paar hundert Leute noch um sich zu sammeln, Artilleristen sind auch darunter, ihm selber ist jeder Handgriff bekannt, und so deckt er den Rückzug der Seinen, läßt vorgehen, läßt feuern, läßt die Rohre hierhin und dorthin richten. Die Verfolgenden stutzen, sie halten. Die flüchtigen Preußen erreichen das Hühnerfließ. Wer dort erst hinüber ist, ist auch gerettet.

Dann schickt er langsam, in kleinen Trupps, seine Leute fort. Nun hat er noch hundert, noch fünfzig, bald wird er allein sein. Aber wie unversehens seitlich ein Kosakentrupp auf ihn losbricht, helfen ihm zwei seiner Offiziere fast gewaltsam aufs Pferd und greifen in seine Zügel.

Es geht nach Norden durch die flüchtenden Trümmer seiner Armee. Dumpf und stickig der Abend. Leiterwagen mit Wunden und Sterbenden werden passiert, die umgeworfen haben im Wald.

Beim Dorfe Ötscher liegt hart am Strom eine Hütte. Man hat sie geplündert, sie ist ganz leer, nur ein wenig Stroh ist noch da. Er geht hinein. Er legt sich hin auf das Stroh.

2.

Die beiden Fenster sahen auf die Schiffsbrücke hinaus. Eines davon war zerbrochen. Noch immer war es schwül, aber Windstöße kündigten ein nächtliches Gewitter an. Über den vollen Mond trieben Wolkenfetzen, es wurde abwechselnd hell und ganz dunkel. In diesem zuckenden Licht sah Friedrich den Zug der Verwundeten sich über die Brücke nach Reitwein schleppen, wo die Lazarette waren. Über das breite Wasser trug ihm der Wind das Jammergeschrei der Opfer zu, die dort vom Eisen der Feldschere zersägt und zerschnitten wurden.

Meldungen kamen. Hier im Winkel zwischen dem Warthebruch und der Oder stauten sich die Reste der geschlagenen Armee. Nur wer verwundet war, durfte über den Fluß. Alle die anderen todmüden Menschen wurden von den todmüden Adjutanten in Klumpen gesammelt und auf die kleinen Anhöhen bei Ötscher geführt. So formte man in der Nacht noch neue Bataillone, ein Viertel so stark – ein Zehntel so stark wie die alten.

Friedrich hörte die Meldenden an und entließ sie; es war nicht einmal sicher, ob er sie anhörte. Beim Schein einer Stallaterne schrieb er:

»Mein lieber Minister von Finckenstein, ich bin gezwungen worden, das Schlachtfeld zu räumen. Von einem Heere von 48 000 Mann habe ich noch dreitausend. Ich glaube, daß alles verloren ist. Retten Sie die königliche Familie nach Magdeburg!«

Dies wurde expediert. Ein Musketier kam als Wache vor die Tür. Nun blieb er allein.

Entsetzliche Wahrheit: die Armee war vernichtet, von Sachsen und Schlesien war er abgeschnitten, der Kern seiner Staaten lag dem Feinde offen, der Weg nach Berlin war frei. Und er selber war krank.

Die Gicht hatte nun alle seine Glieder ergriffen. Es waren Schmerzen, wie er sie niemals gekannt hatte, reißend und zuhackend mit satanischer Kraft, unüberbietbar. Diese Schmerzen waren eine Wohltat für ihn. Solange sie wüteten, verschlangen sie jeden Gedanken, machten sie taub, rissen sie die Wirklichkeit in ihren höllischen Strudel, und alles, die Hölle selbst, war besser als diese Wirklichkeit. Aber setzten sie aus und gaben ihn frei, dann trug ihm der Sturm von jenseits die Rufe der Gemarterten ins Ohr.

Und dies war nicht zu ertragen. Auch nach seinen Siegen hatte er sie ja schreien und stöhnen hören. Aber da war wenigstens etwas erkauft mit so viel Leiden. Da konnte er sich sagen: zu ändern ist es nicht, sie bluten und klagen, doch ich habe zum Frieden einen Schritt vorwärts getan, ihre Kinder werden dafür in ruhigem Wohlstand ihren Acker bauen. Aber jetzt, aber heute!

Ja, nun war es soweit. Ein Staat von drei Millionen widerstand nicht den hundert Millionen Europas. Es war aus.

Er fieberte schon wieder hoch. Mit der Gicht hatte das nichts zu schaffen. Es mußten in seinem Leibe geheime Entzündungen sein, umsonst schlug nicht immer wieder die Flamme in seinem Blute auf und verzehrte ihn fast, um dann rasch niederzubrennen und ihn fröstelnd, kraftlos zurückzulassen. Sein Kopf glühte. Wie noch Widerstand leisten gegen zerstörende Gedanken! Qual über Menschenmaß: er sah sich in dieser Nachtstunde selber so, wie der Haß seiner erbittertsten Feinde ihn malte.

War er selbst es denn noch? Wo war der Mensch seiner Jugendjahre hingeraten? Wo waren die einst geliebten Begriffe: Gerechtigkeit, Milde, Gesittung? War er es nicht, der seine Laufbahn mit dem ›Antimacchiavell‹ begonnen hatte, der geharnischten Streitschrift gegen alles, was Treubruch hieß, Willkür, ungerechter Krieg? Welche Gewalt denn hatte ihn getrieben, so gegen das eigene Bekenntnis die Habsburgerin anzugreifen und einen Krieg zu beginnen, der alles war, was er selber verwarf: ungerecht, willkürlich, treulos? Er war Garant ihres Reiches gewesen wie alle Fürsten. Und alle blieben ruhig, als der römische Kaiser starb, alle hielten seiner Tochter den Vertrag – er, er ganz allein hatte am Janustempel das Tor aufgestoßen, das sich nun nicht wieder schloß.

Er vergaß im Fieber, was er doch wußte. Er vergaß, daß Ansprüche auf Schlesien da waren, halb vergessen zwar, doch gültig verbrieft. Er vergaß die schlechtgezügelten Begierden der anderen, uralte Rivalitäten, stets sprungbereiten Neid. Nein, sein Beispiel allein, das eines ruhmbegierigen, für sein Land gewalttätigen jungen Fürsten hatte die Gewissen beschwichtigt! Und nun standen alle auf gegen alle, Frankreich, Spanien, Neapel gegen England, Rußland und Holland. Nicht in Deutschland und Böhmen allein strömte Blut, auch in Italien, den Niederlanden, in Finnland – durch seine Schuld. Auf sein Haupt das Blut von Dettingen, Fontenoy und Roucoux, auf sein Haupt das Blut der Bergschotten, die bei Culloden hingeschlachtet wurden, auf sein Haupt, auf sein Haupt! Er delirierte in seiner Qual, er verlor sich … Ja, damit Preußen groß werden könne, darum verspürten Länder das blutige Elend, die den Namen Preußen nicht kannten. Über die Meere hinüber leckte der Brand. Damit Preußen groß werden könne, darum kämpften braune Männer an der Küste Bengalens, darum skalpierten einander rote Männer an den großen Seen in Nordamerika.

Aber Preußen konnte nicht groß werden. Er wußte es jetzt. Preußen, dies Land mit der spröden Erde, in der nichts wuchs, mit seinen wenigen Menschen, ohne Hilfsmittel, fast ohne Küste. Preußen neben Frankreich, neben Österreich? Er hatte das arme Sandland vergewaltigt, ein Siebentel der Bevölkerung hatte er ständig beim Heere gehalten mit unerbittlicher Disziplin. Preußen war nur der Schaft gewesen für seine Waffe. Diese Waffe war heute zerbrochen.

Ja, im vierten Jahre war er nun völlig umstellt, all die zerreibende Mühsal, die unendliche Kunst, sie waren vergebens gewesen. Und sein Hirn rollte die furchtbar vertraute Bilderreihe dieses Krieges ab, die Tatenliste, das blutige Auf und Nieder, zu jäh, zu unerträglich für irgendein menschliches Herz. Den schweren, unerwartet zähen Beginn in Sachsen, den zu teuer erkauften Sieg vor Prag, den zerschmetternden Strahl von Kolin. Dann trug ihn die Welle hinauf, hoch bei Roßbach, höher bei Leuthen und Zorndorf. Finsternis wieder und Unheil: der dumpfe Nachtschlag von Hochkirch, die Wunde von Kay, der Stich von Bergen, und nun hier, ganz nahe der Hauptstadt, in Sumpf und Dreck das Ende, das Ende.

Ein wütender Schmerz zerriß ihm die Hand. Seydlitz fiel ihm ein, dem die seine als ein triefender Lappen heruntergegangen war, durch seine Schuld, Friedrichs. Hätte er doch gehört auf den Tollkühnen, der zum Abbrechen riet! Aber nein, nein, die Fahne genommen und gerufen: »Kinder, verlaßt euern Vater nicht!« Er krümmte sich bei der Erinnerung. Ja, da jammerten sie über den Strom, die Kinder, die zerfetzten Kinder, die verstümmelten Kinder, unter den Messern der Pfuscher. Und Seydlitz selber hatte er vielleicht umgebracht.

Alle hatte er ja umgebracht, die mit ihm ausgezogen waren, die Besten sah man nicht mehr. Was war Schwerin für ein Mann gewesen – er lag bei Prag, Sterbohol hieß der Ort. Und Winterfeldt hingesunken bei Moys, und Keith durch den Mund geschossen bei Hochkirch, und bei Kay Wobersnow, und Puttkamer heut und Itzenplitz heut. Er sah sich als Sämann allen Unheils, fiebernd wütete er gegen die eigene Brust. Schläge, die ihn selbst am grausamsten getroffen hatten – sich gab er an ihnen die Schuld. Bis in die eigene Familie hinein hatte er getötet. Seinen Bruder, den Thronfolger, hatte er heimschicken müssen vom Kriegsfeld, und nach einem Jahr war er gestorben vor Kummer. Heinrich, der nächste Bruder, haßte ihn. Amaliens Leben war vernichtet. Wen hatte er noch? Die Mutter tot – gestorben sogleich nach Kolin, die Schwester in Bayreuth tot – qualvoll geschieden genau in der Schreckensstunde von Hochkirch. Allein, allein, er war allein, und oh, welche Erlösung, welch unausdenkliche Seligkeit, nun auch zu sterben, keinen Morgen mehr zu erleben nach dieser Nacht!

Er stand auf, rasch, die Gichtschmerzen hinderten nicht. Schmutzig, mit Stroh an der Kleidung, ganz klein und zusammengefallen stand er da in der Hütte, in der nichts war als ein paar Glasscherben von dem zerschlagenen Fenster und an einem Nagel die Laterne. Ja, er ging! Die Welt kümmerte ihn nicht, sie würde seinem Lande bessere Bedingungen gewähren, wenn der Gehaßte nicht lebte. Jetzt ging er hinaus und ergriff das nächste Gewehr, das am Boden lag. Und lag keines da, so floß dort die Oder. Nur ein Ende, ein Ende!

Ein Offizier trat ein, von der Wache nicht aufgehalten. Es schlug ihm die Tür aus der Hand, denn draußen brach krachend das Unwetter los. Der Offizier war jung. Friedrich kannte ihn nicht.

»Majestät«, rief er freudig, »jetzt sind auch noch drei Kanonen gekommen!«

»So«, sagte Friedrich, »drei Kanonen sind gekommen.« Er hörte sich selber laut lachen, und dabei merkte er, daß ihm die Tränen stromweise aus den Augen liefen.

Ein Krampf war gelöst. Das Fieber war fort. Er konnte nicht fliehen.

Aus seinen Ketten, der Wille des Schicksals war deutlich, würde er einst, ohne je mehr zu leben, ausgedient in sein Grab fallen.

3.

An der Wand ist aus Ziegelsteinen eine Art Schemel in die Höhe gemauert, das ist der Sitz bei Tage und das Bett bei Nacht. Das Fenster ist ganz oben nahe der Decke angebracht, eigentlich ist es nur ein vergittertes Luftloch, und da der Kerker tief zwischen den Wällen steht, so hat er auch im Sommer nur ein bleiches Tageslicht. Winters aber scheint die Sonne gar nicht in diesen Graben, und es ist ewige Nacht.

Niemand kann glauben, daß der Gefangene hier lange leben wird, sein Käfig ist zu feucht. Ein kleiner Ofen zwar ist da, aber im ersten Jahr sitzt Trenck doch förmlich im Wasser, vom ungeheuer dicken neuen Gewölbe tropft es beständig auf ihn herab.

Sechzig Pfund schwere Fesseln lasten auf ihm. Er trägt Handschellen, zwischen denen eine lange, geschmiedete Stange läuft, nie kann eine Hand die andere berühren. Die Stange wieder ist mit dem eisernen Reif verbunden, der um seinen nackten Leib liegt. Den linken Fuß schließt eine massige Kette aus Holz an die Mauer, zwei Schritte läßt sie ihn tun nach jeder Seite.

Niemand spricht zu ihm. Niemand gibt ihm Antwort. Keine Regung, kein Vorgang, kein Laut. Ablösungsrufe ganz selten, kaum Schritte der Wachen draußen auf dem lehmigen Grund. Toteneinsamkeit. Ein Grab.

Was er zu tun hat, ist einfach. Immer vierundzwanzig Stunden hat er auf den Augenblick zu warten, da von der Zitadelle her der Mittagsschuß vernehmbar wird. In diesem Augenblick beginnt es an den Schlössern zu rasseln, erst schwach, dies ist die Tür vom Graben zur Kasematte, dann lauter und klirrend, dies sind die zwei inneren Türen. Sie bleiben offen, bis der erstickende Mauerdampf sich verzogen hat, der sonst die Laterne auslöscht. Dann sieht er erst einen Sträfling mit geschorenem Kopf hereinkommen, der nimmt das bedeckte Gefäß und trägt es davon. Dann sieht er den alten Korporal hereinkommen, der setzt ihm einen Krug mit Wasser hin und zerschneidet auf einem Holzteller das schwarze Kommißbrot. Endlich sieht er den Major hereinkommen, ernst, mit einem galligen Ledergesicht, stumm besieht er den Raum, in dem nichts zu sehen ist, hebt und befühlt die Ketten und geht. Mit ihm geht die Laterne. Verhallender Lärm. Ein neuer Kerkertag.

Bald zu Anfang hat man ihm seine Kleider vom Leibe geschnitten. Er trägt ein grobes Hemd mit offenen Nähten, das ihm alle vier Wochen unter den Ketten zusammengebunden wird, Kommißhosen, auf beiden Seiten zum Knöpfen eingerichtet, einen blauen Kittel, dicke Socken, Bastpantoffel.

Sein Bart wächst lang. Das ist ihm ein Greuel. Von allem abgetrennt, was atmet, in feuchter Nacht, hat er nichts Menschliches nahe als das eigene Gesicht, keine lebendige Form als die Einbettung seiner Augen, die Rundung seines Kinns, die Linie seines Mundes; ihnen tastet er nach. Und nun ekles Gestrüpp, hartes, stechendes. Es wird ihm zur Qual, es wird ihm zum Wahn. Und eines Abends geht er daran, sich den Bart auszureißen.

Es tut weh, um den Mund besonders, wo die Nerven so zahlreich enden. Aber kaum ist die Arbeit ein wenig vorgeschritten, so fängt er an, den Schmerz zu genießen. Es ist ja ein freiwilliger Schmerz – Grund genug, ihn gelinde und sogar unterhaltend zu finden. Die Nacht verfliegt. Am Morgen ist er glatt, er blutet aus tausend Poren.

Das Verfahren wird ihm zum Segen. Er mißt nach ihm seine Zeit. Denn ein Monat vergeht, ehe die ausgewurzelten Haare neu wieder hervorkeimen: in diesem Monat genießt er die Glätte seines Gesichts. Und ein zweiter Monat vergeht, ehe seine Finger wieder neu zufassen können: diesen zweiten Monat verwartet er. So teilt er die Ewigkeit ab.

Es plagt ihn, daß er nicht reinlich sein kann. Sich waschen in Ketten ist schwer. Auch erhält er nur dreimal im Monat Waschwasser und ein Tuch.

Er gewöhnt sich daran, lieber jeden fünften Tag seinen Trunk zu entbehren. Im Sommer ist das ein grausamer Verzicht, oft wird er schwach und trinkt, statt sich zu reinigen.

So führt er, mehr und mehr, ein Dasein nur im Leiblichen. Die geistigen Bremsen in seiner Natur werden locker und geben nach. Wenn zu Beginn die Augenblicke der Verzweiflung kamen, so überwand er sie durch angespannte Besonnenheit, er wollte nicht toben, er wußte: dies Gewölbe blieb stumm, und ein Ausbruch von Wut und Empörung ließ ihn für Tage zerbrochen zurück.

Jetzt gibt er sich hin. Er hat Stunden der Raserei, von ungeheurem tierischem Wüten, in denen er Füße, Hände und Leib sich wund reißt. Einmal, mitten in solch einem Anfall, spürt er, wie in seinem Kopf etwas springt, er will reden, will sich in menschenverlassener Angst noch selber vernehmen, aber er hört sich nur stammeln und murren wie einen Blöden, er spürt es: der Wahnsinn bedroht ihn, ihm wird ganz elend und schwach, er taumelt, er sinkt hin auf den Steinschemel, rasselnd.

Drei Sommermonate dauert die Krisis, drei Monate ist er ein kranker Gefangener in schweren Banden, ohne Bett, ohne Erquickung, ohne Menschenhilfe und Trost. Schwarzes Brot bleibt seine Nahrung, vergebens bittet er um einen Schluck Suppe. Kein Arzt, kein Freund, kein gütiges Wort, nur tobender Kopfschmerz, Übelkeit, Fieberglut. Er verliert fast die Hälfte seines Gewichts, Fesseln und Kleidung schlottern an seinem Gerippe. Er bleibt am Leben. So schwach ist er geworden, daß er sich eine Stunde lang besinnt, ehe er einmal von seinem Sitz sich aufhebt. Die Hauptqual aber ist ein zehrender, brennender Durst, kaum hat er getrunken, sind ihm Mund und Schlund schon wieder wie Leder. Sein erschöpftes Gehirn gerät auf die Vorstellung, daß er, Trenck, gewiß schlimmer Durst leide als andere Menschen, von der Tränke schreibe sich nicht umsonst schon sein Name.

Eines Tages ist die Visitation eben da gewesen. Er wartet mit siecher Ungeduld, bis die Schritte verhallt, die Türen abgeschlossen sind, denn mit einem Rest seiner Würde will er nicht sehen lassen, wie haltlos gierig er trinkt; auch ist es ja schön, nun die Erquickung zur Stelle ist, sie sich auf Minuten noch zu versagen. Jetzt ist er allein mit dem Labsal, jetzt umfaßt er den Henkel. Aber der geglättete Ton ist feucht, ihm zittert die Hand, sie gleitet ab, der Krug stürzt auf jene steinerne Platte und bricht.

Er wirft sich auf die Knie, das verströmende Naß aufzuhalten, aufzusaugen, die Ketten reißen ihn zurück, das Wasser ist verronnen.

Es ist ein glühend heißer Augusttag, ein Tag, an dem auch draußen in der Welt, auf Blachfeld und Hügel mancher verdurstet. Und er, gebunden, verlassen, kann niemand rufen und leidet die Wüstenqual, bis er endlich in Schlaf fällt. Da träumt er Entsetzliches. Er träumt, daß er einen Mann erschlägt und ihm die Adern aufreißt, um sein Blut zu lecken. Und er weiß auch, wer der Mann ist.

Er wird gesund. Er kommt zu Kräften. Er muß vom Geschlecht der Vorweltriesen sein. Aber ein tiefer Schauder ist ihm geblieben. Oh, leben, draußen, als ein Taglöhner, ein Kärrner, leben in Sumpf und Moor, in einem der Brüche, die der König urbar machen läßt! Nur atmen unterm Himmel, in freier Luft, nur sich ausstrecken können, wenn man müde ist, nur trinken können, wenn Durst kommt, nur nie wieder so einsam verschmachten müssen und Träume erleiden wie der Kannibale!

Da traten im unterirdischen Gleichmaß seines Daseins zwei Ereignisse ein.

Erst erfuhr er, daß Krieg sei. Er erfuhr es aus ein paar kurzen Worten, die der inspizierende Major dem Korporal hinwarf. Der Offizier verstummte sogleich, ärgerlich über sich selber warf er den Kopf zurück; aber Trenck hatte verstanden.

Krieg also doch. So war eingetroffen, was er in der Moskauer Kanzlei deutlich hatte heranrücken sehen. Aber Krieg gegen wen? Nur gegen die Kaiserin? Oder war Rußland dabei? Wie lange schon? Wie wehrte sich Friedrich? Wieder also war die Welt in unbändiger Bewegung, wieder war Raum für den Mann, sich zu wagen und Großes zu tun, und er, angeschmiedet, hockte im Geviert von acht Fuß auf seinem Ziegelschemel.

Aber wo war Amalie inmitten solcher Entscheidung? Geflüchtet an eine Grenze? Ruhig im Schloß zu Berlin? Als regierende Äbtissin auf ihrem Stift? Gewiß, sie plante für ihn, arbeitete für ihn. Im Chaos des Krieges war Hilfe, Befreiung weit eher möglich als in ruhiger Zeit. Abenteuerliche, in Halbgestalt wogende Gedanken füllten sein Hirn. Der abenteuerlichste aber war nicht darunter, er, der Wirklichkeit war: daß die Freundin zehn Minuten Weges von ihm entfernt lebte, drüben am Domplatz inmitten des geflüchteten preußischen Hofes, und dort nichts wußte von ihm.

Wenige Tage später trat das zweite Ereignis ein. Der Korporal ließ nach dem Brotschneiden sein Messer liegen.

Ein kurzes Messer, stark und scharf! Mit der Schnelle des Lichtstrahls ist in Trenck schon der Plan fertig. Die Türen des Kerkers bestehen aus Holz: er muß die Schlösser ausschneiden und so entkommen.

Aber er ist ja gefesselt. Er wird, er wird frei sein! Mit seiner rechten Hand umfaßt er die Stange und zieht und reißt aus der Schelle die linke heraus. Das Blut gerinnt ihm unter den Nägeln, das Gelenk ist zerschunden, er spürt keinen Schmerz. Die Rechte befreit, und nun die Fußkette fest um sich selber gewickelt und mit ganzer Gewalt weggesprengt von der Mauer. Die Kette hält. Beim viertenmal reißt sie. Vom Fußgelenk sickert es rot durch den Strumpf. Er spürt keinen Schmerz.

Die erste Tür ist aus weichem Holz. Nach ein paar Stunden Arbeit ist das Schloß herausgeschnitten. Er gelangt vor die zweite.

Die zweite Tür ist aus hartem Holz, es muß Eiche sein oder Esche. Er müht sich in völligem Dunkel hier, langsam, behutsam. Endlich steht er in der Kasematte.

Er tappt umher. Zu seiner Linken ist die Tür nach dem Graben, vor der die Wachen gehen. Aber rechts – o gütiges Schicksal! – rechts ist ein anderer Ausgang, und der muß hinaufführen zum Wall. Das ist die Freiheit.

Er kennt die Festung, er kennt ungefähr die Lage der Schanze, zweimal ist er mit dem König in Magdeburg gewesen. Dieses Tor geöffnet, zum Wall hinauf, die Elbe entlang, die Elbe überquert, und in einer Stunde ist er in Sachsen. Gummern heißt dort der erste Ort.

Aber leise nur jetzt! Und ausgesetzt, wenn die Schildwache näher kommt! Ihm werden die Hände unsicher vor Glück. Eben steckt wieder die Klinge im Spalt, sie sitzt fest, er zieht. Da zerbricht sie und fällt hinaus.

Er hält den Griff in der Hand. Ein wenig Eisen ist noch daran, ein scharfes, zackiges Stückchen, nicht mehr als ein Fingernagel breit ist.

Er geht zurück auf seinen Platz. Es ist Nacht geworden über der Arbeit, ein Mondstrahl fällt durch das Luftloch schräg herein und beleuchtet seine zerbrochenen Ketten.

Er sitzt ganz still. Er rast nicht. Aber was niemals geschehen ist in den fünf Jahren dieser furchtbaren Haft: er weint. Die Tränen tropfen auf seine zerschundenen Hände und brennen.

Da geschieht mit ihm das seltsamste Wunder. Es erbarmt sich seiner der Geist. Diese letzten Jahre hat er im Tierischen gelebt, ganz den Notwendigkeiten des ewigen Augenblicks hingegeben. Nun bricht mit einem Strahl jene andere Welt in ihn ein.

Er weint und klagt wie ein Kind und blickt auf die Kerkertür, die dort aufgebrochen, klaffend, ins Dunkle führt. Da hört er Worte in sich, eine Strophe:

> Lebe Dein Leben mit Todesmut,
> Tod ist die Kerkertür dieser Welt ...

Sein Weinen versiegt. Er steht auf. Nein, er ist nicht genötigt, das ganz Unerträgliche zu ertragen, der Rest Eisen an seinem Messergriff ist genug, ihm die Adern zu zerschneiden. Der Ausweg ist offen. Er ist frei.

Und mit seinen verwundeten Händen gräbt er die Kostbarkeit ein neben dem Stein, dort, wo er sie auch in Ketten wird erreichen können. Er gräbt sie tief ein, er verwischt mit Sorgfalt die Stelle, er setzt sich nieder und wartet gefaßt.

> Lebe Dein Leben mit Todesmut,
> Tod ist die Kerkertür dieser Welt,
> Und sie führt in ein Nachtgezelt,
> Drin es sich tief und herrlich ruht.

Es sind die Verse aus der Prüfungsnacht im Potsdamer Schloß, die Verse aus der Sekunde, die über sein Schicksal entschieden hat. Denn in jener Sekunde ging eine Tür auf, und er sah zum erstenmal die Prinzessin, erscheinend aus einem elysischen Abgrund von Silber und seligen Farben.

Und nun bricht es hervor, lang angestautes Erinnerungsgut, in ganzer Frische wie von einem Eisraum bewahrt. Wahllos, eilig, übereifrig bringt sein Zaubergedächtnis, von der langen Rast nur gestärkt, ihm alles herbei.

»Die römischen Kaiser!« kommandiert der König, und die Namen der Kaiser stürzen hervor, die Eumeniden, die Bilder des Sternkreises, die Planeten. Und weiter, o lächerliches Wunder, die Namen der 39 Rekruten vom Regiment Prinz Heinrich: Mühlehof, Renzel, Badenhaupt, Scholz – und wieder stutzt er bei jenem Zindler, dem auf dem Exerzierplatz ein Auge ausgeschlagen worden ist, und mit einem Erschauern fällt es ihm ein dabei, daß diese 39 Rekruten inzwischen gewiß alle miteinander tot oder zu Krüppeln geschossen sind, die ganze wilde und schreckliche Zeit kommt mit hervor, in die er hineingeboren ist, und der wilde und wechselnde Anteil, den sein eigenes Dasein an dieser Zeit genommen hat, die Taten- und Leidensliste seines Lebens, dies zuckende Auf und Ab, zu jäh, zu unerträglich beinahe für ein menschliches Herz ... Und es war Morgen, ohne daß er es merkte, und es war Mittag, ohne daß er es merkte, und die Visitation war da, ohne daß er es merkte, und die Entdeckung.

Aufruhr in der Schanze, Nachricht zum Kommandanten, Entrüstung, Beratung, strengere Maßnahmen.

Die Türen werden geflickt und ganz mit Eisen beschlagen. Drei Tage lang sitzt er bei offenem Kerker, von Musketieren mit schußbereiter Waffe bewacht. Seine Bande werden erneuert, und ein breites Halseisen kommt hinzu, das ihm entsetzlich den Nacken preßt, so daß er es noch im Schlaf mit der Hand stützen muß.

Aber es scheint, als wolle man ihn überhaupt nicht mehr schlafen lassen. Jede Viertelstunde ruft ihn jetzt die Schildwache an: Trenck! Trenck! und er hat zu antworten. Nach einigen Wochen hilft sich seine Natur, und er antwortet im Schlaf sein »Hier«.

Dennoch, allem zum Trotz, die Jahre lichtlosen Unglücks sind vorbei. Er leidet. Aber mit jenem einfältigen, mutigen Vers hat der Geist seine Lücke gerissen, und in strahlendem Zug rückt seine Fülle ein ins Bewußtsein. Fülle des Geistes, Fülle der Dichtung. Einmal, nach vielem anderen, spricht er den 130. Psalm, das ›De profundis‹. Nicht aus Frömmigkeit spricht er es, er ist nicht fromm, aber in diesem Ruf nach Erlösung ruft und erlöst sich auch sein gequältes Gemüt. Er gräbt mit Macht in den Tiefen seiner Erinnerung nach, er versenkt sich und findet. Er findet den Psalm so, wie ihn Corneille gedichtet hat: »Aus tiefer Schreckensnacht, in die mein Tun mich warf ...« Er erhorcht ihn so, wie ihn Piron gedichtet hat: »Es ruft mein armes Herz ...« Er zwingt ihn so herauf, wie ihn Racan gedichtet hat: »So hast du mich denn ganz verlassen ...« Er wühlt ihn aus untersten Schichten zum Licht, so wie ein alter Sänger ihn gedichtet hat, Marot, der schon zweihundert Jahre tot ist:

Aus Herzensgrund mein Schrei
Dringt auf zu Deinem Thron!

Lange hat er gebraucht, bis er das alles beisammen hatte, die Visitation war mehr als einmal da in der Zeit. Gestaltetes Elend tröstet ihn über das wirkliche fort, bitter und schön. Nun schläft er ein, mitten am Tage, glücklich erschöpft.

Eine Welt hat sich aufgetan. Gesänge aus der Henriade spricht er vor sich hin, ohne zu stocken; er hat dies Gedicht immer geliebt, weil es den Aberwitz religiöser Verfolgung verfolgt, weil er Voltaires lebendige Entrüstung mitspürte über Blutdurst und Grausamkeit. Er gelangt zu den Alten. Er hört die ›Tristien‹ Ovids, die Lieder aus der Verbannung, vom öden, barbarischen Gestade. Er vernimmt, Vers auf Vers, das dritte Buch des Lukrez, das Lob der Todesruhe nach aller Mühe und Qual, das Hohe Lied von der Seligkeit des Nichts. Er ruht nicht, es ruht nicht in ihm, bis Satz um Satz auch Plutarch ersteht, das Leben Alexanders, und wieder verweilt er an der Stelle, die vom geneigten Haupt des Mazedonen spricht, und wieder erblickt er ein anderes vor sich in gleicher Haltung, eines, das ihm bitter vertraut ist. Vers auf Vers, Satz nach Satz, Autor um Autor. Er ist wahrhaft betäubend unterhalten.

Aber alles bleibt Wort und Klang und sättigt nicht ganz. Es treibt ihn sinnlich zum Gegenstand. Eines Tages liegt auf dem Stein vor ihm ein Brettnagel, vielleicht hat ihn der bedienende Sträfling verloren. Trenck nimmt ihn auf, er schärft ihn und beginnt, ins weiche Zinn seines Trinkbechers eine Zeichnung zu ritzen.

Er illustriert einen Vers, jenen ersten, vertrautesten. Die Todespforte zeichnet er ein, Flammen und Schwerter vor ihr, hinter ihr ein breites Ruhelager, mit Bäumen darüber, die Schatten spenden.

Leicht fällt es nicht, er kann ja den Becher nicht halten mit seiner Hand, er muß ihn festklemmen zwischen den Knien. Gebückt arbeitet er. Schließlich, bei einer Visitation, nimmt man den Becher fort und ersetzt ihn.

Er graviert aufs neue, in unbeholfenen Figuren stellt er sein Schicksal dar. Er selber kniet da in Ketten, sein Herz in der erhobenen Hand, und vor ihm, mit der Fackel der Hoffnung, steht sie, so lebendig und schön, als nur ein Ungeübter mit einem Nagel auf Zinn sie umreißen und lobpreisen kann. Auch dieser Becher verschwindet. Und eines Tages, wortlos, wird ihm eine große Vergünstigung gewährt: er darf Licht brennen.

Gefahr für die Augen – denn der Kerzenschein bricht sich und blendet auf dem weißen Metall. Gefahr schon längst für die Denkkraft – denn seit so viel Jahren hat Trenck keine andere Wirklichkeit vor sich gesehen als die Mauer, und mit Vergewaltigung seiner Phantasie muß er jeden Gegenstand aus sich selber hervorpressen.

Aber sein Eifer wächst nur. Kaum schläft er mehr. Was er treibt, wird zur Kunst. Und als eines Mittags ein neuer Wachoffizier ihm zusieht und den Mund auftut und sagt: »Ihre Becher sind wahrhaftig berühmt in der Welt«, da genießt er den seltsamsten Sieg. Oh, er ahnt, was das heißt. Er ist verborgen hier und verscharrt, und harte Strafe trifft sicherlich jeden, der draußen auch nur seinen Kerker nennt, die Welt soll meinen, ihn habe irgendwo die Flut dieses Krieges verschlungen. Und jetzt redet er doch und tut sich doch kund!

Eines Tages beginnt er ein altes Bild nachzuzeichnen, das er oftmals in der Jugendzeit in einem Kalender gesehen hat, ein Bild ganz und gar nicht nach modischem Geschmack: den Ritter, der gelassen seines ernsten Weges zieht, vom treuen Hunde begleitet, unbekümmert um die gräßlichen Fratzen von Teufel und Tod. Trenck arbeitet lang an dem Becher, er liebt ihn. Und wie das Bild fertig ist, ritzt er oben an den Rand, dort, wo die Burg aufragt, sein Trenckisches Wappen ein, mit der Trenckischen Devise: Toujours le même!

Er ist zufrieden, nur mit dem Antlitz des Ritters ist er nicht zufrieden. Sich selber hat er darstellen wollen. Aber er kennt ja sein eigenes Gesicht nicht mehr. Und wie er den Becher recht betrachtet, blickt unter der Eisenhaube ein ganz anderes Männergesicht fest vor sich hin: eines mit eigentümlich gerader Linie von der Nase zur Stirn, mit weitgeschnittenen Augen und hohen, brandenburgischen Brauen.

4.

»Trenck, Trenck!«
»Hier.«
»Trenck, Trenck!«
»Hier!«
»Trenck! Trenck! Trenck!«
»Hier, sag ich, zum Teufel! Du hörst es doch, elender Kerl, ich bin da!«

Sie zitterte, sie hielt sich kaum auf den Füßen. Die ungeheure Aufregung dieses nächtlichen Unternehmens hatte sie fast schon zerstört, das heimliche Verlassen des Hauses am Domplatz, der Weg in der Sänfte, das Verhandeln mit den bestochenen Soldaten, der Gang durch den nassen Wallgraben im Dunkel der Märznacht. Und nun stand sie hier, getrennt von ihm nur durch die Mauer, und sandte nach so viel Jahren zum erstenmal ihre Stimme zu ihm, und da hielt er den Ruf für den Anruf der Wache.

»Trenck«, rief sie noch einmal, »hör mich. Ich bin's, Amalie!«

Ein Aufschrei, laut und wild, und ein Klirren, wie wenn ein geschirrter Kriegsgaul sich schüttelt. Dann aber, dann, innig, inbrünstig, beseligt, verzückt, voll aller Kraft der Sehnsucht und des Leidens, ihr Name: Amalie, Amalie! Immer wieder und wieder.

»Geliebter«, rief sie heiser empor, »mein Freund, meine Seele, mein Armer!«

»Amalie, du sprichst verändert. Was fehlt dir? Du bist erkältet.«

Dies aber, diese erste Frage aus solchem Kerker, aus solcher Not erschütterte sie über ihre Kraft. »Ja«, sagte sie noch, »ich bin erkältet, das nasse Frühjahr ...« Dann lehnte sie die Stirn gegen die Mauer und ließ ihren Tränen den Lauf.

Es war so. Er hatte es gleich gehört. Ihre Stimme, so wohllautend einst, so betörend, im Gesange so süß, berühmt in der Welt, sie war dahin. Sie war das erste gewesen, was ganz verloren ging in der Krankheit, im unaufhaltsamen Verdorren. Die Stimme ein heiserer Mißlaut und die Augen halb blind und der dürftige Körper mit Mühsal noch aufrecht, so glich sie ganz einer alten Frau, einer Erloschenen.

»Amalie«, rief Trenck, »bist du noch da? Ich hör dich nicht mehr. Öffnet dir keiner die Kasematte?«

»Ach, Trenck, das wagen sie nicht. Aber reichst du nicht auf bis zum Fenster? Kannst du dich nicht zeigen?«

»Ich? Hör zu, wie ich kann!« Und er vollführte mit seinen Eisen eine wilde Musik.

Aber da geschah ihr das Schrecklichste: sie freute sich. Der Mann ihres Lebens rief ihr mit seinen Ketten sein erbarmungswürdiges Schicksal zu – und sie mußte dankbar und froh sein, daß diese Ketten ihn hielten, denn so sah er nicht, wie häßlich und alt sie geworden war.

»Trenck«, rief sie, »um aller Gnade willen, wie lange quält man dich so?«

»Sieben Jahre.«

»Sieben Jahre, in diesem Loch! Und wie lebst du? Wie trägst du's?«

Eine Stille. »Ich bin zufrieden«, sagte er dann.

»Und bist noch gesund?«

»Ich war krank. Jetzt ist es besser. Ich lebe im Vergangenen bei dir. Sprich von dir!«

»Nicht von mir! Trenck – hoffe!«

»Das tu' ich. Dich hoffe ich wiederzusehen.«

»Ich arbeite für dich. Ich mache dich frei!«

»Deinen Mund werde ich wiedersehen, dein Haar, deinen Hals ...«

»Seit fünf Monaten erst weiß ich dein Schicksal. Ich habe gleich alles getan, glaub es nur, Trenck!«

»Deine Brust halte ich wieder in meiner Hand! Deinen Rücken fühle ich wieder mit meinen Armen ...«

Sie gab es auf, den Strom von Verlangen einzudämmen, der aus dieser Gefängnisluke zu ihr herabrauschte. Sie stand da in der zugigen Nacht, die Kapuze der dicken braunen Contouche übers Haar gezogen, ein verkrümmtes Weiblein, gestützt auf die Hornkrücke ihres Stockes.

»Man hat uns auseinandergerissen«, rief Trenck, »aber was gewesen ist, kann niemand fortnehmen. Dich, dich, dich habe ich besessen, die beglückendste Geliebte, die höchste Verlockung des Geschlechts, so weich, so klammernd, so herzverzehrend! Geliebte! Deinen Atem werde ich wieder haben, und die Feuchtigkeit deines Mundes!«

»Trenck«, rief sie hinauf, so stark sie nur konnte – und es klang wie der Schrei eines Habichts über der Öde –, »sie haben mir nur eine halbe Stunde gegeben. Gleich muß ich wieder in meine Sänfte ...«

»Woher denn bist du gekommen?«

»Von drüben.«

»Von Berlin?«

»Nein, von drüben.«

»Aus deinem Stift? Aus Quedlinburg?«

»Aber von hier drüben, Trenck! Wir wohnen am Domplatz. Wir sind ja alle seit zwei Jahren in Magdeburg.«

»Unmöglich!«

»Dort auf dem Wall bin ich spazierengetragen worden, zehn Schritt von dir, ganz unwissend. Und dann eines Tages bei Tafel haben sie deinen Becher herumgezeigt.«

»Welchen?«

»Den du gezeichnet hast. Ein Ritter war darauf und dein Wappen. Oh, Trenck, Trenck, der Gedanke könnte wahnsinnig machen: du so ganz nahe bei mir, und ich hab' es nicht gewußt!«

»Jetzt bist du bei mir und wirst wiederkommen.«

»Hoffe es nicht! Die Soldaten fürchten sich sehr. Sie fürchten die Spießruten.«

»Man muß sie bezahlen.«

»Das habe ich getan. Aber auch drüben im Palais ist es schwer, wir wohnen alle so nahe beieinander, und alle passen sie auf, die Königin, die Heinrich, die Voß ...«

»So erzähle mir rasch! Ich weiß nichts. Wie steht der Krieg?«

»Besser. Die Zarin von Rußland ist tot.«

»Also ist nur noch Krieg gegen Österreich?«

»Und gegen Frankreich, Trenck. Und gegen Sachsen. Und gegen Schweden. Und gegen das Reich. Aber Preußen steht noch und hofft. Nur arm ist es und ganze Provinzen verwüstet, und alles, alles ist tot.«

Ihr kam ein Gedanke. »Wärst du in Freiheit gewesen, Trenck, auch du lebtest heute nicht mehr.«

Er lachte, und es klang herzbeklemmend. »Nun, man hat mich gründlich gerettet! Eisen am Hals, Eisen an der Hand, Eisen um den Leib, man hat an alles gedacht.«

Den Namen des Königs nannte er nicht.

»Hör zu, Trenck. Der Friede wird kommen. Beim Frieden wirst du frei. Die Kaiserin muß es verlangen.«

»Die hat mich vergessen.«

»Sie wird erinnert.«

»Durch dich, Amalie?«

»Von mir weiß sie nichts. Aber ich habe in Wien gearbeitet.«

»Bei wem? Beim Hofkriegsrat?«

»Ach, Trenck, der Hofkriegsrat! Die haben nicht ihr Ohr. Ihr Ohr hat nur einer.«

»Kaunitz.«

»Ach, Kaunitz, Geliebter ... Nein, ein Mensch ohne Namen, ein Bedienter, der am Morgen ihr Schlafzimmer heizt.«

»Ein Märchen, Amalie.«

»Meine Gewährsleute sind ernste Männer. Vertraue nur! Es sind Staatsverträge begründet worden durch den Menschen.«

»Ein geheimes Genie?«

»Ein Diener mit Mutterwitz einfach. Ein drolliger Savoyarde. Wenn sie ausgeschlafen in ihrem großen Bett liegt, in guter Laune, und zusieht, wie im Kamin die Funken aufspringen, dann darf er sprechen.«

»Und da spricht er von mir?«

»Nicht immer, Geliebter. Er ist schlau. Manchmal spricht er von dir, öfters, zu günstiger Stunde. Da erzählt er von dem Rittmeister Trenck, von seinem Verdienst, seinen Leiden.«

»Man belügt dich, Amalie! Man nützt dich aus!«

»Man belügt mich nicht. Und mag man mich ausnützen! Der Savoyarde wird freilich reich. Die frommen Einkünfte aus meinem Stift fließen nach Wien. Meine Damen in Quedlinburg essen schon schlecht.«

Sie lachte mißtönend. »Harre nur aus, Trenck! Man gibt dich frei. Man kann der Kaiserin beim Friedensschluß ihre erste Bitte nicht abschlagen.«

Den Namen des Königs nannte sie nicht.

»Man gibt mich frei«, sagte Trenck, »und dann seh' ich dich wieder.«

»Wünsche es nicht!«

»Das nicht wünschen!«

»Wünsche es nicht. Ich bin dein Unglück.«

»Mein Glück und mein Stern! Wenn alles noch einmal vor mir läge, ich liebte dich wieder.«

»Es gibt vielleicht einen Himmel ...«

»Es gibt keinen Himmel, Amalie. Diese Erde, auf der wir leiden, ist unsere einzige Heimat. Wäre es anders – was wäre dann Tapferkeit! Ich liebe dich.«

Neben Amalie stand plötzlich ein Soldat. Sie schrickt auf vor Schreck. Im Lehm des Wallgrabens war er lautlos herangekommen.

»Fräulein, Sie müssen fort«, sagte er, »die Zeit ist herum.«

»Noch zehn Minuten!«

»Die anderen warten.«

»Geliebter«, rief sie, »sie holen mich, und ich habe dich nicht gesehen.«

»Fräulein – voran!«

»Hast du kein Licht, Trenck?«

»Du kannst mich doch nicht sehen. Ich bin zu tief unten.«

»Zünde es an!«

Eisengeräusch, Knistern, ein Lichtschein. Sie trat zurück.

Und nun erschien ihr dort drinnen, verzerrt und verzogen, mit einer seltsam geraden Linie von der Nase zur Stirn, Trencks riesiger, zuckender Schatten. Es war nicht sein Gesicht, aber es kam doch von seinem Gesicht.

Dies war die kurze Begegnung der Prinzessin Amalie von Preußen mit Trenck, nach sechzehn Jahren der Trennung.

5.

In Hubertusburg war mit einem Friedensvertrag von äußerster Schlichtheit der Kampf der sieben Jahre abgeschlossen worden. Es blieb ganz einfach alles, wie es gewesen war. Friedrich fuhr nach Hause zurück.

Der Weg aus Schlesien nach Berlin führt hart am Felde von Kunersdorf vorüber. In der Frühe des 30. März kam er dorthin, ließ halten und stieg zum Mühlberg hinauf. Er hatte geglaubt, kräftig steigen zu müssen, aber nach ein paar Schritten stand er oben, dies war ja kein Berg, dies war kaum ein Hügel. Er ging vor bis zum Rande und blickte sich um.

Ländliches Schweigen herrschte im frischen Morgen. Nur von links her, vom Ort herüber, klangen Hammerschläge: sie bauten Kunersdorf an der gleichen Stelle wieder auf, obwohl es eine Stelle ganz ohne Vorzüge war. Rechts sah er die Oder und die Mauern von Frankfurt. Geradeaus aber, geradeaus lag der Judenberg.

Ja, jetzt konnte man bequem dort hinüber. Er schloß die Augen und versuchte, den glühenden Augustnachmittag wieder in sich heraufzuführen, die Höllenstunden mit hundertfachem Donner, wilder Musik, Geschrei der Stürmer und Sterbenden; mit Erwartung, Vernichtung, Todesverlangen und Flucht als der letzte.

Es war vergeblich. Er sah nichts. Zwar vergessen hatte er den Gefechtsort keiner Kompanie und keines Geschützes. Aber es war alles nicht mehr wahr, er glaubte nicht mehr daran. Das dort der Judenberg? Das hier der Kuhgrund? Ein Kind konnte ja seinen Ball da hinüberwerfen und nachlaufen und ihn gleich wieder holen. Um dieses Waldsträßchen war es gegangen? Was für ein leerer, abscheulicher Wahnsinn! Gleich neben sich sah er eine zerstörte junge Buche, zehn Jahre alt mochte sie gewesen sein, als das Geschoß sie traf. Sie sah aus, als hätte der Blitz sie zersplittert, vielleicht war es auch so, es ließ sich mit Gewißheit schon nicht mehr sagen. Er wartete noch eine

Weile. Als nichts in ihm sich begab, stieg er den Hang hinunter und setzte sich wieder in seine Kutsche. Vor Abend wollte er in Berlin sein.

Ehrenpforten überall, Ansprachen, Gesang und Hochrufe. Was Gepränge sein sollte, war karg und kläglich im ausgebluteten Land. In Fürstenwalde, am Eingang zum Städtchen, erwarteten ihn die Schulknaben in römischer Tracht und sangen. Über ihre nackten Beine, durch die dünnen, billigen Gewänder blies der Märzwind. Er dankte freundlich. Aber wie der Ort durchfahren war, standen die gleichen Knaben am Ausgang und sangen das gleiche. »Kinder, seid ihr schon wieder da?« rief er und schüttelte den Kopf, und dies war das erste Mal heute, daß er etwas empfand, nämlich ein wenig Rührung, Erbarmen und Langeweile.

Ja, nun kehrte er also, nach Widerstand und Sieg gegen einen Erdteil, in seine Hauptstadt heim, die er sechs Jahre lang nicht mehr betreten hatte. Der Gedanke an jenen früheren Einzug kam ihm, und er erschrak. Damals hatte er sich gewehrt gegen den Jubel, hatte ihn nicht mächtig werden lassen in sich, weil es ihm verächtlich schien, die Wonnen des Augenblicks auszukosten. Heute hätte er gerne im Augenblick gelebt, gerne hätte er sich hingegeben, aber nun war alles ausgebrannt und erstorben in ihm, nichts regte sich mehr. Er saß da in seinem alten Kittel, auf dem Kopf den Hut mit der zerrissenen Generalsfeder, die Füße in fuchsigen Reiterstiefeln, er saß da, die Hände auf den Knien, die Augen geschlossen, und ließ sich werfen von der schlechtgefederten Kutsche.

In Taßdorf, nur zwei Stunden noch von Berlin, wurde neuer Vorspann genommen. Nachricht war hierher gelangt, daß die Hauptstadt sich aus allen Kräften zum Empfang gerüstet habe, am Frankfurter Tor warte auf den König ein von der Bürgerschaft dargebotener Prunkwagen, mit goldbehängten Rossen bespannt. Wie er das hörte, meldete sich augenblicklich das Widerstreben, der Widerwille in ihm, freilich aus ganz anderen Ursachen als damals vor sechzehn Jahren. Besser wäre es, erst bei Nacht anzulangen ...

Herr Nüßler, Landrat des Kreises Niederbarnim, frei und klug von Gesicht, trat hervor und hielt seine Rede. Er beglückwünschte den König zu seinen herrlichen Siegen und zum endlich errungenen, glorreichen Frieden. »Mögen Eure Majestät«, sagte er, »in Gesundheit und Glück zu unser aller Segen noch viele Jahre über uns regieren!«

Friedrich nickte mechanisch mit dem Haupt. Es war ganz richtig: er hatte viele Siege errungen, und Friede war jetzt auch. Er wußte auch noch, was er gelitten hatte – aber er spürte es nicht mehr. Er wußte, daß er sich freuen müßte – aber er freute sich nicht. Er wußte, daß ewiger Ruhm ihm nun leuchtete aber sein Gemüt erhellte er nicht.

Herr Nüßler war noch nicht fertig. Umgeben von seinen Bauern begann er, die Lage seines Kreises darzustellen, der von den Russen völlig ruiniert worden sei. Es fehle am Nötigsten.

»Das will ich des Näheren hören«, sagte Friedrich, und er stieg aus.

Sie betraten das Posthaus, eine Stube dort zu ebener Erde, in der es nach Tabak und nassen Kleidern roch. Es brannte schon Licht.

»Also«, sagte Friedrich, »was fehlt Ihnen alles für Ihren Kreis?«

»Pferde zur Bestellung der Äcker, Roggen zu Brot und Sommersaat.«

»Roggen für Brot und Sommersaat kann ich geben, aber mit Pferden kann ich nicht helfen.«

»Vergebung für meine Freiheit, Majestät! Es hat Ihnen gefallen, der Neumark und der Provinz Pommern Artilleriepferde zuzusagen. Nur für das arme Niederbarnim will niemand sprechen. Wenn Eure Majestät uns nicht gnädigst beistehen, so ist Niederbarnim verloren.«

Der Landrat schwieg. Von draußen schauten die Bauern durchs Fenster. Friedrich wanderte im Zimmer umher mit seinem von der Gicht steif gewordenen Gang. Vor einem Bild, das neben dem kalten Ofen hing, blieb er stehen.

»Was ist das hier, Nüßler?«

Es war ein billiger Farbendruck, schlecht gerahmt, und er stellte ihn selber dar, mit Hut, Ordensstern und Silberschnur, in der blauen Uniform, die er immer trug und auch jetzt.

»Soll das mein Gesicht sein?«

»Euer Majestät«, sagte Nüßler, »es gibt in Preußen kein Dorf und auch in den feindlichen Ländern sicher nicht viele, wo kein solches Bild hängt.«

»Das habe ich nicht gefragt. Ist das mein Gesicht?«

»Es ist gewiß schlecht getroffen«, sagte der Landrat, »ein grobes Pfuschwerk.«

Der König blickte ihn an. »Haben Sie Papier und Stift? Dann schreiben Sie einmal auf: wieviel Roggen für Brot, wieviel Sommersaat, wieviel Pferde. Aber nur das bitter Nötige, Nüßler! Ich habe nichts mehr.«

Er wanderte wieder durchs Zimmer. Zur anderen Seite des Ofens hing ein kleiner Spiegel, ein Stückchen Glas, wie es die Dienstmägde in ihren kalten Kammern hängen haben. Der König nahm vom Tisch das Licht und trat davor hin.

Er betrachtete sich. Er sah die hohlen Wangen, die im zuckenden Strahl der Kerze zwei schwarzen Löchern glichen und über denen die Augen größer und starrer erschienen, er sah den tief und schief heruntergezogenen Mund, die Zahnlücken. Unter dem alten Filzhut kamen ungepudert zwei Locken hervor, die linke schon ganz ergraut, die andere noch dunkler. Er sah – und er hielt den blechernen Leuchter näher und höher vors schlechte Glas – das Altershaupt seiner Legende.

Der Mittagsschuß dröhnte von der Zitadelle. Der Major trat ein, heute als erster. Er nahm seinen Hut ab und sagte:

»Herr von der Trenck, es ist Befehl von der höchsten Stelle gekommen, Ihre Fesseln zu lösen und Ihnen ein besseres Zimmer zu geben.«

Trenck sagte leise: »Ich danke Ihnen, daß Sie mich vorbereiten wollen. Gewiß bin ich frei?«

»Ja«, sagte der Major. »Sie sind frei.«

Und das war alles. Die Handwerker waren schon zur Stelle, um ihn loszuschmieden. Trenck saß ganz still, streckte erst seinen Fuß vor, dann seine Arme, das Halseisen ward aufgeschlossen, der Leibreif entfernt. ›Gleich werde ich die Sonne wiedersehen‹, versuchte er zu denken, ›den hohen Himmel, das Gras, es ist Sommer, frei, frei, ich bin frei.‹ Aber das alles klang nicht in ihm, lebte nicht, trockenen Herzens vernahm er das Hämmern und Feilen der Schmiede. ›Es ist Amalie, die mich frei macht‹, sagte er sich vor, ›Amalie, Amalie‹, da stand er schon unbeschwert da, und der Major lud ihn ein, ihm zu folgen.

Er blickte sich um. Er hatte nichts mitzunehmen. Neun volle Jahre hatte er in dieser Höhle verbracht, und da war kein Ding, das ihm zugehörte. Dies war ein seltsamer Umstand. Er bückte sich ungelenk, hob ein Stückchen Kette auf, das auf der Steinplatte lag, und wollte es mitnehmen. Aber an der Tür warf er es fort. Der Major blickte ihn mitleidig an.

Den Laternenträger voran gingen sie durch die Kasematte. Trenck war ziemlich fest auf den Füßen, nur schleppte er sie ein wenig, um seine Pantoffel nicht zu verlieren. Der Weg kam ihm lang vor. Endlich stand er in einem Wachtlokal, einer Art Schreibstube. Am Tisch saß ein General.

Der General stand höflich auf. »Herr von der Trenck«, sagte er, »erlauben Sie, daß ich meinen Glückwunsch ausspreche. Der König hat Befehl gesandt, Sie sogleich über die sächsische Grenze zu geleiten.«

Trenck verneigte sich.

»Ich bin angewiesen, Ihnen dreihundert Dukaten Reisegeld auszuzahlen. Wohlanständige Kleidung liegt bereit. Der Wagen wartet.«

In diesem Augenblick wurde sich Trenck bewußt, daß er starken Hunger verspürte. Sein Magen war gewohnt, sich auf vierundzwanzig Stunden mit dem einen Kommißbrot zu begnügen, aber länger durchaus nicht. Er sagte mit einem Lächeln: »Mein Herr, wundern Sie sich nicht über meine Bitte. Ich würde gern etwas essen.«

Der General sagte ernst: »Ihre gewöhnliche Kost steht auch heute zu Dienst. Für mehr habe ich keine Ermächtigung.«

»So bitte ich um mein Brot«, sagte Trenck.

Man brachte es ihm, aber unzerteilt heute. Er setzte sich, schnitt und aß. Mehrere Offiziere der Garnison waren herzugetreten und betrachteten ihn schweigend.

Als er fertig war, sagte der Kommandant:

»Ich bin nun noch verpflichtet, Ihnen den Eid abzunehmen.«

»Welchen Eid?«

»Den gewöhnlichen.«

»Sprechen Sie ihn mir vor, mein Herr. Alle Punkte, die ich zusagen kann, will ich beschwören.«

»Sie schwören, sich an niemand zu rächen!«

»Das schwöre ich.«

»Sie schwören, die preußische Grenze niemals zu überschreiten!«

»Das schwöre ich – auf Lebenszeit des regierenden Königs.«

»Den Vorbehalt kann ich nicht zulassen.« Ein Schweigen. Der General bedachte sich. »Ich will ihn doch zulassen«, sagte er dann.

»Sie schwören, von nichts, was Ihnen geschehen ist, öffentlich zu sprechen oder zu schreiben!«

»Ich schwöre es – auf Lebenszeit des regierenden Königs.«

»Sie schwören, keinem Herrn jemals mehr zu dienen, nicht als Soldat und nicht als Beamter! Sie schwören das auf Lebenszeit des regierenden Königs.«

»Ich schwöre das«, sagte Trenck, »für ewig und immer!«

»Sie sind frei«, sagte der General und setzte seinen Hut auf.

Im Nebenraum lagen auf einem Tisch die Kleidungsstücke bereit, ein unauffälliger Reiseanzug aus gutem Tuch, seiner Körpergröße im Maß entsprechend. Mit ungeübten Bewegungen legte er alles an. Von draußen schauten Soldaten durchs Fenster.

Das Hemd aus weicher Leinwand empfand er als Wohltat. Aber um den Leib verspürte er einen Druck, und der linke Fuß schmerzte im Schuh. Besonders aber tat ihm die Halsbinde weh. Er schlang sie ganz lose und kam nicht zurecht.

Sein Blick fiel auf einen kleinen Spiegel neben dem Ofen. Er trat davor hin. Der Spiegel hing niedrig, Trenck mußte sich bücken. Und da sah er, im unebenen billigen Glas, das Gesicht eines alten Mannes mit weißem Haar.

6.

Das Tal der Erlauf entlang, die bei Pöchlarn in die Donau fällt, ritten an einem Hochsommernachmittag zwei ungewöhnlich gekleidete Männer. Die Bauern auf den Feldern beschatteten die Augen mit der Hand und blieben minutenlang untätig.

Der erste Reiter, ergraut schon, mit blühendem, vollem Gesicht, trug zum braunen Frack einen großen, runden Filzhut, unter dem offen und ungepudert sein Haar hervorhing. Außerdem aber, und dies war niemals erschaut worden, waren seine Hosen lang, sie reichten als Röhren oder Walzen bis hinunter zum Knöchel und waren mit Stegen befestigt. Keine Spur von Seide oder Samt am ganzen Anzug, und doch war er offenkundig ein Herr, denn er ritt voran und ritt auch das bessere Pferd, einen kleinen, muskulösen Hengst von Isabellenfarbe. Wer sich aber von der ruhigen niederösterreichischen Landschaft weit erstaunlicher abhob, das war auf dem Schimmel hinter ihm sein Diener, ein ziemlich mageres, braunhäutiges Geschöpf, gekleidet in einen langen, farbig verschnürten Rock und umgürtet mit einem Seidenwulst, darin Pistolen steckten. Auf dem Kopf trug dieser Mensch einen bauschigen grünen Turban.

Sie waren von der Donau her zwei Stunden talaufwärts geritten, nun fragte der vordere Reiter nach dem Weg – mit einem Tonfall, in dem unter fremdem Geröll ein noch ziemlich frisch gebliebenes

Schwäbisch hervorquoll. Sie bogen nach linkshin ins Land ein und nahmen die Richtung auf Zwerbach.

Bei sinkendem Dunkel kamen sie vor das Schloß. Es war unbewacht, das Tor stand friedlich weit offen. Im geräumigen Innenhof, den gelbgestrichene, ziemlich niedrige Gebäude umschlossen, nahm ein Knecht ihre Pferde in Empfang.

Vier Fenster zu ebener Erde waren erleuchtet. Von seinem Exoten gefolgt, stand der Mann im Frack mit zwei Schritten gleich bei der Tür, klinkte auf und sah sich unmittelbar vor dem Familientisch.

Stumm fragend, wie auf Kommando, wandten sich alle Köpfe nach ihm hin. Aber vom oberen Tischende erhob sich riesengroß und weißhaarig Trenck, trat auf den Unerwarteten zu und bot ihm die Hand. »Willkommen, Schell«, sagte er gleichmütig und gar nicht so, als wären dreißig Jahre der Trennung und des Schweigens vergangen, »das hier ist meine Frau, und das sind meine zwei ältesten Kinder. Setz dich zu uns und iß!«

Die Hausfrau, eine ruhige, etwas zu volle Blondine, hatte sich gleichfalls erhoben, und Schell küßte ihr umständlich beide Hände, die Knaben aber, neun und elf Jahre alt, beachteten ihn gar nicht, sondern starrten verzückt auf den bunten Diener dort an der Tür.

Trenck folgte dem Blick. »Du kommst aus Asien?« sagte er freundlich.

»Aus Asien«, wiederholte ganz leise der älteste Sohn.

»Das ist ein weiter Weg«, sagte lächelnd Frau von der Trenck, »der Asiate wird hungrig sein.« Und auf ihren Wink führte der aufwartende Diener den Fremdling fort nach der Küche.

Man hatte eben begonnen, die Suppe zu essen. Vor Schell wurde ein Teller hingesetzt, und alles nahm ruhig seinen Fortgang.

»Du weißt, Hendrikje«, sagte Trenck, »er ist jener Freund, der mich in Glatz aus der Festung befreit hat.«

»Ich bin der Mann, Madame«, sagte Schell in seinem weitgereisten Schwäbisch, »der sich blödsinnigerweise beim Springen das Bein brach und den Ihr Gemahl dann auf seinem Rücken davongeschleppt hat.«

»Ich weiß beides«, antwortete sie freundlich, »die Absicht und den Hergang.«

Ein Schweigen folgte, wie es sich einstellt, wenn zwar Unendliches zu erzählen wäre, aber keine Brücke täglichen Umgangs die Gemüter verbindet. Schell saß in seiner enthaltsamen Tracht und genoß das kräftige Abendbrot, das nach der Landesart zubereitet war. Es gab ein Krenfleisch mit gutem Gemüse und zum Nachtisch »böhmische Dalken«, eine Speise aus gebackenem Hefeteig mit Pflaumenmus, süß und wohlschmeckend.

»Ist das ein ungarischer?« fragte er und hob sein Glas in die Höhe. »Ich weiß doch, mit dem hast du Handel getrieben.«

»Nein, das ist ein Manhartsberger«, antwortete Trenck, »schmeckt er dir?« Er selbst trank mehr Wasser als Wein.

»Und die gnädige Frau ist also eine Holländerin?«

»Nicht ganz. Ich bin aus Aachen, Herr von Schell.«

»Ah? Ja, daß du in Aachen gewohnt hast, Trenck, das weiß ich. Du bist sehr berühmt in der Welt.«

Trenck gab keine Antwort. Minuten schien es, als höre er gar nicht, was gesprochen wurde. Er hatte die Gewohnheit angenommen, schweigend vor sich hin zu schauen, so als suche er dort etwas am Boden, auch stockte er häufig mitten in seiner Rede und schien zu warten, daß ihm die ferneren Worte von irgendwoher diktiert würden. Eine spürbare Scheu trennte die Seinen von ihm. Man entschloß sich nicht leicht, ihn anzureden. Die Gegenwart eines, der sehr viel gelitten hatte, schuf sich ihr eigenes Gesetz. Selbst in seiner Kleidung sprach sich sein Schicksal aus. Er saß aufrecht und stattlich an seinem Tisch, ein schöner alter Mann mit seinem dichten weißen Haar, aber in einer Tracht, wie sie an Landedelleuten sonst nicht gesehen wird. Er trug einen langen Schlafrock aus schwarzer Seide, der ganz lose saß. Nichts engte oder schnürte ihn ein, äußerste Empfindlichkeit gegen jeden Druck an Leib, Hals und Gelenken war ihm geblieben.

Äußerste Empfindlichkeit auch gegen jede Einengung an Gemüt und Gewohnheit. Sie bestimmte sein Dasein. Aus ihr erklärten sich alle Schritte, die er seit seiner Befreiung getan hatte: Schell, der behaglich mithielt am bürgerlichen Tisch, wußte manches davon, und manches erfuhr er jetzt noch ...

Kein Zufall war es gewesen, daß sich der Befreite gerade Aachen zum Wohnsitz ausgesucht hatte, die unabhängige Stadt, das Heilbad, den Treffpunkt einer internationalen Welt. Inmitten solch fluktuierender Freiheit war ihm wohl. Und kein Zufall war es auch, wenn er sich, jeden Vorurteils ledig, den freiesten aller Berufe zugewandt hatte, der Literatur und dem Handel.

Niemand wunderte sich, als er zu schreiben begann, der Adel der Zeit war ja literarisch. In Erzählungen, Gedichten und Staatsschriften verströmte Trenck, was sich in stummen Jahren aufgestaut hatte; man kaufte und las ihn. Daß aber ein stiftsfähiger Edelmann mit 300jährigem Wappen sich zum Handel herbeiließ und begann, das westliche Europa mit seinen Ungarweinen zu versorgen, das befremdete anfangs doch heftig, und mancher Standesgenosse schob es einfach auf eine Gemütsstörung, die in Trenck von seinen Leiden her zurückgeblieben sein müsse.

Von einem Kaufmann hatte er jedenfalls wenig, wenn er in seinen losen Gewändern, alles überragend mit seinem Eishaupt, in die Kontore von Amsterdam und London eintrat, und es war nicht ganz leicht, über den Preis eines Erlauers oder Ruszters mit einem Manne zu verhandeln, dessen geheimnisvolles Geschick schon überall zum Mythos wurde und dem es mitten in einem Abschluß vielleicht einfiel, stumm vor sich auf die Erde niederzuschauen, um erst nach Minuten ohne alle Verlegenheit in der Unterhandlung fortzufahren.

Solche Eigentümlichkeiten hinderten nicht, daß sein Unternehmen blühte, bald besaß er in Brüssel und Paris, in Hamburg und London eigene Magazine, es wurde Sitte, sich allenthalben an gepflegter Tafel mit seinem Wein zu bedienen, und lebhaft besprach man es, als bei einem Festmahl mit Pariser Freunden der große amerikanische Franklin aus einem Trenckischen Zinnbecher, gefüllt mit Trenckischem Wein auf das Blühen der Völkerfreiheit trank.

Einige Jahre nach seiner Niederlassung in Aachen hatte er sich mit Fräulein de Broe verheiratet, der Tochter des ehedem in dieser Reichsstadt regierenden Bürgermeisters. Er schloß die Verbindung ohne Leidenschaft, und er schloß sie erst, als ihm endgültig die Hoffnung genommen war, mit Amalie jemals ein Wiedersehen herbeizuführen. Niemals sprach er von diesen Dingen, und auch der heiter mitschmausende Schell hörte davon kein Sterbenswort ...

Trenck hatte sich unablässig gemüht. Nach Preußen konnte er nicht, so entwarf er Reisepläne für die Geliebte. Da war kein für Amalie bequem gelegener Grenzort, den er nicht flehend, beschwörend für eine Zusammenkunft vorgeschlagen hätte. Als das nicht fruchtete, vergaß er die Vorsicht und verwarf die Gefahr, sehenden Auges war er bereit, aufs neue das Fürchterliche zu wagen, der geschworene Eid galt ihm nichts, er bot an, er wolle heimlich, bei Nacht, in Maske nach Berlin kommen, einmal doch müsse er sie wiedersehen, müsse er ihr danken, ihre Knie umfassen ... Ihm wurde liebreich geantwortet, aber immer ganz resigniert, immer abmahnend, und endlich mußte er erkennen, daß Amalie sich nicht wiedersehen lassen wollte.

Augenzeugen berichteten ihm vom preußischen Hof ... Er verstand. Er mußte sich fügen.

Fräulein de Broe wurde ihm eine vorzügliche Gefährtin. Sein Haus, sein Tisch waren berühmt. Wer immer Namen und Rang besaß unter den Aachener Fremden, stellte sich ein. Franklin war sein Gast, der General Laudon nahm Wohnung bei ihm, und Aufsehen rief es hervor, als auch der preußische Minister Herzberg, der Unterzeichner des Friedens von Hubertusburg, einen nahen Verkehr mit ihm aufnahm und täglich auf der Promenade mit dem Gefangenen seines Königs im Gespräch sich sehen ließ ... Trenck duldete Gesellschaft mehr, als daß er sie suchte. Der Unterricht seiner Kinder beschäftigte ihn. Er führte, in geachteter Sicherheit, das Dasein eines vornehmen Handelsherrn.

Da überraschte er eines Tages die Stadt Aachen und jene ganze niederrheinische Gegend mit dem ersten Heft einer Wochenschrift, darin mit scharfen Waffen Krieg begonnen wurde gegen alles, was Pfaffentum und Aberglaube hieß. Der Priester war dortzulande die herrschende, die unangreifbare Macht – Grund genug offenbar, ihn anzugreifen für diesen seltsamen Kaufmann.

Ein Sturm brach los gegen ihn: in Aachen selbst, in Lüttich, in Cleve, in Maastricht, in Köln wurde öffentlich von der Kanzel herunter gegen ihn gepredigt, fanatisierte Landbewohner überfielen ihn auf offener Straße, es focht den wenig an, der sich mit unbeschwerten Armen frei zur Wehr setzen konnte. Er drang durch. Sein Blatt, ›Der Menschenfreund‹ geheißen, ward selbst eine Macht. Aber in dem Augenblick, als der Widerstand überwunden war und die Zeitschrift begann, ein modisches Ziel der Neugier zu werden, verlor Trenck die Freude an ihr. Dies war nicht seine Sache.

Der Zudrang von Fremden zu seiner beredeten Person wurde ihm lästig. Der kosmopolitische Kurplatz schien ihm für die Erziehung seiner vier Kinder nicht der beste Boden zu sein. So begann er auf seinen frühen Plan zurückzuschauen: auf eigener Erde wollte er den Abend seines Daseins verbringen, als ein Gutsherr.

Rückgabe seiner preußischen Güter war bei Lebzeiten Friedrichs nicht zu erhoffen. So fuhr er denn eines Tages ostwärts, statt wie sonst häufig nach Westen, und kam mit der Nachricht zurück, er habe in Niederösterreich Grundbesitz erworben, die Herrschaften Zwerbach und Grabeneck nämlich, nahe der Donau, dazu das Amt Knoking und den freien Sinzenhof, alles zusammen für sechzigtausend Gulden.

Das scheine ihr billig für so viel Land, sagte die völlig erstaunte, gefügige Frau von der Trenck.

Billig sei es wohl, erwiderte Trenck, dafür seien aber die Güter auch vollkommen ruiniert. Das Schloß in Verfall, die Meierhöfe verwahrlost, der Viehstand viel zu gering, das Wirtschaftsgerät unbrauchbar. Er rechne bei Heilung der Schäden auf tätige Mithilfe seiner Frau.

Die werde er haben, aber verwunderlich bleibe es doch, daß er sich gerade Güter in solchem Zustand für sein Leben ausgesucht habe. Worin denn eigentlich ihr Vorzug bestehe?

»In der Freiheit«, antwortete Trenck, und ein Zug von Trotz, Leiden und Ungeduld wurde sichtbar an ihm, »Zwerbach liegt ganz allein. Keine große Straße führt durch die Gegend. Niemand kommt zu einem. Ja, dort wird man frei sein!«

Trenck traf in Zwerbach eine quer- und hartköpfige Bevölkerung an. Die hochfahrende Unfähigkeit des vorigen Herrn hatte die Bauern verdorben. Sie blieben nicht so. Diesem neuen Mann mußte man gehorchen, der ohne Härte so gebietend verschlossen erschien, dem riesenhaften Greis, dessen Bewegungen verrieten, daß er noch kein Greis sei, und von dessen fabelhaftem Lebensgang auch zu dem stumpfesten Taglöhner noch ein undeutliches Echo gedrungen war. Bei aller Arbeit tat er gewaltig mit, die nützliche Mühe in freier Gegend schien seine Freude zu sein, alle sahen gern, wie er gleich ihnen mit leidenschaftlichem Behagen den Wasserkrug an die Lippen setzte. Er hatte die Gerichtsbarkeit auf den Gütern, und seine Art, so milde als unbetrügbar, sein stilles und zähes Bemühen um gerechte Schlichtung, gewannen ihm die letzten Widerstrebenden. Auch lebten sie besser, lebten behaglicher. Denn mit den Gemütern zugleich fügte sich auch der schlechtbestellte, unwillig gewordene Boden, und bei seinem Herreiten hatte Schell eine volle Ernte um sich gesehen – unabschreitbar weithin dichtährigen Roggen, langgrannigen Hafer und gelbleuchtenden Mais.

»Bloß Weizen habt ihr scheint's keinen?« fragte er, in Erinnerung vermutlich an seine reiche württembergische Heimat.

»Das ist der Kummer meines Mannes«, sagte Frau von der Trenck, »der Boden gibt ihn nicht her, er ist nicht bindig genug.«

Sie stand auf und wünschte eine unterhaltsame Nacht. Die Kinder verneigten sich vor dem Vater. Aber an der Tür drehte der kleinere Knabe sich schnell noch einmal um, lief zurück, und rotgeworden, als sei er sich eines Übergriffs wohl bewußt, fragte er:

»Vater, ist das auch wirklich der Herr, den Sie im Winter durch den Fluß getragen haben?«

»Der bin ich schon«, sagte Schell und zog ihn am Haar. »Aber damals bin ich nicht so dick gewesen wie heute. Sonst hätte dein Vater es nicht gekonnt, wenn er auch stark ist!«

7.

Der Diener schob bequemere Sessel ans Tischende heran und setzte neues Getränk auf.

»Was macht denn mein Mustapha?« fragte Schell.

»Er hat gegessen, gnädiger Herr, aber nicht mit uns aus derselben Schüssel. Jetzt schläft er.«

Sie blieben allein. Die Fenster standen offen gegen die warme Nacht.

»Dein Mustapha ist ein indischer Moslem, nicht wahr«, sagte Trenck. »Aber du selbst, scheint mir, kommst aus Amerika? Ich habe an Herrn Franklin deine Tracht gesehen.«

»Jetzt komme ich aus Indien, Trenck, aber ich war auch in Amerika. Sie ziehen sich gescheit an dort drüben. Da bleibt sich's gleich, ob die Straße schmutzig ist oder sauber, ob es windet oder stille Luft ist.«

»Und wohin reitest du jetzt?«

»Ich will einmal nach Konstantinopel hinunter. Ich meine, es gibt Krieg bei den Türken.«

»So? Ich glaube nicht.«

»Ja, ja. Eure Kaiserin und die Russin, die wollen die Türkei miteinander aufteilen. Das wird sich der Sultan nicht gefallen lassen. Mein Mustapha freut sich schon.«

»Aufteilen? Rußland verlangt die Krim, und die bekommt es.«

»Auch möglich. Jetzt bin ich einmal auf dem Wege. So ein paar hundert Meilen machen mir nicht mehr viel aus.«

Sie tranken. Ein feuriger Tokayer stand gelb und schwer im Glas. Schell stürzte ihn begeistert hinunter. Der Hausherr nippte nur. Aus einem großen Krug goß er sich Wasser ein.

»Und jetzt erzähl einmal, Trenck! Zwar das Wichtigste weiß ich. Stell dir vor, mitten in Kanada habe ich dein Bild gesehen, das, auf dem du in Ketten aufrecht stehst, du weißt schon.«

»Ja, ja«, sagte Trenck mit Abwehr.

»Dir hat man schon scheußlich mitgespielt, alles, was recht ist!«

»Das ist vorbei.«

»Und warum eigentlich – warum? Tatsächlich, an ihren Schanktischen, mitten im Urwald, haben die Trapper davon geredet.«

Trenck antwortete nicht.

»Du hast mir doch damals erzählt, was sich der Doo für einen Grund ausgedacht hat! Der war vielleicht gar nicht so dumm.«

»Der Doo ist ein Narr.«

»War ein Narr, Trenck, war! Du glaubst vielleicht, der lebt noch …«

Aber Trenck hatte nur eine Handbewegung, die das alles weit hinter ihn schob. »Was hast du denn eigentlich in Indien gemacht?« fragte er ablenkend.

»Nun, was ich überall gemacht habe. Gelebt halt und mich herumgeschlagen.«

»Für die Engländer?«

»Gegen, Trenck, gegen! Nein, die Engländer sind mir zu fad. Du wirst vielleicht schon von Haidar Ali gehört haben – Freund der Franzosen und indischer Freiheit? Dem sein Offizier war ich. Er wohnt an einem Ort namens Mysore. Dort hab' ich ein schönes Haus gehabt.«

»Und?«

Schell lachte. »Nun, das Gewöhnliche. Etwas mit einem Weib. Aber nobel diesmal, Trenck, mit einer von Haidars Frauen selber! Du weißt doch, wegen sowas habe ich schon damals ins Glatzer Strafregiment müssen. Strafregimenter haben sie dortzulande nicht, die wollen immer gleich« – er zeigte nach seinem Hals. »Da bin ich schnell fort zu unseren guten Freunden nach Paris. Aber dort war mir's zu langweilig.«

»In Paris?«

»Ja, das ist nichts für mich. Wissen, um neun Uhr kommt der Barbier, und mittags gibt's wieder Hühnchen, und am Abend beim Billard stehen wieder der Toussaint und der Cadignac, und die Weiber haben feste Taxen, und es passiert einem nichts deswegen – nein, der Mensch muß wissen, wo er hingehört, darauf kommt's an.«

»Das ist wahr.«

»Da bin ich auf und davon, und wie ich ins Reich komme, da habe ich mir gedacht: so, jetzt reitest du einmal schön langsam die ganze Donau hinunter. An der Donau liegt allerlei, was dich angeht.«

»Die Türkei. Aber doch ziemlich weit unten.«

»Ja, aber weiter oben, habe ich gedacht, da sitzt der Trenck. Und ganz oben, nahe beim Ursprung, da liegt der Ort, wo ich her bin.«

»Nun, und wie war es denn dort?«

»Wie's war? Ungefähr so wie bei dir. ›Guten Abend, Schell, setz dich zu uns und iß!‹ Bloß bezahlen hab' ich's dort müssen. Hör einmal, Trenck«, sagte er unvermittelt und blickte sich um, »Karten spielst du wohl immer noch nicht?«

»Karten? Was für Karten?«

»Was für Karten! Landkarten meine ich nicht. Daß ein Mann wie du dafür nichts übrig hat!«

»Gar nichts, wahrhaftig.«

»Du hast unrecht. Es gibt nichts Schöneres. Ein verrückter Schlag nach dem andern, und alles am Tisch in der warmen Stube. Ich sage dir: hätt' ich bloß immer Geld genug gehabt und die richtige Partie – ich hätte nicht brauchen in der Welt umherziehen und Krieg suchen. Aber heutzutage spielen die Leute ja alle wie Bäcker und Schneider. Vom Zauber des Schicksals wissen sie nichts.«

»Ach, Schell, dein Zauber des Schicksals ...«

»Sag nichts dagegen! Gerade du darfst das nicht. Man hat keines, wenn man's nicht liebt.«

»Jedenfalls bin ich nun fertig damit.«

»Meinst du?«

»Schau dich um«, sagte Trenck. »Ein Gutsbesitzer, vier Kinder, kein Amt, das Alter, die Ruhe.«

»Nun, vielleicht. Aber dein Schicksal lebt doch!«

»Soll das ein Bibelspruch sein?«

»Wieso? Die Prinzessin meine ich.«

»Davon wird nicht gesprochen.«

»Immer noch nicht? Du bildest dir vielleicht ein, ich hätte nichts mit Prinzessinnen gehabt in meinem Leben!«

»Du verträgst immer noch nichts«, sagte Trenck, »daran hat sich auch nichts geändert.«

»Soll ich vielleicht nüchtern bleiben bei so einem Wiedersehen? Da müßte ich ja ein Rüpel sein! Übrigens, deine Amalie, die ist jetzt auch nicht mehr achtzehn. Komisch ist das … Weißt du, Trenck, wenn mich nicht manchmal die Gallenblase drückte, dann würde ich gar nicht merken, daß Zeit vergangen ist. Mir ist immer, als wär' ich noch gerade so wie vor dreißig Jahren.«

»Du wirst dich kaum täuschen.«

»Das meinst du auch wieder unfreundlich, Trenck! Aber ein Mann, der mich mitten im Winter, mitten im eiskalten Winter …«

»Ich meine«, sagte Trenck, »du gehst jetzt schlafen.«

»Das hast du auch schon in Glatz immer gesagt. Eine andere Flasche hast du wahrscheinlich nicht mehr?«

»Kaum. Die Knechte sind zu Bett.«

Trenck rückte an seinem Stuhl. »Ich werde dir leuchten«, sagte er. Sie stiegen die Treppe zum ersten Stockwerk hinauf. Schell tappte laut und stützte sich krachend aufs Geländer.

»Sei nur nicht so laut. Die Kinder schlafen!«

»Deine Frau schläft auch, Trenck, warum sagst du gar nichts von deiner Frau? Ein hübscher Brocken ist sie, so blond und sauber. Geschmack hast du!«

»Paß auf, daß du nicht hinfällst.«

Sie hatten das Zimmer erreicht. Trenck ließ seinem Gast die Kerze da und wollte gehen.

»Und keine Umarmung, Trenck, nach so viel Jahren?«

»Du hast doch selber gesagt, dir wär's, als läge gar keine Zeit dazwischen. Denk, wir wären in Glatz!«

Er stand schon draußen, da ging die Tür wieder auf, und Schell kam ihm nach mit dem Licht. »Trenck, Trenck«, rief er laut in den hallenden Korridor hinein, »das vom Doo muß ich dir doch noch erzählen!«

»Laß doch dem seinen Frieden.«

»Den hab' nämlich ich umgebracht!«

»So. Wo denn? In Indien?«

»Wie du daherredest! Damals gab's noch gar kein Indien. Nein, ich war Offizier in Venedig, und eines Abends, im Ridotto, da kommt er herein …«

»Ist das ein Freudenhaus?«

»Jawohl, ein Spielhaus. Du weißt auch gar nichts! Das ist ein ganz prachtvolles Spielhaus, das schönste auf der Welt. Da sitzen in großer Gala und Wolkenperücke die Patrizier und halten die Bank. Achtzig Tische, kann ich dir sagen! Da möcht' ich wieder hin.«

»Also – Doo?«

»Ja, der Doo, der setzt sich mir gegenüber und merkt, wie ich Glück habe. Und da wird er gleich frech und sagt, ich habe betrogen.«

»Hattest du denn betrogen?«

»Ja, natürlich. Aber ich sag' ihm das Nötige! Nun, er kriegt Angst und läuft mit so einem italienischen Fluch zur Tür hinaus, ich ihm nach, auf die Gasse, und dort an der Ecke, du weißt schon, wo es zur Frezzeria hinübergeht, da pack' ich ihn, er gleich heraus mit dem scharfen Stecken, fechten kann er auch nicht, nun, Gott befohlen, das war ein großes Schwein ...«

8.

Der Doktor Selle, alt, kahl und sehr mager, in einem langen dunkelgrünen Rock, trat an den Lehnstuhl heran. »Wie haben Euer Majestät geruht?«

»Geruht, Selle? Wenn man etwa einen Nachtwächter braucht in der Stadt – ich würde gut dazu passen.«

Wochen hindurch ist er nicht mehr im Bett gewesen, im Liegen wird seine Atemnot sofort unerträglich. Seitdem der berühmte Zimmermann wieder hat heimreisen müssen, ohne ihm helfen zu können, weiß er Bescheid über sich: es ist die Brustwassersucht, die ihn umbringt.

»Erlauben Euer Majestät, daß ich untersuche?«

»Ich kann alles selber sagen, Selle. Von unten her hat es die Hüften erreicht, und oben drückt es am Zwerchfell. Jetzt steht schon Wasser im Herzbeutel. Der Neffe kann sich freuen.«

Der Neffe ist sein Nachfolger Friedrich Wilhelm, ein schwerer, dumpfer, platt gemütlicher Mensch; der König hat ihn niemals um sich geduldet.

»Ist er drüben in Potsdam?«

»Um Vergebung, wer, Euer Majestät?«

»Um Vergebung wer! Wie mag man so seine Lügen verschwenden! Ich kann euch ja doch nichts mehr tun.«

Selle weiß in der Tat sehr genau, daß der Kronprinz drüben im Stadtschloß wartet. Er weiß auch, daß fünf Schritte von diesem Sterbestuhl, gleich an der rückwärtigen Rampe der Villa, Tag und Nacht ein Reitknecht hält, um auf den ersten Wink mit der willkommenen Nachricht dort hinüberzusprengen.

Der König hatte die Augen geschlossen. Ganz unstofflich schmal und klein sah sein gelbes Gesicht aus den Kissen hervor. Auf einmal überfiel ihn wieder der Husten, der kurz bellende, krampfige Husten, dessen Zwischenpausen ein lautes Rasseln und Röcheln schauerlich füllte; es war ein Geräusch wie von schleifenden Ketten. Schöning, der Kammerhusar, eilte aus seinem Winkel herzu, ein alter, dürftiger Mensch, dem die knapp anliegende, farbige Tracht gespenstisch stand. Fragend sah er den Arzt an. Auf einem Tischchen standen Arzneien beisammen, Riechsalze und Brechmedizinen, auch Instrumente für den Aderlaß und in Eis eine Flasche Champagner. Aber Selle schüttelte verstohlen den Kopf. »Heut oder morgen«, sagte er leise unter der Tür zum Konzertzimmer und ging.

Unglaublich, wie nach einem solchen Dasein die Organe sich hielten. Seit Tagen nun schon dieser Todeshusten! Der erfahrene Arzt sah das Lungengewebe vor sich, deutlich, als wäre es auf die Wand gemalt, er sah es durchsickert und geschwellt von glasigen Ergüssen, die von Stunde zu Stunde neue Zellen der Atmung entzogen. Mit einem Stickfluß würde es zu Ende gehen ...

Im Krankenzimmer ist es warm. Heftig strömt die Augustsonne durch die unverhangenen hohen Fenster. »Besser zudecken«, sagt Friedrich zum Diener. »Jetzt kannst du bald spazierengehen. In mir ist es schon kalt wie im Grabe.« Und er lächelt schief mit seinen bläulichen Lippen.

An der Gangtür wurde leise gekratzt. Es kam im Arbeitsrock der Kabinettsrat Laspeyres.

»Zwei Schreiben, Euer Majestät, durch spezielle Boten.«

»Staatssachen?«

»Private.«

»Das ist nichts. Also?«

»Von Ihrer Majestät der Königin aus Schönhausen. ›Mein geliebter Gemahl ...‹«

Friedrich unterbrach und diktierte: »›Gnädige Frau, ich bin Ihnen verbunden für Ihre Wünsche. Aber mein Unwohlsein ist heftiger geworden und hindert mich, Ihnen zu antworten.‹ Das zweite!«

»Von der Herrnhutischen Brüdergemeine in Berlin.«

»Ach Gott, Laspeyres, die wollen mich retten!«

»Mit Zittern und Ehrfurcht für den Allmächtigen können wir Eurer Königlichen Majestät nicht länger verhalten, das größte und notwendigste Kleinod, das alle Schätze übertrifft und Allerhöchstdieselben allein vollkommen glücklich macht, aus tiefster Hochachtungsliebe vorzustellen. Es ist der Glaube, den Gott wirkt ...«

»Genug«, sagte Friedrich. Aber dann fügte er hinzu: »Man muß den Leuten höflich antworten, sie meinen es gut.«

»Jawohl, Euer Majestät.«

»Ist sonst gar nichts mehr da?«

»Eure Majestät haben den ganzen Einlauf ja schon in der Morgenfrühe erledigt.«

»Adieu.«

Es ist so, er arbeitet noch. Ach, seine Staaten sind fast zu klein für die viele Zeit, die dem Schlaflosen bleibt, und die Tage verschleichen. Niemand kommt zu ihm, auch von den Geschwistern wagt sich keines hier herauf, Heinrich nicht, Amalie nicht, Ferdinand nicht, der Gedanke, diesem Sterbenden einen Krankenbesuch abzustatten, wäre grotesk, ist unmöglich. Lesen kann er auch längst nicht mehr, und die Stimme seines Lektors Dantal ist ihm unausstehlich geworden. Selbst die paar Herren, die in den Gastzimmern der Villa wohnen, werden nicht mehr gerufen. Sie haben vordem seine Tischgesellschaft gebildet, aber nun nimmt er nichts mehr zu sich, ›und‹, hat er geäußert, ›ich kann sie nur beim Essen vertragen‹.

Er beginnt, sich zu seiner Unterhaltung die heutige Staatspost ins Gedächtnis zurückzurufen. ›Geschäfte wie ein Gutsbesitzer‹, denkt er, ›wie ein Hausvater.‹ Erst hat es sich da um einen Plan gehandelt, in Niederschlesien Leinsamen zu ziehen. Dann hat ihn der Butterverbrauch der Stadt Berlin beschäftigt – ja, die Zufuhr war mangelhaft, und schließlich mußten die Leute doch auch noch Butter zu essen haben, wenn er tot war. Aus dem Grabe kam seine Hand heraus und strich sie ihnen aufs Brot. Die Vorstellung belustigte ihn, er unterhielt sich seltsam in diesen Tagen ... Dann hat er eine Untersuchung angeregt darüber, ob auf den Krongütern im Osten nicht die Bauern aus der Leibeigenschaft entlassen und als Eigentümer auf ihre Scholle gesetzt werden könnten. Und alsbald mündeten seine Gedanken da, wo sie jetzt immer zu münden pflegten, bei dem großen Werk, dessen Vollendung er nun nicht mehr erlebte, der Justizreform.

Sie war ja in tüchtigen Händen. Sein Kanzler Carmer war wohl der Mann, den großen Entwurf zum guten Ende zu führen – aber wie kläglich doch, wie beschämend für ihn selbst und für allen Menschenehrgeiz und -willen, daß sein ganzes Leben nicht ausgereicht hatte, dies Höchste und Beste völlig zu tun. Wer bürgte ihm, daß nicht der schlaffe, stumpfe Nachfolger böswilliger Einflüsterung erlag, eigennützigen Zureden seiner Weiber und Kreaturen, daß er nicht die geschaffene Rechtssicherheit wieder zerstörte, nicht zurückgriff zum Schlimmsten: zu Willkür der Krone und Kabinettsjustiz.

Wie immer, wenn er sich diesem Punkt näherte, und das geschah oft, versuchte er abzubrechen. Kabinettsjustiz, nein, er hatte sie nicht geübt, niemals, beinahe niemals, und wenn es denn doch einmal geschehen war, was alles lag auf der anderen Schale der Waage – tausendstimmige Chöre deckten die eine anklagende Stimme zu! Chöre von armen Rechtsuchenden, denen er auf raschem und einfachem Wege, ohne ruinierende Sporteln, zu klarem Spruche verholfen hatte, Chöre von Bauern, die er vor Übergriffen des Adels geschützt, Chöre von Verbrechern aus Not oder Leidenschaft, denen er menschliches Urteil erwirkt hatte. Und ein ungeheurer segnender Chor von vor der Folter Bewahrten – aus seinem Lande nicht nur, sondern aus allen den Ländern, die seinem berühmten Beispiel gefolgt waren. Durch sein Verdienst wurden nirgends in ganz Europa mehr zu Ehren des Rechtes Menschen zerrissen, zerrenkt, zerbrannt und zerschnitten.

Die Bilder der Qual wogten trübe vor ihm. Die Begriffe glitten ineinander. Am eigenen Leibe spürte er Messer und Zangen. Ihm fiel etwas ein, was er lange hatte aussprechen wollen.

»Schöning, Schöning!« rief er mit Keuchen.

Schöning kam.

»Wenn ich tot bin, sollt ihr aber nicht manschen mit mir!«

»Manschen, Euer Majestät?«

»Ja, gar nicht manschen, Schöning! Nicht mich aufschneiden, nicht sezieren, nicht einbalsamieren. Einfach liegen lassen und mit dem Mantel zudecken!«

»Jawohl, Euer Majestät.«

»Ah, ihr tut dann doch, was ihr mögt. Gib mir zu trinken.«

Und während er ihn in die Höhe stützte und ihm das Glas mit trübem Fenchelwasser an die Lippen brachte, mußte der Diener denken, wie ganz diese Weisung, nach dem Tode nur ja nicht an seinen Körper zu rühren, zu der seltsamen Schamhaftigkeit stimmte, mit welcher der König im Leben diesen Körper verborgen hatte. In vieljährigem nahen Dienst hatte er, Schöning, den König niemals entkleidet gesehen.

»Das tut gut«, sagte Friedrich und seufzte auf nach dem Tranke. »Jetzt bring mir die Sachen!«

Die Sachen waren seine Kostbarkeiten und Merkwürdigkeiten. Seitdem er nicht mehr las, unterhielt er sich öfters damit, sie hervorzunehmen und anzusehen.

Schöning stellte den Kasten auf ein Taburett, ganz dicht neben Friedrichs rechte Hand. Es war ein großer Kasten, lang, breit und tief, innen war er mit Samt ausgeschlagen, und hier lag nun sehr vielerlei durcheinandergehäuft, lauter Dinge, die der König in seinen gesunden Tagen völlig vergessen gehabt hatte. Wenn er jetzt da hineingriff, zurückgelehnt in den Stuhl und ohne erst hinzuschauen, hatte er jedesmal ein kleines Vergnügen der Überraschung.

Das erste, was er hervorzog mit seiner mageren Hand, waren ein paar große grüne Steine, die einen roh, die anderen geschliffen, schlesische Chrysoprase, Geschenke der eroberten Provinz. Er klirrte matt ein wenig mit ihnen und ließ sie dann über die Kissen hinunterrollen, die seine Beine bedeckten. Dann kam ihm etwas Zackiges, Ungestaltes in die Finger, und als er es ansah, waren es zwei fremde Orden, deren Seidenbänder sich ineinander verwickelt hatten: der russische Andreas mit dem schräg gekreuzigten Leibe des Heiligen und der schwedische Seraphinenorden mit den Engelsköpfen. Er ließ das fromme Doppelgebilde seitlich zum Boden hinunterhängen, schaukelte sacht ein wenig damit und ließ es dann fallen.

»Schöning«, sagte er, »habe ich eigentlich gar keinen Hosenbandorden aus England?«

»Gekommen ist er schon einmal, Euer Majestät. Aber Euer Majestät haben damals geäußert, den könne man doch nicht tragen, da krieche einem gleich die Langeweile das Bein herauf.«

»So. Ja, jetzt kriecht mir etwas anderes das Bein herauf.«

Das nächste, was er ergriff, war eine Tabaksdose, ein reiches, nicht besonders geschmackvolles Stück aus Bergkristall, Topasen und Gold, das er offenbar einmal aus seiner Sammlung ausgeschieden hatte. Mit Anstrengung klappte er es auf, ein Restchen Spaniol war noch darin geblieben, und es roch aromatisch und streng. Wann hatte er eigentlich zum letztenmal geschnupft? Nicht viele Tage war es her. Nach allem anderen, nach der Musik, der Literatur und dem Gespräch mit unterrichteten Leuten, hatte ihn dieser Lebensreiz als der letzte verlassen. Ach, vielleicht war der würzige Kitzel überhaupt das Beste gewesen, was man im Leben gehabt hatte!

Er faßte noch einmal zu und behielt ein rundes Päckchen in der schon ermattenden Hand. Langsam zupfte er die Hülle fort. Ein in Smaragden gefaßtes Medaillon kam zum Vorschein, das Miniaturbildnis einer sehr schönen, blühend jungen Dame, die nach vergangener Art frisiert und gekleidet war. Gleichgültig sah er es an und erkannte es nicht.

Er starb in der Nacht.

Als im frühesten Lichte die ersten kamen, um den Toten noch einmal zu sehen, da lag er im Konzertzimmer auf seinem Feldbett, auf dem Kopf einen kleinen Hut, der mit einer Serviette um das Kinn befestigt war, mit einem alten blauen Seidenmantel und darunter einem Pelzhemd angetan, den besten Stücken seiner Garderobe. Die Füße staken in großen Gichtstiefeln. Zwei Diener wehrten mit grünen Zweigen die Fliegen von dem Antlitz ab.

9.

Trenck kam die Treppe im König von Portugal herunter. Vor der Tür wartete der bestellte Mietwagen, und der Sohn des Wirts, der junge Ziesen, stand bereit, um dem Herrn beim Einsteigen behilflich zu sein. Trenck hatte auch schon seinen Fuß auf dem Tritt, da besann er sich, schloß wieder den Schlag, entlohnte den Kutscher, grüßte und ging zaudernden Schrittes davon. Die beiden schauten verblüfft dem riesigen alten Mann nach, wie er da in seiner sonderbar losen schwarzen Kleidung, ein kleines Paket unterm Arm, die Burgstraße hinunterging, und der Kutscher deutete mit einem ordinären Grinsen sogar nach der Stirn.

Am Abend zuvor war Trenck in Berlin angekommen, König Friedrich war im August gestorben, aber bis jetzt, bis in den Januar hinein, hatte es gedauert, ehe Trenck aus dem Kabinett des Nachfolgers die Erlaubnis erhielt, wieder preußischen Boden zu betreten. Und dabei war kein feindlicher Wille im Spiel! Man wußte vielmehr, daß Friedrich Wilhelm es liebte, seinen Vorgänger möglichst laut ins Unrecht zu setzen, und nach Briefen, die Trenck zugekommen waren, eröffneten sich sogar gute Aussichten auf Freigabe seiner preußischen Güter. Aber alles nahm hier jetzt Zeit, viel Zeit in Anspruch. Niemand wachte mehr. Und jedes Gesuch wanderte durch zwanzig nicht immer ganz reine Hände.

Er war ungeduldig gewesen. Am späten Abend noch hatte er ihr, zu der er kam, einen Boten geschickt. Und nun befiel ihn dieses Zagen ... Einen Aufschub noch, einen Weg zu Fuß, eine Viertelstunde! Eben fuhr der Kutscher an ihm vorüber, unverschämt pfeifend und peitschenknallend.

Dies war die Burgstraße. Ja, hier war er vor bald einem halben Jahrhundert einmal mit dem König geritten – sie kamen von Monbijou, aus dem Garten von Monbijou, und dort drüben im Großen Schloß, dessen unregelmäßige Mauern jenseits des Flusses emporragten, war Empfang bei der regierenden Königin gewesen. Da kam auch die Brücke, sie war jetzt aus Stein. Er machte halt auf ihr, legte sein viereckiges Paket auf das Geländer und blickte in das ziehende, ziemlich schmutzige Wasser. Ein Äpfelkahn kam unter dem Bogen hervor, der Schiffer hantierte mit seiner Stange, und ein kleines Kind, in rote Wolle verpackt gegen die Januarkälte, lag zwischen den Äpfeln und schrie. Obstgeruch wehte herauf. Trenck war es taumelig zumut. Er ging auf die Linden zu.

Gleich zur Rechten stand eine Kirche, die vordem nicht hier gewesen war. Ja, unter Friedrichs Regierung waren sogar Kirchen gebaut worden. Öde Plätze, Baulücken sah Trenck gar keine mehr. Sie schlotterte jetzt nicht mehr, die Stadt, wie ein zu weit geschnittener Mantel.

Unter den Linden bewegte sich munteres Leben. Viele Wagen fuhren, aber es waren nicht mehr die Wagen von ehedem. Elegante Gefährte erschienen fast keine darunter, es hatte keines mehr als zwei Pferde, und alle waren von nüchternem, sachlichem Bau. Es kam Trenck auch vor, als ob auf dem Bürgersteig alle Menschen rascher gingen als vormals, es trug sich auch niemand mehr farbig, Braun und

Grau und Schwärzlich herrschten vor in der Kleidung, und Stoff war keiner verschwendet. Dagegen sah Trenck schöne Kaufläden. Wo früher einfach ein Warenbrett auf die Straße herausgeklappt wurde, so daß die Käufer im Freien verblieben, da sah er jetzt breite Glasscheiben, mit Lampen dahinter, um das Schaufenster am Abend noch zu erleuchten. Immer häufiger blieb er stehen und blickte sich um, wie ein neugieriger Fremder, sehr bemüht, sich zu betrügen über die wilde Bangigkeit seines Herzens.

Als er die Neustädtische Kirchstraße überschritten hatte und schon nahe vor sich das alte, niedrige Brandenburger Tor sah und dahinter die Wipfel des Tiergartens, hielt er einen Passanten an, berührte den Hut und wollte fragen. Er brachte aber kein Wort hervor, und viele ließ er vorbeigehen, ehe er sich von neuem entschloß. Diesmal war der Angeredete ein besonders schlicht und töricht aussehender junger Mensch. Offenen Mundes wies er schräg über den Damm auf ein massives, zweistöckiges Gebäude, das dort in breiter Front an der Straße gelagert war. Trenck dankte, wobei ihm wiederum die Sprache versagte, und ging mit starken Schritten, blaß wie ein Toter, auf das Palais zu.

Im Torgang erwartete ihn ein Diener. Er trug eine höchst elegante, sonderbar neue Livree. Durch das leere, hallende, prunkvolle Treppenhaus geleitete er Trenck zum zweiten Stockwerk hinauf und öffnete ein kleines Zimmer ganz am Ende des Ganges. Trenck glaubte zuerst, es sei leer.

Er legte sein Paket auf ein Möbelstück nieder und verharrte nahe der Tür. Er fror und er zitterte. Es war ein Gefühl, das ihm wenig vertraut war: er fürchtete sich entsetzlich. Ein tiefer Seufzer machte ihm die gepreßte Brust frei. Da bewegte sich etwas am Fenster. Er trat hinzu.

Schwarz gekleidet und ganz zusammengesunken saß da in der Nische vor einem kleinen Tisch ein uraltes Wesen: auf gebrechlichem, dem Grabe zugeneigtem Leib ein beinernes schmales Köpfchen, von einer schwarzen Haube bedeckt. Eine Hand streckte sich Trenck ein wenig entgegen, die in ihrer elfenbeinernen Abgezehrtheit mehr einer Kralle glich. Ungeheuer groß, hilflos stand er neben dem winzigen Geschöpf.

Eine Art rauhes Raunen drang zu ihm herauf, er beugte sich tief hinunter, um zu verstehen. »Es ist gut«, sagte sie, »daß du endlich kommst, es dauert nicht lang mehr.«

»Sie haben mich nicht früher hergelassen«, flüsterte er und fühlte die Tränen kommen. Und während er das sagte, sank er schon auf die Knie, faßte ihren Rocksaum, rauhes, hartes Tuch, und drückte seinen Mund darauf. Ein fader Geruch stieg aus dem schwarzen Gewebe. Er neigte sich immer tiefer, so daß er fast ganz schon auf der Erde lag, und nun fing er an zu weinen, wie er niemals geweint hatte, nicht einmal als Kind, in vollen, schwer und endlos hervordrängenden Tränen. Einmal fühlte er über sich einen leichten Hauch, er wußte nicht, was es war, und blickte nicht auf. Aber es war ihre Hand, die nicht herunterreichte zu ihm und die sich schwach, liebkosend über seinem Haupt bewegte.

»Komm jetzt«, sagte sie endlich, mit heiserer Mühe, »laß dich ansehen, Trenck! Komm ganz nahe zu mir! Ich bin fast blind.«

Er hob seinen Kopf in die Höhe und näherte die Augen ihrem Gesicht. Er erschrak bis ins Innerste. Denn was er da vor sich sah unter der schwarzen Haube, das war, bis zum Spuk, bis zum Grausigen ähnlich, das Antlitz des alten Königs, wie er es aus hundert Bildern kannte, das hohle, kleine, entkörperte. Schief eingesunken der Mund, lang hervorstechend die spitze Nase, in den Wangen tiefe Löcher, starr, hart und blau, glasig vorgewölbt die riesigen Augen. Nichts von einem Weib war mehr an dieser Maske als das Gebilde aus schwarzer Spitze und schwarzen Bändern, das sie häßlich bekrönte. Dies war die Frau seines Lebens.

»Trenck«, sagte sie, »Trenck, ich hätte dich nicht dürfen kommen lassen. Nein. Aber vierzig Jahre ... Einmal doch noch!«

Und auch aus ihren Augen liefen langsam zwei Tränen.

Er stammelte: »Geliebte!« und fror vor der gespenstischen Lüge.

Sie sprach: »Sei nur nicht traurig. Das dort nimm!« Und mit dem beinernen Kinn deutete sie auf das Tischchen vor ihr. Da lag das Medaillon.

Er griff danach, gierig, wie hilfesuchend. Unwandelbar blühend schimmerten in seiner Hand die weichen, lockenden, schönen Züge.

»Behalt es«, sagte sie, »es gehört immer dir. Ich bin sonst nicht reich ... Abt in Quedlinburg kannst du nicht werden.«

Und dieser Scherz, dieser Nachhall einer heiteren Seele, die er einst an ihr gekannt hatte, war so schauerlich aus diesem Mund, daß er von neuem in lautes Weinen ausbrach.

Dann war eine lange Stille. Sie hielten beide die Augen geschlossen, sie die ihren, die nicht mehr sahen, er die seinen, die nicht mehr sehen sollten. Sie sprachen nicht, was konnte gesprochen werden! Es war ganz einerlei, wie lange man schwieg, die gleiche Ewigkeit zog ihr und ihm durch die Brust. Trenck hatte sein Haupt auf ihr Knie gelegt, ganz sacht erst, denn unter dem schwarzen Stoff fühlten ihre Glieder sich so unirdisch an, als könnten sie das Gewicht seines Hauptes nicht tragen. Aber endlich ruhte er doch. Es war so still wie bei zwei Schlummernden.

Später dann, viel später erst, sprachen sie wieder. Er hatte sich einen Stuhl dicht neben den ihren gerückt, und sie flüsterten.

»Und deine Frau«, sagte sie, »deine Söhne? Sie sind froh? Sind gesund?«

»Ja«, sagte er, »sie sind zufrieden.«

»Große Mädchen hast du auch schon?«

»Ja, erwachsene. Die älteste ist neunzehn Jahre.«

»Neunzehn! Ich hätte sie um mich haben können.«

»Um dich?«

»Hofdame bei mir, warum nicht. Aber ich brauche jetzt niemand mehr. Es dauert noch Tage, weißt du.«

Er widersprach nicht. Das alles hatte hier keinen Sinn.

Er richtete sich auf, er machte seine Stimme frei und sagte fest:

»Amalie, alles ist lange vorbei. Er ist tot. Aber unser Leben ist vernichtet worden von ihm. Warum nur, warum – weißt du es?«

»Warum, Trenck! Ein menschlicher Geist sollte nicht über Menschenmaß sein.«

Eine Stille. Dann sagte sie wieder: »Es ist so. Die Natur nimmt ihre Rache. Wen sie zu groß macht, dem nimmt sie auch zuviel. Mein Bruder, der König, war ohne Glück.«

»Er hat das Glück gehaßt.«

»Ja, Trenck. Und wie mußt du sein Andenken hassen!«

Er antwortete nicht. Er stand auf. Er trug den Gegenstand herbei, den er mitgebracht hatte, und entfernte die Hülle. Es war ein Buch.

»Was ist dies, Trenck?«

»Mein Leben, Amalie. Ich habe es aufgezeichnet. Möge es Unglückliche trösten, Unkluge leiten!«

»Ich werde es nicht mehr lesen können. Gib, ich will es wenigstens anrühren.«

Aber als Trenck gegangen war, gegangen nur, um am Abend wiederzukommen, ließ sie sich doch ihr Augenglas reichen, die seltsame Brille mit den längsgeteilten, gewölbten Gläsern, und der Diener mußte ihr das Buch ganz dicht vors Gesicht halten. Mit unirdisch dünnem Finger schlug sie es auf, und sie las die Widmung. Die Widmung lautete:

An den Geist

Friedrichs des Einzigen,

Königs von Preußen,
in den elysäischen Feldern.

10.

Allerdurchlauchtigster Großmächtigster König!
Allergnädigster Herr!
Ew. Majestät haben huldreich erwogen, die Familie des verstorbenen Freiherrn Friedrich von der Trenck in den Grafenstand Preußens zu erheben, um so in den Gemütern der Nachkommen die Erinnerung an ein hartes Geschick zu mildern, das den Verstorbenen unter Ew. Majestät hochseligem Vorgänger einstmals getroffen hat. Da jedoch über das Ende des Freiherrn Darstellungen im Umlaufe sind, die eine solche, wenn auch den Söhnen zugedachte Erhöhung bedenklich erscheinen lassen könnten, so ist der unterfertigte Staatsminister mit der Einziehung zuverlässiger Nachrichten und der Aberstattung eines Gutachtens gnädigst beauftragt worden.

Der Freiherr von der Trenck hat sich, Allerdurchlauchtigster Herr, in der Tat im Jahre 1793 nach Paris begeben, angelockt von dem trügerischen Blendfeuer der französischen Staatsumwälzung und von den Heilsversprechungen, die von dort her über die ganze Welt ausgingen. Der nahezu Siebzigjährige verließ Familie und Besitz, überzeugt vermutlich, dort in Frankreich als ein sogenanntes Opfer des Despotismus mit offenen Armen empfangen zu werden.

Nicht Sucht nach Beifall allein darf aber als Beweggrund dieses Schrittes angenommen werden, der verstorbene Freiherr war ja durch sein erlittenes Schicksal und zumal seit Veröffentlichung seiner Lebensgeschichte in ganz Europa ohnedies eine bekannte und vielbesprochene Figur. Vielmehr lebte er offenbar der Überzeugung, es sei seines Amtes, die Franzosen über das, was wahrhaft freiheitliche Tugend und Zucht sei, durch Rede und lebendige Gegenwart eindringlich zu belehren. Leicht ist dabei zu ermessen, wie bereit man in Paris sein mochte, solche Belehrung entgegenzunehmen, von Seiten eines Mannes, der ein Preuße und ein Adeliger war.

Der alte Mann geriet denn auch, wie Wohlmeinende ihm das vorausgesagt, als verdächtig in die Hände des hassenswerten Robespierre, er wurde gefangengesetzt und mußte am 25. Juli 1794 vor dem revolutionären Gerichtshof erscheinen. Die Anklage, die gegen ihn vorgebracht wurde, war doppelt. Er sollte, hieß es, der preußischen Regierung als geheimer Agent gedient und sollte zweitens seine Mitgefangenen zu einem gemeinsamen Fluchtversuch aufgestachelt haben.

Den ersten Vorwurf – unentschuldbar in den Augen jener blutgierigen Radikalen – wußte er zu entkräften. Es brachte einen Eindruck hervor, als er an seinen Handgelenken die Narben der Fesseln vorwies, die ihm von Ew. Majestät hochseligem Vorgänger auferlegt waren. Aber weit entfernt, sich um seiner Rettung willen zu Schmähworten hinreißen zu lassen, sprach Trenck in seiner Verteidigungsrede gemäßigt und mit Ehrerbietung von jenem Fürsten. Dennoch wagte das Gericht diesen ersten Vorwurf nicht aufrechtzuerhalten. Und hätte der Freiherr den Entschluß aufgebracht, auch den zweiten Anklagepunkt zu bestreiten, so wäre er sicherlich gerettet gewesen. Mehrere Richter waren ihm günstig gesinnt, und schon ein Aufschub des Urteils hätte zu seiner Bewahrung genügt. Denn nur drei Tage später fiel auf dem Blocke das Haupt des Robespierre selber, und jener ganze blutige Spuk war zu Ende.

Aber Trenck verschmähte es, zu lügen. Ein höchst seltsamer Trotz, wie er ihm sein Leben lang eigen gewesen, ein ungestümer, unkluger Drang, dem Schicksal die Stirn zu bieten, legte ihm verderbliche Worte in den Mund. Sich zu befreien, erklärte er, sei jedes Eingekerkerten natürliches Recht. Er wurde zum Tode verurteilt.

Was nun, Allergnädigster Herr, das huldreich angeforderte Gutachten betrifft, so vermag der unterzeichnete Minister bedeutende Bedenken gegen eine Erhebung der von der Trenckschen Familie in den Grafenstand nicht zu ersehen. Wie immer die Herzensempfindungen des Freiherrn Friedrich gewesen sein mögen, so ist er jedenfalls vor den

Augen der Welt gestorben als ein Opfer der fluchwürdigen Revolution, die den gerechten Abscheu Ew. Königlichen Majestät und aller Gutdenkenden bildet, und er ist, was anzumerken gnädigst gestattet werde, durchaus gestorben als ein Held.

Um zwei Uhr am Mittag wurde der Spruch des Gerichts gefällt, um vier Uhr wurde Trenck mit 29 anderen Verurteilten bereits zum Richtplatz gefahren. Zuvor übergab er noch mit Empfehlungen der höchsten, rührendsten Sorgfalt seinem Freunde, dem Grafen Bayluis, jenes smaragdenbesetzte Medaillon, das in großer Jugendschönheit eine verstorbene hohe Dame des Königlichen Hauses darstellt und das vor einiger Zeit auf gewissen Umwegen in den Besitz Ew. Majestät gelangt ist.

Aufrecht, so berichten die Augenzeugen, stand Trenck neben seinem Henker auf dem Karren und sang. Unter deutlichen Zeichen des Mitgefühls blickte das Volk am Wege auf den mutigen Greis. Am Fuß des Blutgerüstes angelangt, zeigte er erst recht die Kraft seiner Seele, seinen unbeugsamen, mächtigen Willen. Denn obwohl ihm, als dem Ältesten, das Recht zuerkannt wurde, im Tode voranzugehen, so lehnte er dies doch ab, um, wie er sich ausdrückte, jedem seiner Mitopfer wenigstens einen Moment der Wartensqual zu ersparen. Ein Haupt nach dem anderen fiel. Die Arme gekreuzt, die Augen fest auf das blutige Schauspiel gerichtet, sah Trenck unbewegt zu, wie es sich neunundzwanzigmal wiederholte. Hoch über alle ragte, mit flatterndem Haar, seine riesige Gestalt. Als er allein noch übrig war, ging er unaufgefordert die Stufen hinauf, das ganze Gerüst dröhnte unter seinen wuchtigen Schritten. Oben angelangt, überblickte er ruhig die Menge. »Franzosen«, rief er noch aus, ehe er sich niederlegte unter das Beil, »wir sterben unschuldig. Unser Tod wird gerächt werden durch euch! Stellt die Freiheit her, indem ihr die Ungeheuer opfert, die sie schänden!«

Ich ersterbe in tiefster Ehrfurcht
 Ew. königl. Majestät alleruntertänigster Knecht
     von Alvensleben
     Staats- und Kabinettsminister

Dekadente Erzählungen

Im kulturellen Verfall des Fin de siècle wendet sich die Dekadenz ab von der Natur und dem realen Leben, hin zu raffinierten ästhetischen Empfindungen zwischen ausschweifender Lebenslust und fatalem Überdruss. Gegen Moral und Bürgertum frönt sie mit überfeinen Sinnen einem subtilen Schönheitskult, der die Kunst nichts anderem als ihr selbst verpflichtet sieht.

Rainer Maria Rilke Die Aufzeichnungen des Malte Laurids Brigge **Joris-Karl Huysmans** Gegen den Strich **Hermann Bahr** Die gute Schule **Hugo von Hofmannsthal** Das Märchen der 672. Nacht **Rainer Maria Rilke** Die Weise von Liebe und Tod des Cornets Christoph Rilke

ISBN 978-3-8430-1881-4, 412 Seiten, 29,80 €

Erzählungen aus dem Sturm und Drang

Zwischen 1765 und 1785 geht ein Ruck durch die deutsche Literatur. Sehr junge Autoren lehnen sich auf gegen den belehrenden Charakter der - die damalige Geisteskultur beherrschenden - Aufklärung. Mit Fantasie und Gemütskraft stürmen und drängen sie gegen die Moralvorstellungen des Feudalsystems, setzen Gefühl vor Verstand und fordern die Selbstständigkeit des Originalgenies.

Jakob Michael Reinhold Lenz Zerbin oder Die neuere Philosophie **Johann Karl Wezel** Silvans Bibliothek oder die gelehrten Abenteuer **Karl Philipp Moritz** Andreas Hartknopf. Eine Allegorie **Friedrich Schiller** Der Geisterseher **Johann Wolfgang Goethe** Die Leiden des jungen Werther **Friedrich Maximilian Klinger** Fausts Leben, Taten und Höllenfahrt

ISBN 978-3-8430-1882-1, 476 Seiten, 29,80 €

Erzählungen aus dem Sturm und Drang II

Johann Karl Wezel Kakerlak oder die Geschichte eines Rosenkreuzers **Gottfried August Bürger** Münchhausen **Friedrich Schiller** Der Verbrecher aus verlorener Ehre **Karl Philipp Moritz** Andreas Hartknopfs Predigerjahre **Jakob Michael Reinhold Lenz** Der Waldbruder **Friedrich Maximilian Klinger** Geschichte eines Teutschen der neusten Zeit

ISBN 978-3-8430-1883-8, 436 Seiten, 29,80 €